Arena-Taschenbuch
Band 50736

Ebenfalls von der Autorin im Arena Verlag erschienen:
Höllenflirt
Lügenherz
Prinzentod

Dann fressen ihn die Raben
Der süße Kuss der Lüge

Stigmata

Stille Nacht. Mörderisch schöne Weihnachtsthriller
(Sammelband zusammen mit Ulrike Bliefert, Bettina Brömme, Manuela Martini und Nora Miedler)
Totentänze
(Sammelband zusammen mit Krystyna Kuhn, Susanne Mischke und Manuela Martini)

Beatrix Mannel
studierte Theater- und Literaturwissenschaften in Erlangen, Perugia und München. Danach arbeitete sie zehn Jahre als Redakteurin beim Fernsehen. Seitdem schreibt sie Romane für Kinder, Jugendliche und Erwachsene, die in mehr als zehn Sprachen übersetzt wurden. Für ihre aufwändigen Recherchen reist sie um die ganze Welt. Außerdem unterrichtet sie kreatives Schreiben für alle Altersstufen. Sie lebt mit ihrer Familie in München.
Mehr über die Autorin unter www.beatrix-mannel.de

Beatrix Gurian

Liebesfluch

Arena

Für meinen Lieblingsneffen Max

FSC
www.fsc.org
MIX
Papier aus verantwortungsvollen Quellen
FSC® C110508

1. Auflage als Limitierte Sonderausgabe im Arena-Taschenbuch 2015

Umschlaggestaltung: Frauke Schneider unter Verwendung eines Fotos von Michele Constantini © plainpicture/PhotoAlto
Liedtext »Suzanne« von Leonard Cohen
© 1967 by Stranger Music Inc/Ardmore & Beechwood Ltd.
Adm. By Edition Accord Musikverlag GmbH, Hamburg
Umschlagtypografie: KCS GmbH · Verlagsservice & Medienproduktion, Stelle/Hamburg
Sondergestaltung: komm Design/achkomm.com/Würzburg
Gesamtherstellung: Westermann Druck Zwickau GmbH
ISSN 0518-4002
ISBN 978-3-401-50736-1

www.arena-verlag.de
Mitreden unter forum.arena-verlag.de
www.arena-thriller.de

1. Er

Mein Liebling,
es fällt mir außerordentlich schwer, dir diesen Brief zu schreiben. Und ich werde dafür sorgen – auch wenn es unheimlich feige ist –, dass du ihn erst dann lesen wirst, wenn ich bereits tot bin.

Wie eine Flamme leuchtet ihr bodenlanges rotes Nachthemd vom offenen Fenster in die Dunkelheit. Hinter ihr im Zimmer brennt ein schwaches Licht, das ihr helles Haar wie einen Heiligenschein umgibt. Sie umschlingt ihren Oberkörper mit den Armen, als müsste sie sich trösten, dabei bewegt sich ihr Nachthemd und schillert. Sie scheint Seide zu mögen. Alle ihre Nachthemden in der letzten Woche waren aus diesem schimmernden Stoff, nur die Farben haben sich geändert.

Sie starrt nach draußen in die warme Sommernacht – genau in meine Richtung. Wenn ich verrückt wäre, dann könnte ich mir beinahe einbilden, sie wüsste, dass ich hier bin, und will mir ein Zeichen geben. Doch ich bin nicht verrückt. Und ich weiß ganz genau, dass sie mich nicht sehen kann, denn ich bin gut im Wald hinter ihrem Garten versteckt, wo ich allerhöchstens von gierigen Stechmücken aufgespürt werde. Außerdem kenne ich mittlerweile den besten und sichersten Platz für meine Beobachtungen.

Es wundert mich, dass sie vor lauter Sehnsucht nach mir

nicht krumm und alt geworden ist. Auf die Entfernung wirkt sie in ihrem ärmellosen Nachthemd wie eine junge, zierliche Frau. Unglaublich, dass sie einfach so weiterlebt, als ob es mich nie gegeben hätte.

Diese Erkenntnis macht mich klein und sie macht mich wütend, aber nicht verrückt. Noch kann ich nicht sicher sein, wer mir Lügen aufgetischt hat und wer nicht. Aber eines weiß ich: Mich haben bisher alle Frauen in meinem Leben belogen, betrogen und verraten. Für ihre Zwecke benutzt. Allein der Gedanke daran löst in mir den Reflex aus, gegen den Baumstamm zu treten, hinter dem ich stehe. Doch ich unterdrücke ihn, denn was würde das bringen? Nichts. Ich muss meinen Zorn effektiver nutzen.

Eben verändert sich ihre Haltung ein wenig, sie sinkt etwas zusammen. Ist es, weil *er* hereinkommt? Ja, tatsächlich, erst verdunkelt er ihren Heiligenschein, dann sehe ich, wie er zu ihr ans Fenster geht. Die Haare an meinen Armen stellen sich auf. Wenn ich nur wüsste, welche Rolle er bei dem ganzen Spiel innehat.

Nachdem er das Licht gedimmt hat, tritt er hinter sie und massiert ihre Schultern, doch sie entspannt sich nicht dabei, sondern verkrampft und dann dreht sie sich abrupt von ihm weg. Er zuckt mit den Achseln und zieht die schwarz-weißen Vorhänge zu.

Fassungslos starre ich auf das dunkle Fenster. Was fällt diesem Elenden ein, mich einfach auszusperren! Zorn brodelt durch meinen Körper, meiner Kehle entfährt ein wütender Laut und meine Hände ballen sich zu Fäusten. Mich durchzuckt eine wahnsinnige Lust, einen Stein zu packen, oder nein, besser noch einen Felsblock, und ihn gegen ihr Fenster zu schmettern. Aber ich beherrsche mich. Atme bewusst und langsam die abgestandene Sommerluft ein, die sich hier im Wald mit dem süßen Duft von blühendem Holunder und Weißdorn vermischt, und versuche runterzukommen. Ich darf nicht impulsiv handeln, sondern muss systematisch denken. Ich darf mir keine Fehler leisten. Es wäre leichtsinnig von mir, ich muss mich zurückhalten, bis ich entschieden habe, wie ich vorgehen, was ich mit ihr machen muss.

Als Nächstes werde ich mir ihr Haus von innen anschauen, mir Gewissheit verschaffen, die quälenden Zweifel beseitigen.

Bald.

Sehr bald schon.

Denn ich ertrage es einfach nicht länger.

2.

Du weißt, dass ich dich immer mehr geliebt habe als mein Leben, du warst für mich das Wasser, das Licht und die Luft zum Atmen. Bitte vergiss das nie, niemals und versuche, mir zu verzeihen.

Irgendetwas stimmt hier nicht. Ganz und gar nicht. Meine ersten Stunden in Deutschland und schon habe ich Angst. Grannie hatte mich gewarnt.

Vor einer Stunde bin ich aus dem Flieger gestiegen und nun sitze ich in diesem Auto und frage mich, warum der Mann, den ich erst seit dreißig Minuten kenne, kommentarlos von der Autobahn auf diesen dunklen Parkplatz fährt. Hier gibt es nicht mal beleuchtete Toiletten, keine einzige Lampe, nichts. Vollkommene Dunkelheit umgibt uns.

»Herr Zeltner?«, frage ich ihn und muss mich räuspern, weil mir ein Riesenkloß im Hals steckt. »Äh, ich meine Stefan, was machst du denn da?«

Ich umklammere das silberne Bettelarmband mit den vielen Anhängern, das Grannie mir als Glücksbringer mitgegeben hat, und versuche, locker zu bleiben. Das ist verdammt schwer, weil ich noch nie vorher in so einer Situation war. Zu Hause wäre mir so etwas auch gar nicht erst passiert, denn in Las Vegas wäre ich nur zu wirklich guten Bekannten ins Auto gestiegen.

Was ist, wenn dieser Typ gar nicht der Mann ist, der mich vom Flughafen in Frankfurt abholen sollte?, schießt es mir durch den Kopf. Ich habe ihn natürlich nicht nach seinem Ausweis gefragt, als er in der Ankunftshalle ein mit Blümchen und Herzchen bemaltes Schild hochgehalten hat, auf dem *Willkommen Venus Blue Bennett* stand. Ich habe mich gefreut und bin zu ihm hingegangen, denn ich war sicher, dass er der Vater der Kinder ist, die ich ein Jahr lang betreuen werde. Und als er behauptet hat, seine Frau wäre zu Hause bei den kranken Zwillingen, da habe ich ihm natürlich geglaubt. Aber nun regen sich Zweifel in mir, als er die dunkle Auffahrt zu dem Parkplatz entlangfährt.

Meine Hände sind schweißnass, und obwohl ich eigentlich unheimlich müde bin, werde ich plötzlich hellwach. Was mache ich, wenn dieser Stefan auf dem Parkplatz zudringlich wird? Ich atme tief durch und versuche, ruhig zu bleiben. Eigentlich sieht er ja ganz seriös aus in dem grauen Anzug mit dem weißen Hemd und der blaugrauen Krawatte, die er trotz der Hitze nicht gelockert hat. Sein Profil mit der großen Nase, dem vollen Mund und einem leichten Dreitagebart wirkt sympathisch und erinnert mich eher an ein Model für Golfmode als an einen Serienkiller.

Mag ja sein, dass er nett aussieht, doch mir kommt es trotzdem so vor, als würde mich die Dunkelheit auf dem Parkplatz verschlingen. Die schlimmsten Gedanken schießen durch meinen Kopf. Woher kann ich wissen, wie es hinter seiner Stirn aussieht? Auch wenn er noch so harmlos und freundlich wirkt . . . Hat der Serienkiller Ted Bundy nicht sogar ein bisschen wie der junge Robert Redford ausgesehen?

Mein Herzschlag wummert in meinen Ohren, als Stefan in die allerdunkelste Ecke des Parkplatzes fährt. Schließlich bleibt er stehen, zieht die Handbremse an, dann dreht er mir seinen Oberkörper zu.

Und jetzt? Ich starre nach draußen, nichts als Büsche und Bäume. Stefan stellt nun auch die Scheinwerfer ab. Es wird stockdunkel und ich kann gar nichts mehr erkennen. Verzweifelt versuche ich, mich im Auto umzusehen. Mein Gepäck hat Stefan hinten im Kofferraum verstaut, ich habe nicht mal eine Handtasche, mit der ich zuschlagen könnte, und auch sonst kann ich nichts entdecken, womit ich ...

»Venus«, sagt er und ich blicke erschrocken zu ihm auf.

Wenn er sich auch nur einen Millimeter zu mir herbewegt, schreie ich. Reflexartig bewegt sich meine rechte Hand in Richtung Tür. Vielleicht sollte ich lieber gleich rausspringen. Geniale Idee, Blue! Und dann, was machst du dann? Ganz alleine auf einem unbeleuchteten Parkplatz ... Willst du darauf warten, dass irgendein Typ zum Pinkeln rausfährt? Schließlich kann das nur ein Mann sein, denn eine Frau, die auch nur einen Funken Verstand hat, würde hier niemals anhalten. Trotzdem greife ich nach der Klinke, es gibt ja sonst keine Alternativen.

»Venus, du hast doch nicht etwa Angst?«, fragt Stefan und nachdem sich meine Augen langsam an die Dunkelheit gewöhnt haben, sehe ich, dass er mir zulächelt.

»Nein, überhaupt nicht«, gebe ich zurück und zwinge mich dazu, ihm bloß nicht zu zeigen, was gerade in mir vorgeht. Doch das ist nicht so leicht, denn in Gedanken sehe ich schon, wie er als Nächstes seine Hand auf meinen Schenkel legt. Ich halte das nicht aus, ich muss etwas sagen, jetzt sofort! Muss ihm klarmachen, dass sich Au-pair-Mädchen nur um die Kinder und nicht um die Väter der Kinder kümmern.

Aber gerade als ich mir ein Herz fasse und anfangen will, schaltet er hastig die Innenbeleuchtung an.

»Entschuldige bitte. Ich hätte mit dir natürlich zu einer Raststätte fahren und dort einen Kaffee trinken sollen«, sagt er und blickt einen Moment durch die Windschutzscheibe ins Dunkle hinaus, ehe er sich mir wieder zuwendet. »Aber ich habe einfach zu lange überlegt, wie ich es dir sagen soll. Und dann kam nur noch dieser Parkplatz – wir sind nämlich gleich zu Hause.«

Verwirrt starre ich Stefan an. Ich verstehe überhaupt nicht, was er mir sagen will. Aber es scheint etwas Unangenehmes zu sein, denn auf einmal glänzen Schweißperlen auf seiner Stirn. Okay, es ist ziemlich stickig hier im Auto und die Klimaanlage hat er zusammen mit dem Motor ausgestellt, aber selbst ich schwitze nicht so stark wie er, obwohl ich gerade eine Scheißangst habe.

»Ich weiß nicht, ob du das verstehen wirst«, beginnt er und hört dann wieder auf.

Falls er damit zum Ausdruck bringen will, mein Deutsch könnte zu schlecht sein, irrt er sich. Bis jetzt verstehe ich ihn sehr gut. Außerdem bin ich zweisprachig aufgewachsen.

Er sucht etwas in seiner Jacke, zieht dann ein Stofftaschentuch hervor, tupft sich damit erst die Stirn ab, danach den Mund. Sein Körper wirkt angespannt, fast schon verkrampft und in mir steigt eine leichte Übelkeit auf. Was soll das hier alles? Ich spüre, wie meine Beine zu zittern anfangen. Mein Gefühl sagt mir, dass hier irgendetwas nicht stimmt. So hatte ich mir meine Ankunft in Deutschland wirklich nicht vorgestellt. Und wieso starrt Stefan die ganze Zeit so gedankenverloren nach draußen? Warum spricht er nicht weiter? Meine rechte Hand umklammert die Klinke, als wäre sie ein Rettungsanker.

»Es ist nämlich so«, fängt er stockend an und dann sprudeln die Worte so schnell aus ihm heraus, dass ich ihm wirklich kaum folgen kann. »Meine Frau, Anja, also, sie war nicht sonderlich begeistert von meiner Idee, ein Au-pair-Mädchen zu engagieren. Sie glaubt, dass ihr jungen Mädchen alle nur euer Vergnügen im Kopf habt und es euch egal ist, wie es den Kindern geht. Aber ich wollte unbedingt, dass meine Frau entlastet wird, damit sie auch wieder mehr Zeit für sich hat. Seit die Kleinen auf der Welt sind, musste sie sich ständig um sie kümmern. Leider waren die Zwillinge oft krank und Anja hat sich bis zur völligen Erschöpfung für sie aufgeopfert. Ich würde ihr ja gerne beistehen und helfen, aber ich arbeite nun mal im Geschäft, schließlich muss einer das Geld verdienen. Trotzdem beklagt Anja sich immer wieder darüber, dass ich sie zu wenig unterstütze.«

Als Stefan nach seinem Redefluss innehält und wieder nachdenklich durch die Windschutzscheibe starrt, entspanne ich mich ein bisschen und lehne mich auf dem Beifahrersitz zurück. Von was redet der Typ da eigentlich? Ich meine, ist das nicht genau der Grund, warum Leute sich ein Au-pair-Mädchen nehmen? Weil sie Entlastung brauchen. Aber was gehen mich die Familienprobleme von Anja und Stefan an?

Leichter Ärger steigt in mir auf. Was für ein super Start! Noch nicht mal richtig angekommen und schon scheint es die ersten Schwierigkeiten zu geben! Auf solche Themen wird man von der Au-pair-Vermittlungsagentur natürlich nicht vorbereitet. Man macht den Kinderpflegekurs, sollte gut genug deutsch sprechen und Auto fahren können. Wir durften auch mit ehemaligen Au-pairs reden, aber da war nie die Rede von Problemen in der Familie, da ging es immer nur um die Kinder.

Als Stefan dann weiterspricht, hefte ich meinen Blick auf sein Gesicht und betrachte ihn genauer. Er wirkt müde, doch die Anspannung von eben scheint von ihm abgefallen zu sein. »Und weil wir schon ein Kind verloren haben, ist sie sehr besorgt um die beiden Kleinen. Das verstehst du doch sicher, oder?«

Was meint er mit *verloren?*

»Wo habt ihr euer Kind verloren?«, frage ich, aber an seiner Reaktion erkenne ich, dass das die falsche Frage war.

»Es ist gestorben und es war furchtbar für uns beide.« Seine Stimme ist leise und klingt trotzdem so hart wie Stahl.

Ich lasse die Klinke an der Tür los. »Oh, das tut mir leid«, murmle ich und begreife jetzt erst, dass *verloren* auch *tot* bedeuten kann. Es muss entsetzlich traurig sein, wenn ein Kind stirbt. Da kann ich natürlich verstehen, dass seine Frau sich Sorgen um die Zwillinge macht und bestimmt hypervorsichtig ist.

»Also lass dich von ihr nicht einschüchtern, ja?«, sagt er und wirft mir einen aufmunternden Blick zu.

Ich nicke und plötzlich fällt die ganze Angst der letzten Minuten von mir ab. *Das* wollte er mir also sagen! Er wollte, dass ich gewappnet bin, bevor ich Anja gegenübertrete. Wie konnte ich nur so dämlich sein und mich derart von meiner Angst überrollen lassen? Das muss an den letzten Tagen liegen, am Abschied von zu Hause, von Grannie und Mom und Vicky. Außerdem war ich natürlich wahnsinnig aufgeregt, in ein fremdes Land zu gehen. Wochenlang habe ich versucht, mir vorzustellen, wie wohl die Familie ist, bei der ich ein Jahr lang leben werde. Und dann der lange Flug ... Erschöpft mache ich es mir auf meinem Sitz bequem.

Dann startet Stefan endlich wieder den Motor, doch noch fährt er nicht los. Als ich ihn fragend anschaue, erscheint auf seinem Gesicht ein leichtes Grinsen. »Ach, was ich dir noch sagen wollte: In diesem Auto gibt es einen Panikknopf – wenn man den drückt, dann sind alle Türen verriegelt. Und wenn man ihn noch einmal drückt«, er tippt mit dem Finger auf den Schalter, »dann gehen die Türen wieder auf.«

Plötzlich kehrt die Anspannung in meinen Körper zurück. Er hat also ganz genau gemerkt, dass ich voller Angst die Türklinke umklammert hatte. Dabei war das vollkommen nutzlos, denn ich wäre aus dem Auto gar nicht rausgekommen.

»Ich erzähl dir das nur, weil die Agentur gesagt hat, dass du einen internationalen Führerschein hast, und du mit diesem Auto auch oft fahren wirst, weil wir etwas abseits wohnen.«

Er lächelt mir zu, dann gibt er Gas, fädelt sich wieder auf der Autobahn ein und konzentriert sich aufs Fahren.

In meinem Kopf herrscht das reinste Durcheinander. Ich weiß nicht, ob ich das alles gerade nur deshalb so intensiv erlebe, weil ich so müde und überdreht bin, oder ob dieser Stefan wirklich ein bisschen merkwürdig ist.

Wenn ich doch nur mit Vicky sprechen könnte! Ich hoffe, dass ich tatsächlich ein Zimmer mit Internetanschluss habe, damit ich gleich nachher mit ihr chatten kann. Wie es ihr wohl geht? Mit Sicherheit hatte sie keinen so merkwürdigen Start wie ich hier ... Ich muss ein herzhaftes Gähnen unterdrücken und so wie es aussieht, werde ich wohl doch erst morgen früh dazu in der Lage sein, mich bei Vicky zu melden.

Wir verlassen die Autobahn und fahren auf einer Landstraße weiter, die durch hügelige Landschaften führt.

Vielleicht war es doch ein großer Fehler, nicht mit Vicky zusammen nach Paris zu gehen, sondern ganz allein nach Deutschland zu kommen. Und das nur, weil Grandma von hier stammt. Meine Freundinnen haben mich für verrückt erklärt, als ich ihnen von meinen Plänen erzählt habe. In den vorderen Odenwald statt nach Paris. Aber erstens kann ich kein bisschen Französisch, zweitens liebe ich Grandma über alles und wollte mehr über sie und Georg, ihre geheimnisvolle große Liebe, herausfinden und drittens wollte ich wissen, ob mein Deutsch wirklich alltagstauglich ist.

Obwohl ich von dieser Parkplatzaktion immer noch völlig durcheinander bin und das Gefühl habe, dass das Blut durch meine Adern rast, muss ich schon wieder gähnen.

Wir verlassen die Landstraße und nähern uns einer Siedlung mit wenigen Häusern. Nur ein paar Fenster sind schwach erleuchtet, ansonsten ist es draußen stockdunkel. Keine bunten Lichter wie in Las Vegas, die die Nacht erhellen. Keine orangefarbene Lichtglocke am Horizont. Unwillkürlich muss ich seufzen. Vegas . . .

Hey, ich werde doch nicht jetzt schon Heimweh kriegen? Ich kann mir vorstellen, was Vicky dazu sagen würde: Selbst schuld! Warum musst du dich auch in so einem Kaff begraben, nur um in der Vergangenheit deiner Oma rumzuschnüffeln?

Und gerade kommt es mir vor, als hätte sie vollkommen recht. Ich muss schmunzeln – Vicky kann ihre Meinung einfach nie für sich behalten. Aber das ist genau einer der Gründe, weshalb ich meine beste Freundin so gerne mag. Etwas aufgemuntert von dem Gedanken an Vicky starre ich aus dem Fenster und halte nach den Sternen Ausschau – und bin vollkommen entzückt, als ich wirklich welche am Himmel entdecken kann. In Vegas kann man so gut wie nie Sterne sehen!

Nachdem wir die Siedlung hinter uns gelassen haben, biegen wir wieder ab und fahren auf ein schwarzes Loch zu, das bei Tageslicht vielleicht ein Wald ist. Davor steht ein hell erleuchtetes Haus mit vielen großen Glasfenstern. In meinen Tagträumen hatte ich mir immer vorgestellt, mein Arbeitsplatz wäre in einem Fachwerk-Lebkuchenhäuschen, aber das hier sieht mehr nach Kalifornien als nach Odenwald aus.

»Viel Glück!«, sagt Stefan, bevor er aussteigt und damit beginnt, meine beiden roten Hartschalenkoffer aus dem Kofferraum zu wuchten.

Viel Glück – wieso denn *viel Glück?* Warum nicht: Alles Gute? Oder sind meine Sprachkenntnisse doch nicht so gut, wie ich immer geglaubt habe? Grannie und Mom haben von Anfang an auch deutsch mit mir gesprochen, aber vielleicht hat sich ja manches geändert in den letzten Jahren. Schließlich ist es inzwischen schon fast fünfzig Jahre her, dass Grannie nach Amerika gegangen ist – und sie ist nie wieder nach Deutschland zurückgekehrt.

Als ich zur Tür komme, ist Stefan bereits im Haus verschwunden. Und vor mir steht Anja. Ich bleibe einen Augenblick stehen, als sie mich von oben bis unten mustert, und kann nicht verhindern, dass auch mein Blick an ihr entlanggleitet.

Sofort fühle ich mich neben ihrer zarten Seepferdchengestalt massig wie ein Zuchtbulle. Sie streckt mir ihre zierliche Hand entgegen, die in meiner verschwindet. Ich drücke sie fest und merke, dass sie trotzdem einen kräftigen Händedruck hat. Gut. Ich hasse warme Schweißhändchen, die wie nasses Toastbrot in der Hand liegen.

»Du musst Venus sein, herzlich willkommen bei uns. Ich hoffe, es wird dir gefallen, auch wenn es sehr einsam hier ist.«

Sie lächelt mich so freundlich an, dass ich den Eindruck gewinne, dass Stefan im Auto ganz schön übertrieben hat. Dafür, dass sie mich hier gar nicht haben wollte, ist sie sehr nett zu mir!

»Ich freue mich auch, euch kennenzulernen. Aber nennt mich doch bitte Blue, Venus ist ein schrecklicher Name.«

»Wie du willst, Blue. Du bist sicher sehr müde, komm mit, ich zeige dir dein Zimmer.«

Sie dreht sich um und geht über den rot gekachelten Flur die ebenfalls gekachelten, aber hellgrauen Treppen hinunter in den Keller. Na das kann ja richtig gemütlich werden – ein Zimmer im Keller! Widerwillig folge ich ihr nach unten, aber als sie dann die Tür öffnet, reiße ich beschämt und überrascht die Augen auf.

Ich stehe in einem riesengroßen Zimmer, die Wand zum Garten hin ist eine einzige Fensterfront mit einer großen Flügeltür.

Direkt vor den Fenstern steht ein großer weißer Schreibtisch mit einem chefmäßigen Lederdrehstuhl. Rechts befindet sich ein Bett mit weißem, verschnörkeltem Metallgestell, eine rosa-türkisfarbene Steppdecke ist über das Bettzeug gebreitet und es liegen ein paar geblümte Kissen darauf. Vom Kopfteil aus kann man direkt nach draußen schauen. Neben dem Bett steht ein runder Nachttisch aus weiß lackiertem Holz, auf dem ein Leselämpchen und ein Wecker stehen und einige Frauenzeitungen liegen. Links an der Wand ist ein eingebauter Kleiderschrank.

»Und hier ist dein Bad.« Anja führt mich zu einer Tür an der rechten Wand und öffnet sie. Dahinter verbirgt sich ein türkisblau gekacheltes Badezimmer, klein, aber mit geräumiger Dusche, Klo und Waschbecken.

»Das ist alles wunderschön«, quetsche ich hervor. Das war viel luxuriöser, als ich es zu träumen gewagt hatte.

»Das freut mich«, sagt sie. »Ich bin übrigens Anja.« Sie reicht mir wieder die Hand, ich nehme sie.

»Anja, auf gute Zusammenarbeit, ja?« Ich versuche, ihr dabei in die Augen zu schauen. Aber sie wendet den Kopf ab und starrt auf meine Koffer, die Stefan hier abgestellt hat, als wären sie ein Haufen Müll. Dann zieht sie ihre Schultern nach hinten, seufzt leise und mustert mich von oben bis unten.

»Hast du Hunger?«, fragt sie und ihre Mundwinkel verziehen sich dabei etwas abschätzig, als wollte sie sagen, so wie du aussiehst, hast du bestimmt Hunger, aber es wäre besser, wenn du nichts essen würdest.

Dieser Blick ärgert mich sehr, denn ich habe extra für den neuen Job zehn Kilo abgenommen und sehe zum ersten Mal in meinem Leben eher wie ein Cheerleader als wie ein Bulldozer aus. Aber neben ätherischen Frauen, die wirken, als würde der leiseste Windhauch sie vom Stuhl wehen, komme ich mir immer noch wie ein Walross vor. Und genau das ist auch der Grund dafür, warum ich meinen ersten Vornamen hasse. Wenn man Venus heißt, muss man mindestens wie eine Göttin aussehen, um nicht dauernd ausgelacht zu werden.

»Ja, ein Salat wäre toll oder irgendetwas Frisches.«

»Gut.« Ihre grashalmdünn gezupften Augenbrauen heben sich anerkennend. »Komm, ich zeige dir die Küche und das Haus.«

Ich weiß nicht so recht, ob ich Anja nett finden soll, aber ich beschließe, ihr und mir noch ein bisschen Zeit zu lassen, schließlich müssen wir ein Jahr lang miteinander klarkommen.

Wir gehen die Treppe wieder nach oben, wo eine stählerne Küche ohne jeden Schnickschnack in ein weißes Wohnzimmer übergeht. Die einzigen Farbkleckse sind ein paar rote Kissen und die Bilder an den Wänden.

Wow, ist das elegant. Ich bin wirklich beeindruckt. Unser Wohnzimmer in Vegas sieht aus wie das in *King of Queens* oder *Alle lieben Jim* oder *Two an a half Men* – ein gammliges Sofa beherrscht den Raum, zwei noch schäbigere Fernsehsessel und jede Menge Nippeskram. Da traut man sich wenigstens hinzusetzen und lümmelt auch gerne rum. Aber hier hätte ich einfach nur Angst, irgendwelche Flecken auf dem Sofa zu hinterlassen. Wie macht sie das nur mit den Kindern?

Anja deutet auf die edlen Freischwinger an dem riesigen Esstisch. »Setz dich doch!«, sagt sie und holt einen vorbereiteten Salat aus dem Kühlschrank und übergießt ihn mit einer Soße, die sie aus diversen Behältern zusammenrührt. Über der Arbeitsfläche, die bis auf einen gewaltigen Steinmörser mit Stößel vollkommen leer ist, sind sehr helle Lampen installiert, sodass ich ihr Gesicht gut sehen kann. Obwohl die Haut straff über den Knochen liegt, kann ich viele Linien erkennen und tiefe Ringe unter den Augen. Sie ist eigentlich schon zu alt für so junge Kinder, überlege ich, aber vielleicht hatte sie ja eine künstliche Befruchtung. War es nicht so, dass dabei häufig Zwillinge geboren wurden?

Hastig wende ich meinen Blick ab, als Anja sich zu mir umdreht, und tue so, als würde ich mich im Zimmer umschauen. Anja dreht sich wieder um, gibt einige Pfefferkörner in den Mörser, zerschlägt sie mit dem Stößel und löffelt sie dann über den Salat, den sie noch einmal prüfend anschaut und dann vor mich hinstellt.

»Wo sind denn die Zwillinge?«, frage ich, während ich mich heißhungrig auf den Salat stürze. Irgendwie ist das Ganze so unwirklich. Vor einer Stunde saß ich voller Angst auf einem dunklen Parkplatz und nun bin ich in dieser hell erleuchteten Küche und plaudere mit einer Frau, vor der mich ihr eigener Mann vor ein paar Minuten noch gewarnt hat.

Anja setzt sich zu mir und knabbert an einem Grissini herum. »Sie schlafen.« Sie seufzt. »Zum Glück. Aber ich hatte heute einen schweren Tag. Ich musste zum Arzt, weil beide so geschrien haben, dass ich sie nicht mehr beruhigen konnte. Leider konnte man uns nicht helfen und hat uns mit Schmerzzäpfchen abgespeist und wieder nach Hause geschickt.« Anjas Stimme klingt gequält und auf einmal wirkt sie noch müder als gerade eben unter dem hellen Licht der Küchenlampen.

»Das tut mir leid«, antworte ich und meine es auch so. Stefans Frau sieht wirklich ganz schön mitgenommen aus.

Sie seufzt. »Ja, mir auch. Die armen Dinger. Komm, schleichen wir uns kurz zu ihnen und schauen, ob sie schlafen.«

Ich nicke natürlich und lege mein Besteck auf den Tisch, obwohl die ersten Bissen vom Salat meinen Hunger gewaltig angeheizt haben.

Wir steigen die hier mit beigem Teppichboden belegte Treppe nach oben zum Ende des Flures. An der Tür kleben in bunt bemalten Holzbuchstaben die Namen der beiden: Mia und Benjamin.

»Bennie ist der Jüngere von beiden«, sagt Anja und legt dann den Zeigefinger an ihre Lippen. Sie öffnet die Tür vollkommen geräuschlos.

Links unter dem Fenster ist ein großer Wickeltisch, rechts in der Ecke vom Kinderzimmer stehen nebeneinander zwei wunderschöne Himmelbetten auf Rädern. Eines ist rosa, das andere hellblau. Wir schleichen uns näher.

»Das hier ist Mia.« Anja zeigt auf das knapp ein Jahr alte Baby, das auf dem Bauch liegt und leise schnarchend schläft. Dann gehen wir zu dem blauen Bettchen, wo Bennie vollkommen geräuschlos atmet.

Ich kann die beiden im Dämmerlicht, das im Zimmer herrscht, zwar nicht richtig anschauen, aber sie wirken superniedlich und ich bin wahnsinnig darauf gespannt, sie morgen kennenzulernen.

Anja streicht beiden vorsichtig über die Köpfchen und seufzt. »Ich bin so froh, dass sie endlich schlafen. Träumt was Schönes, ihr zwei!«, flüstert sie.

Ich finde es gut zu sehen, wie liebevoll sie mit den beiden umgeht. In diesem Moment muss ich an Stefans Geschichte denken – und an das tote Baby. Was muss diese arme Frau nicht schon alles durchgemacht haben!

Nachdem Anja noch an ihren Decken herumgezupft hat, verlassen wir das Kinderzimmer wieder und gehen hinunter zum Esstisch.

Während ich den Salat aufesse, fragt mich Anja über meine Familie aus und warum ich als Au-pair arbeiten möchte.

»Weil ich gut mit Kindern umgehen kann«, antworte ich natürlich, denn das stimmt auch. Trotzdem verschweige ich, dass dieser Job für mich die einzige Chance war, etwas über Grannies große Liebe herauszufinden.

Aber dann kommen wir natürlich doch auf Oma, denn nur ihretwegen kann ich ja so gut deutsch sprechen. Aber als ich sage, dass Oma aus Weitersheim stammt, interessiert das Anja nicht sonderlich. Sie will vielmehr wissen, ob ich mich mit Erster Hilfe auskenne, und ist begeistert, als sie hört, dass wir uns in dem Kinderpflegekurs ausführlich damit befasst haben.

»Du bist müde, aber das ist auch kein Wunder nach der langen Reise, die du hinter dir hast«, stellt Anja angesichts meines andauernden Gähnens schließlich fest und lächelt mich freundlich an.

»Wenn du noch etwas brauchst, sag einfach Bescheid! Ich wünsche dir eine gute Nacht. Du weißt ja, dass das, was man in der ersten Nacht in einem fremden Bett träumt, in Erfüllung geht. Also, träum auch etwas Schönes.«

Kurz überlege ich noch, ob ich Stefan Gute Nacht sagen soll. Aber er ist nach meiner Ankunft nach oben in ein Zimmer verschwunden und hat sich nicht mehr blicken lassen. Komisch, denke ich. Wo er doch befürchtet hatte, dass Anja mich eher nicht so freundlich begrüßen würde. Warum hat er sich nicht zu uns an den Tisch gesetzt? Doch ich bin zu müde, um weiter darüber nachzudenken, und laufe schließlich schlaftrunken die Treppen nach unten.

Im ersten Moment kommt mir mein Zimmer wie eine große schwarze Höhle vor, weil man durch die Fensterfront ins unendlich Dunkle schaut. Es wirkt ganz anders als Wände.

Aber als ich das Licht anschalte, wird das Zimmer sofort wieder freundlich.

Bevor ich die Koffer auspacke, fahre ich noch meinen Laptop hoch. Ich bin überglücklich, als ich feststelle, dass ich tatsächlich das WLAN der Zeltners nutzen kann, und schreibe noch schnell eine Mail an Mom und Grandma, damit sie wissen, dass ich gut angekommen bin.

Weil meine Beine immer noch so kribbelig sind, mache ich die Terrassentür auf und gehe auf das gepflasterte Rechteck vor meinen Fenstern. Die Luft ist wunderbar warm und seidig und duftet wie das Summerfruit-Shampoo, das ich so gerne benutze. Ich schaue zum Wald hinüber, der wie ein schwarzes Loch alle Energie anzuziehen scheint. Aber das kommt mir sicher nur so vor, weil wir in Vegas nirgends Wald haben. Außerdem wird es bei uns niemals richtig dunkel, denn alle Gebäude, Hotels und Kasinos sind die ganze Nacht hindurch beleuchtet. Man muss schon weit in die Wüste rausfahren, um die Sterne zu sehen. Hab ich einmal gemacht mit Marc, aber der wollte gar keine Sterne anschauen, sondern bloß rumknutschen – was aber mindestens genauso schön war.

Es raschelt im Wald, dabei ist es vollkommen windstill. Wahrscheinlich Rehe oder Hasen.

Ich gehe wieder in mein Zimmer, lasse die Tür einen Spalt offen, damit Luft hereinkommen kann, durchwühle die Koffer nach meinem Kulturbeutel und dem Nachthemd. Dann probiere ich mein neues Bad aus. Meine Cremes und Lotions sehen in dem edlen Bad ein bisschen billig und irgendwie gammlig aus, aber außer mir wird das ja nie jemand mitkriegen. Die Duschkabine ist schön groß, das Wasser ist sehr heiß und ich fühle mich gleich viel besser, auch wenn ich im Spiegel übel müde aussehe.

Auf dem Weg ins Bett frage ich mich, warum Grannie so dermaßen dagegen war, dass ich mir ihre Heimat anschaue. Als ich ihr davon erzählt habe, dass ich mein Au-pair-Jahr in Deutschland verbringen möchte, hat sie mich gefragt, warum ich ausgerechnet in dieses Land wolle. Weil ich eben gerne ihre Heimat kennenlernen will, habe ich ihr geantwortet. Noch nie habe ich sie so wütend gesehen. ›Heimat‹, hat sie gesagt, das wäre nichts anderes als ein kitschiges, typisch deutsches Wort ohne jede Bedeutung.

Mich überfällt eine bleierne Müdigkeit und meine Gedanken werden zäh wie Kaugummi. Nachdem ich es mir im Bett gemütlich gemacht habe, wandert mein Blick zur Fensterfront. Gut, dass es hier nur Jalousien gibt und keine Gardinen vor den Scheiben sind, sonst könnte ich jetzt gar nicht sehen, wie schön der Mond aufgegangen ist. Irgendwie kommt er mir kleiner vor als in Vegas. Das bringt mich zum Lachen, denn es könnte leicht sein, dass in Vegas nur eine schick beleuchtete, viel zu große Mondattrappe am Himmel hängt, die genauso unecht ist wie der Eiffelturm oder die Pyramiden von Vegas. Nur ein Geschenk der Stadt an die verliebten *Honeymooner.*

Flitterwochen.

Unwillkürlich muss ich tief durchatmen. Es ist verdammt lange her, dass mich jemand geküsst hat. Viel zu lange. Vicky hat behauptet, wenn ich hierherfahre, dann bliebe das ein Jahr lang auch so, ganz einfach, weil es hier keine jungen Typen gäbe, wohingegen es in Paris von attraktiven Studenten nur so wimmeln würde. Und wenn ich mir diesen einsamen Halbmond über dem schwarzen Wald so anschaue, dann beschleicht mich das bange Gefühl, Vicky könnte recht behalten.

3. Er

Ich weiß nicht, wo ich anfangen soll. Mir selbst kommt es heute – nach so vielen Jahren und mit Abstand – einfach ungeheuerlich vor, was ich getan habe. Und doch habe ich es nur für dich getan.

Unfassbar, das Schicksal meint es endlich einmal gut mit mir.

Das Schicksal!

Bis vor Kurzem hatte dieses Wort für mich keine Bedeutung. War ein Begriff aus der Welt von Sensationsblättern. Weit, weit weg von mir. Dieses Mädchen fordert sein Schicksal jedenfalls geradezu heraus, wenn es die Tür zum Garten offen lässt.

Als ich vorhin im Wald auf meinem Beobachtungsposten stand, habe ich sie gesehen, wie sie durch die Terrassentür nach draußen kam. Ich war zu weit entfernt, um ihr Gesicht deutlich erkennen zu können, aber aus der Ferne sah sie ganz hübsch aus.

Unentschlossen halte ich einen Moment im Garten inne. Wie kann man nur bei offener Tür schlafen? Entweder ist dieses Mädchen unglaublich vertrauensselig oder aber jemand im Haus hat etwas gemerkt und sie stellen mir eine Falle. Ich darf kein Risiko eingehen.

Ich bleibe an der Schwelle stehen und spähe ins Zimmer hinein. Überall liegt Wäsche herum, zwei Koffer stehen sperrangelweit offen. Ordnung scheint nicht ihr Ding zu sein, aber das ist nur von Vorteil für mich. Sie schnarcht ein bisschen und das ist auch gut, denn dann höre ich sofort, wenn sie unruhig wird.

Ich husche in das Zimmer und bleibe vor ihrem Bett stehen. Neugierig betrachte ich sie. Sie scheint ungefähr in meinem Alter zu sein. Auf ihr struppiges Haar fällt etwas Licht von dem Halbmond, der mir den Weg zur Tür gewiesen hat. Zum Glück ist ihr Gesicht vom Fenster weggedreht, sodass der Mond nicht auf ihre Augen scheinen und sie wecken kann.

Sie trägt ein leichtes Spaghettihemdchen aus rosa schimmerndem Stoff, der im Mondlicht fast so aussieht, als wäre er nass. Und obwohl mir dieses Mädchen völlig fremd ist, juckt es mich in den Fingern darüberzustreicheln. Aber ich muss mich beherrschen. Ich verkneife es mir auch, den linken Spaghettiträger, der von ihrer runden Schulter auf ihren bleichen Oberarm gerutscht ist, zurückzuschieben.

Ich beuge mich noch weiter über sie, um mir ihr Gesicht gut einzuprägen, damit ich sie überall wiedererkenne. Ein kräftiges Gesicht, ganz anders als *ihres*. Eine Nase mit einem breiten Sattel und ein unglaublich voller Mund. Ihr Gesicht ist rund und pausbäckig. Sie sieht aus, als würde sie viel lachen.

Ich hoffe nicht, dass sie für mich zum Problem werden wird. Wenn alles nach meinem Plan verläuft, dann wird sie mir eher nützlich sein … Auf alle Fälle wäre es besser für sie, mir nicht in die Quere zu kommen.

Das Mädchen seufzt leise und dreht sich um. Ich muss mich beeilen, bevor sie meine Anwesenheit bemerkt. Das hier ist gerade meine einzige Chance, nach oben zu kommen. Ich muss hochgehen, bevor das Mondlicht sie an der Nase kitzelt und vielleicht aufweckt.

Leise schleiche ich zu der Tür, die von einem Miniflur in ihrem Zimmer zur Treppe nach oben führt. Meine Hände sind schweißnass. Was ist, wenn mich jemand erwischt, bevor ich das gefunden habe, wonach ich suche?

Sie schmatzt ein paarmal, dann räuspert sie sich und gähnt. Mit angehaltenem Atem schaue ich ihr dabei zu, wie sie sich streckt und reckt.

Nein, das darf doch nicht wahr sein!

»Damn it!«, sagt sie und setzt sich auf.

Ich presse mich fest an die Tür, hoffe, dass ich mit der Dunkelheit verschmelze, und wünsche mir, dass sie sofort wieder einschläft.

»Jetlag-Shit!«, höre ich sie murmeln, dann raschelt die Bettdecke.

Oh nein, jetzt steht sie tatsächlich auf. Mein Herz beginnt zu rasen und ich flehe sie stumm an, nicht in meine Richtung zu schauen. Wenn sie mich entdeckt, würde das meine ganzen Pläne zerstören. Und vielleicht muss ich ihr dann unnötig wehtun. Ich halte den Atem an und schiele vorsichtig um die Ecke.

Sie schlurft zum Schreibtisch am Fenster, wo ein Laptop steht, streckt sich noch einmal, wirft ihre Haare über die Schultern, setzt sich dann hin und beginnt wie wild zu tippen.

Ich sollte schleunigst verschwinden.

Jetzt kichert sie beim Tippen und ich würde zu gerne lesen, was sie geschrieben hat, aber das muss ich auf ein anderes Mal verschieben.

Ich drücke die Klinke der Tür so sanft und behutsam nach unten, wie ich nur kann, und halte erneut die Luft an, damit mir kein Geräusch entgeht.

Ich höre sie fluchen – jetzt oder nie!

Ich quetsche mich durch die Tür, schließe sie wieder und bleibe dahinter mit rasendem Herzen einen Moment lang stehen. Die Treppe nach oben liegt vor mir. Wieder steigt die Angst in mir auf, dass ich *ihr* oder *ihm* im Haus begegnen könnte. Das darf nicht passieren. Doch was mich momentan am meisten beunruhigt, ist die Tatsache, dass das Mädchen nun wach ist. Was bedeutet, mein geplanter Rückweg ist versperrt. Verdammt! Wie soll ich nur oben aus dem Haus rauskommen? Vielleicht im Wohnzimmer – aber die Terrassentür führt auf ein großes knarzendes Holzdeck, das auf eisernen Stelzen steht. Von dort führt nur eine Wendeltreppe aus Stahl nach unten in den Garten und die macht höllischen Lärm. Die vordere Tür ist, wie ich mittlerweile weiß, nachts immer abgeschlossen.

Aber ich sollte jetzt keine Zeit mehr verlieren. Diese Gelegenheit ist einmalig. Entschlossen schleiche ich Stufe für Stufe nach oben. Je höher ich komme, desto mehr duftet es nach *ihr*. Es ist ein blumiger, fruchtiger Geruch, den ich schon ein paar Mal an ihr gerochen habe, wenn sie im Dorf in einem Laden an mir vorbeigelaufen ist, ohne mich dabei wahrzunehmen. Auf alle Fälle riecht *sie* ganz anders, als sie immer gerochen hat – sie, deren antiseptischer Geruch allerhöchstens mal von Lavendel oder Kölnisch Wasser übertönt wurde.

Hör auf damit, lass das, ermahne ich mich selbst. Ich sollte das nicht tun. Keine Vergleiche. Darum geht es hier nicht. Konzentriere dich auf deinen Plan.

Ich bleibe stehen und schaue mich um. Dort drüben im Wohnzimmer sind die Bücherregale und die Bilder. Heute muss ich endlich etwas finden, das mir Gewissheit gibt. Ich halte das nicht länger aus, ich werde noch vollkommen verrückt. Und wer weiß, was ich dann zu tun imstande bin?

4.

Es war so etwas wie Liebe auf den ersten Blick. Als es mir gelang, deine Aufmerksamkeit zu erregen, und du deine braunen Augen voll auf mich gerichtet hattest, da wusste ich tief in meinem Herzen, dass wir zusammengehören. Für immer.

Vogelgezwitscher weckt mich. Es klingt genauso unecht wie das, was sie in Vegas in den Kasinotoiletten abspielen, um die Pinkelgeräusche zu übertönen. Doch das hier ist ganz bestimmt echt.

Als ich aufstehe, merke ich, wie verdammt müde ich immer noch bin, nachdem ich die halbe Nacht Mails an Vicky geschrieben habe. Natürlich habe ich ihr als Erstes von meinem Abenteuer mit Stefan auf dem Rastplatz erzählt. Sie hat mir dann auch sofort in typischem Vicky-Style geantwortet: Sie fand sein Verhalten ganz schön gruselig und wollte wissen, ob er denn wenigstens gut aussehen würde. Aber später meinte sie, dass wir vielleicht überreagieren, weil wir keine Ahnung haben, wie das hier in Europa so läuft. Ihre Gasteltern wären auch komisch, wahnsinnig reserviert und kurz angebunden, da müsste man einfach mal abwarten, wie sich alles entwickelt – und genau das denke ich auch.

Müde, aber trotzdem neugierig trete ich auf den Rasen vor meiner Tür und drehe mich zum Wald um.

Das, was mir gestern Abend wie ein schwarzes Loch vorgekommen ist, wirkt jetzt im Sonnenlicht, als wäre es ein geheimnisvoller, freundlicher Märchenwald. So ähnlich habe ich mir die Wälder in Grimms Märchen vorgestellt, die mir Grannie immer erzählt hat, wenn Mom im Kasino arbeiten musste. Mir gefielen die echten deutschen Märchen viel besser als diese albernen Disneyversionen. Ich liebte es, wenn die böse Hexe am Ende in den Ofen geschubst wurde und sich Schneewittchens Stiefmutter zu Tode tanzen musste.

Hier draußen ist das irgendwie künstliche Gezwitscher noch viel lauter als drinnen und es duftet nach Rosen und Lavendel und Gras. Ich atme tief durch, gehe ein paar Schritte die Böschung hoch und schaue zum Ort hin.

Einen Moment lang scheint es unwirklich, dass ich gerade tatsächlich den Ort sehe, an dem meine Großmutter aufgewachsen ist. Von Weitersheim ist Grannie damals in den sechziger Jahren abgehauen, um nach San Francisco und dann nach Woodstock zu gehen. Der Gedanke, dass Grandma sogar von einem anderen Kontinent weggelaufen ist, weil sie unbedingt Hippie sein wollte, hat mir immer schwer imponiert und ihre Geschichte hat mich schon als kleines Kind fasziniert. Ich finde Grannie unheimlich cool, aber Mom hat sich für ihre peinliche Hippiemutter all die Jahre nur geschämt und die beiden haben eher ein schwieriges Verhältnis. Grannie war immer für mich da – was ich von meiner Mom nicht unbedingt behaupten kann. Klar, sie hat es nicht leicht gehabt, als Dad uns verlassen hat, aber Grannies Leben war auch nicht einfach gewesen.

Während ich über Grannie nachdenke, mache ich einen Rundgang durch den Garten, der am Wald endet. Plötzlich muss ich lächeln. Meine Freundinnen waren früher richtig scharf darauf, zu mir und meiner *crazy German Grandma* zu kommen. Grannie lief immer noch so rum, als wäre Woodstock erst gestern gewesen, roch nach Patschouli und hatte für alles Verständnis. Meine Freundinnen erzählten ihr sogar Geheimnisse, die sie mir niemals verraten würden. Darauf war ich manchmal eifersüchtig, aber meistens nur kurz, denn ich konnte Grannie nie lange böse sein. Außerdem kann sie großartig kochen und Tarotkarten legen und mit ihren Voraussagen hat sie immer so gut ins Schwarze getroffen, dass alle meine Freundinnen der Überzeugung sind, dass sie eine Hexe sein müsste – eine gute Hexe natürlich.

Vicky meint immer, dass ich vielleicht auch so eine Gabe habe wie Grannie. Tatsache ist, dass ich meiner Großmutter zum Verwechseln ähnlich sehe – das heißt, wenn man sich Fotos anschaut, auf denen Grannie so alt war, wie ich es jetzt bin. Vor allem haben wir beide die gleichen türkisblauen Augen. Deshalb hat Mom mir ja auch Blue als zweiten Vornamen gegeben.

»Hallo-oo?«, ruft eine Stimme und reißt mich aus meinen Gedanken.

Ich drehe mich um und sehe Anja, die mir über das Geländer der oberen Terrasse freundlich zuwinkt.

»Möchtest du Frühstück?«, ruft sie.

»Ja gern. Ich komme gleich.«

Ich verlasse den Garten, dusche und ziehe mir Jeans und ein türkises T-Shirt an. In der Küche angekommen sehe ich, dass Anja eins der Babys mit einem Tuch vorne am Bauch trägt, während sie Kaffee kocht und Weißbrotscheiben in den Toaster schiebt. Sofort befällt mich ein schlechtes Gewissen, schließlich bin ich hier, um sie zu entlasten.

Ich begrüße sie und frage, ob ich ihr das Baby abnehmen

soll, aber sie schüttelt nur matt den Kopf. »Der Kleine braucht mich jetzt. Bennie hat die ganze Nacht geschrien. Ich weiß nicht genau, was er hat, aber ich fürchte, es ist etwas Ernstes.« Sie schaut mich mit großen Augen an und streichelt Bennie über den Kopf.

Ich habe im Keller gar nichts davon mitbekommen. Wahrscheinlich liegt das Kinderzimmer zu weit entfernt und ich bräuchte schon das Babyfon, um zu hören, wenn die Kleinen schreien.

»Wo ist denn Mia?«, frage ich und unterdrücke ein Gähnen.

»Sie schläft noch.«

»Soll ich sie holen, frühstücken wir mit den Kindern? Soll ich einen Brei machen?«, frage ich, weil ich mir zunehmend überflüssiger vorkomme.

Anja nickt dankbar. »Ja, wir sollten sie wecken, sonst macht Mia später keinen Mittagsschlaf. Außerdem muss sie jetzt auch endlich etwas essen.«

Ich laufe die Treppe nach oben zum Kinderzimmer und bin sehr gespannt, wie meine erste Begegnung mit Mia ausfallen wird. Vorsichtig öffne ich die Tür und schaue mich erst mal um. Zwei Drittel der Wände sind zartblau gestrichen und das obere Drittel ist mit einer breiten Bordüre beklebt, auf der Tiere im Zoo zu sehen sind.

Die Wickelkommode vor dem Fenster hat eine dicke weiche Polsterauflage, die mit Herzchen verziert ist. Über dem Tisch hängt ein zartes Mobile aus bunt schillernden Fischen, die sich beim leisesten Lufthauch bewegen. Rechts und links neben dem Fenster befinden sich schwere Vorhänge, auf der man die Tigerente auf dem Weg nach Panama bewundern kann.

»Guten Morgen, kleine Prinzessin«, singe ich, während ich

mich ihrem duftigen rosa Himmelbettchen nähere. *»You are my sunshine, my little . . .«* Ich beuge mich über das Baby, registriere diesen Geruch nach Puder und verschütteter Milch und merke sofort, dass hier etwas nicht stimmt.

Mia sieht ganz blau aus. Panik überfällt mich und ohne weiter nachzudenken oder mich an das zu erinnern, was ich in den Kinderpflegekursen gelernt habe, hebe ich sie aus dem Bettchen und stürme nach unten.

»Anja! Mia . . . mit Mia stimmt was nicht, ich glaube, sie atmet nicht.« Mein Herz schlägt bis zum Hals und gerade, als die Panik mich zu überwältigen droht, schlägt Mia ihre Augen auf. Hinreißende blaue Kulleraugen schauen mich verwundert an, dann kommt ihre hellrosa Zungenspitze zwischen den Lippen zum Vorschein.

Tränen der Erleichterung schießen mir in die Augen. Sie lebt also. Mia lebt.

Anja rennt herbei, reißt mir die Kleine aus dem Arm und presst sie fest an sich, was nicht einfach ist, weil sie ja Bennie noch um den Bauch trägt.

»Oh mein Gott, sie ist ja ganz blau. Ruf sofort einen Krankenwagen und bestehe darauf, dass sie einen Kindernotarzt mitschicken!«

»Wo ist das Telefon?«, frage ich und merke, dass ich angefangen habe, am ganzen Körper zu zittern.

Anja zeigt zum Flur, ich renne raus, aber da ist kein Telefon, dann entdecke ich ein Handy auf dem Küchentisch und nehme das. »Wie lautet die Notrufnummer?«, frage ich, was Anja ein ungläubiges Kopfschütteln entlockt.

»110!«, stöhnt sie. »Und beeil dich.«

Mit zitternden Fingern wähle ich die Nummer und plötzlich überfällt mich die Angst, dass ich vor lauter Panik kein

Deutsch mehr kann. Doch dann zwinge ich mich, an Grannie zu denken und an ihr Motto ›In der Ruhe liegt die Kraft‹.

Keine Ahnung, was ich am Telefon gesagt habe, alles verschwimmt in meinem Kopf, ich starre nur auf die arme Mia, die immer noch leicht blau aussieht. Ich komme erst wieder zu mir, als ich die Sirenen von Weitem höre.

Tatsächlich ist ein Kinderarzt mit einem roten Stethoskop dabei, der so gelassen und überlegt abfragt, was passiert ist, dass sich alle beruhigen. Dann bekommt dieses winzige Wesen eine Infusion und eine Sauerstoffmaske und wird in den Krankenwagen geladen.

Anja weigert sich zuerst, Bennie bei mir zu lassen, und übergibt ihn mir mit so viel Widerwillen, als wäre meine Anwesenheit der Grund für Mias Atemnot. Zum Glück drängen die Sanitäter zur Eile, deshalb gibt Anja nach, schärft mir aber ein, sofort ihren Mann anzurufen und ihm zu sagen, dass er nach Hause kommen solle. Die Nummer stünde in dem schwarzen Buch neben dem Telefon.

Ich verspreche alles, nehme Bennie auf meinen Arm und suche dann sofort das schwarze Buch, von dem sie gesprochen hat.

Der Kleine brüllt empört, als wüsste er genau, dass seine Mutter ohne ihn weggefahren ist. Ich verstehe ihn gut, denn ich bin noch vollkommen fremd für ihn. Deshalb gehe ich mit Bennie durch die Wohnung auf das Holzdeck ins Freie, wiege ihn sanft hin und her und singe ihm alles vor, was mir einfällt. Versuche dabei, selbst wieder runterzukommen. Mein Puls ist immer noch unregelmäßig. Das Ganze ging so schnell. Außerdem fühle ich mich wie benebelt, weil mein Körper und mein Hirn vom Flug vollkommen durcheinander sind. Den Jetlag hatte ich wirklich total unterschätzt.

Erleichtert entdecke ich unten im Garten eine große Baumschaukel. Super, dieses Hin- und Herschwingen wird Bennie bestimmt so gut gefallen, dass er aufhört zu weinen.

Ich steige vorsichtig die Stahlstufen der Wendeltreppe nach unten. Meine Beine fühlen sich immer noch leicht zittrig an. Bei jedem Schritt dröhnt und vibriert der Stahl, was Bennie zu gefallen scheint. Er hört auf herumzuquengeln und wird schließlich ganz still, schaut sich neugierig um und greift dann mit den Händchen nach dem Geländer. Als ich seine Fingerchen um das kalte Metall lege, weiten sich seine großen braunen Augen, er gluckst und stopft sich die ganze Hand in den Mund. Dann beginnt er zu lachen. Um ihm eine Freude zu machen, gehe ich die Treppe gleich ein paarmal rauf und runter. Schließlich wird er unruhig und möchte, dass ich ihn runterlasse.

Ich setze Bennie auf die Wiese und hocke mich selbst auf die unterste Stufe. Völlig erschöpft, obwohl ich erst seit knapp zwei Stunden wach bin, sehe ich dabei zu, wie Bennie versucht, sich am Treppengeländer hochzuziehen. Er strahlt mich mit diesem zahnlosen Babygrinsen an, als es ihm endlich nach mehreren Versuchen gelingt. Er fällt zwar gleich wieder auf seinen dicken Windelpo, aber das hindert ihn nicht daran, sich sofort erneut hochzuziehen.

Ich finde ihn erstaunlich fit und er wirkt gar nicht krank, sondern voller Energie – auf alle Fälle ist er tausendmal fitter, als ich es bin. Ich schaue ihm eine Weile zu und versuche, meine Gedanken zu ordnen.

Was für ein Chaos gleich an meinem ersten Tag! Das war nun also die Wirklichkeit – es kommt mir so vor, als hätte ich in all den Kursen, die ich absolviert habe, nur mit Puppen gespielt. Puppen laufen jedenfalls nicht blau an.

Plötzlich fällt mir siedend heiß ein, dass ich Stefan noch nicht angerufen habe. Ich springe auf, nehme Bennie auf den Arm und renne die Stahltreppe wieder rauf. Das mag er nicht, er schnappt überrascht nach Luft und beginnt zu brüllen.

Was, wenn das sein Vater hört? Egal, ich muss jetzt das schwarze Buch finden.

»Bennie, verrate mir, wo ist das Buch?« Ich singe ihm die Frage vor, ganz hoch, ganz tief und mit Mickey-Mouse-Stimme. »Wo ist das Buch, wo, wo, wo?« Bennie fängt wieder an zu lachen. Besonders meine Mickey-Mouse-Variante scheint ihm unheimlich gut zu gefallen.

Ich durchsuche die Küche, den Flur und werde endlich im Wohnzimmer fündig. Das Notizbuch liegt auf einem Sideboard, auf dem viele Fotos stehen – und zwar exakt neben einem Bild, um das eine schwarze Trauerschleife gebunden ist. Es zeigt ein Baby, das genauso aussieht wie Bennie.

Ich halte einen Moment inne und spüre, wie ein beklemmendes Gefühl in mir aufsteigt. Ich muss an Stefan denken und wie er mir gestern Abend von dem Kind erzählt hat, das Anja und er verloren haben. Wie seine Stimme dabei geklungen hatte . . . Je länger ich das Foto anschaue, desto stärker wird in mir das Gefühl, das Bild wegdrehen zu wollen. Es kommt mir wie ein schlechtes Omen vor. Wie hält Anja es nur aus, jeden Tag dieses Bild zu sehen? Auf alle Fälle ist es nur verständlich, dass sie so um die Zwillinge besorgt ist.

Ich greife zögernd in die Richtung des gerahmten Bildes, doch dann schüttle ich entschieden den Kopf, schnappe mir das Notizbuch und drehe mich schnell vom Sideboard weg.

Mit Bennie auf dem Arm dauert es ein bisschen länger, bis

ich endlich die Nummer von Stefans Fliesengeschäft finde. Er ist sehr bestürzt, als er erfährt, was passiert ist.

»In welches Krankenhaus haben sie Mia denn gebracht?«, fragt er.

Das habe ich nicht mitbekommen. Als er wissen will, ob es die Johanniter, Samariter oder das Deutsche Rote Kreuz waren, die mit dem Krankenwagen gekommen sind, habe ich auch keine Ahnung und fühle mich schrecklich unfähig.

»Wie kommst du mit Bennie zurecht? Wie geht es ihm?«

»Gut«, sage ich mit mehr Überzeugung, als ich habe, und zwinkere Bennie an, der jetzt hingebungsvoll an seinem Daumen lutscht. »Anja hat zwar gesagt, dass er kaum geschlafen hat, aber auf mich wirkt er ganz okay.«

»Das freut mich. Dann werde ich mich erkundigen, in welchem Krankenhaus sie gelandet sind, und gleich hinfahren. Wirst du zurechtkommen?«

»Klar«, sage ich. Wir verabschieden uns und ich lege auf. Dann erst fällt mir ein, dass Anja ihren Mann ja zu Hause haben wollte. Ob ich Stefan noch mal anrufen soll? Nein, lieber nicht, ich hab mich gerade schon genug blamiert. Erst weiß ich nicht, welche Ambulanz hier war und wohin sie Mia gebracht haben, und dann vergesse ich auch noch Anjas Anweisungen – das macht ja wohl alles andere als einen guten Eindruck.

Nachdem ich aufgelegt habe, fällt mir auf, wie still es im Haus ist. Nur Bennies schnaufendes Atmen ist zu hören und jetzt erst wird mir klar, dass ich wirklich ganz alleine hier bin. Millionen Kilometer weg von zu Hause. In einem Haus, dessen Räume ich noch nicht mal alle kenne. Ein Haus am Ende der Welt. Plötzlich frage ich mich, wo das andere Kind gestorben ist. Hier im Haus? Ob es krank war? Oder war es ein Unfall?

Ein merkwürdiges Nagen macht sich in meinem Magen breit. Mein Blick fällt erneut auf das Foto. Und wieder überfällt mich dieser merkwürdige Zwang, es gerne umdrehen zu wollen.

Jetzt hör auf zu spinnen, Blue, ermahne ich mich. Schau dir einfach die vielen anderen Fotos an.

Da ist das Hochzeitsfoto der Zeltners, offensichtlich aus den achtziger Jahren; das Brautkleid aus champagnerfarbener Spitze hat mächtige Schulterpolster und das prächtige Diadem der Braut steckt in einer dauergewellten Mähne. Anja lächelt nur ganz leicht, wohingegen Stefan strahlt, als ob er besoffen wäre vor Glück. Auf dem Bild sehe ich zum ersten Mal, was für eine merkwürdige Augenfarbe Stefan hat, hellbraun wie schimmlige Vollmilchschokolade. Die anderen Bilder zeigen Schwarz-Weiß-Porträts aus den sechziger Jahren und Mädchen in Miniröcken mit Schottenkaros vor Weihnachtsbäumen.

Diese Fotos anzuschauen, wirkt ungemein beruhigend. Alles ist so normal. So, wie es sein soll.

»Komm, Bennie«, flüstere ich, »schauen wir uns den Rest des Hauses an.« Wieso flüstere ich, was soll das denn? Schließlich sage ich ja nichts Verbotenes. Deshalb sage ich es noch mal, aber viel lauter. Seine großen Augen betrachten mich aufmerksam und ich finde es schade, dass er noch nicht sprechen kann.

Doch als ich vor der Treppe stehe, die nach oben führt, stelle ich fest, dass ich eigentlich gar nicht hierbleiben, sondern viel lieber rausmöchte. Irgendwie will ich nicht an der Zimmertür vorbeigehen, hinter der Mia vorhin in ihrem Bettchen gelegen hat, ohne zu atmen. Plötzlich legt sich die Verantwortung, die ich trage, wie ein schweres Gewicht auf meine

Schultern. Vielleicht sollte ich Stefan doch noch mal anrufen und ihn bitten, nach Hause zu kommen? Was, wenn es Bennie plötzlich auch wieder schlechter geht und ich ganz alleine hier mit ihm bin? Der Gedanke beschleunigt schon wieder meinen Puls und ich beschließe, dass wir schell raus und auf andere Gedanken kommen müssen.

»Ich hab's mir anders überlegt, Bennie, wir gehen spazieren, da gibt es für dich auch viel mehr zu sehen als hier im Haus«, sage ich mit fröhlich bestimmter Stimme. »Wir erkunden den Ort, was meinst du?«

Ich finde, er sieht begeistert aus, also mache ich mich auf die Suche nach dem Kinderwagen und entdecke ihn in der Doppelgarage, am Ende der Einfahrt.

Nachdem ich Bennie gewickelt und mit Sonnencreme eingeschmiert habe – Anja soll schließlich nicht glauben, ich wäre nicht in der Lage, mich ordentlich um die Kleinen zu kümmern! –, packe ich eine Tasche mit Ersatzwindeln, einem Tee-Fläschchen und Reiswaffeln. Es dauert eine halbe Ewigkeit, ehe ich mich durch die Schubladen und Schränke in der Küche gewühlt habe. Es ist unglaublich, alles ist voller Gläschen, Dosen und Tüten; überall kleben Zettel von Babynahrung darauf. Und ich dachte immer, es reiche, Brei vorrätig zu haben ... Anja scheint aus ihrer Ernährung eine Wissenschaft zu machen. Aber irgendwie kann ich sie verstehen, sie will eben nur das Beste für die beiden.

Ich laufe mit Bennie auf dem Arm in die Garage und setze ihn in einen der mit Lammfell gepolsterten Sitze des Zwillingskinderwagens. Nachdem ich die Tasche verstaut habe, spanne ich den Sonnenschirm auf, denn die Sonne scheint von einem wolkenlosen Himmel und die Luft ist schon total warm, obwohl es erst Anfang Juni ist. Grandma hat behauptet, der Sommer in Deutschland wäre nur kurz und es würde erst im Juli richtig heiß.

Und gerade als ich losgehen und die Tür hinter mir zuziehen will, wird mir klar, dass ich gar keinen Schlüssel habe. Also gehe ich noch einmal zurück ins Haus, aber das Schlüsselbrett neben der Tür ist leer. Ich könnte ja meine Tür einfach offen lassen, überlege ich. Schließlich steht das Haus am Ende der Welt, wer sollte hier schon einbrechen? Und dann auch noch am helllichten Tag!

Ich verriegle also alle Türen außer meiner, die ziehe ich zwar zu, lasse sie aber unverschlossen, dann brechen wir endlich auf.

Bennie gefällt es nicht, dass ich ihn angeschnallt habe, und er stemmt sich gefährlich weit aus dem Kinderwagen. Aber nach einigen Minuten gibt er auf.

Zum Glück gibt es neben der Straße einen Fußweg, der nach Weitersheim hinüberführt. Ab und zu bleibe ich stehen und zeige Bennie ein *dandelion,* keine Ahnung, wie das auf Deutsch heißt. So eine gelbe Wiesenblume, die er sich sofort in den Mund stopft, aber ich glaube nicht, dass ihm das schaden wird. Sicher bin ich mir allerdings nicht. Mann, das hier ist wirklich was anderes als die Kurse, die ich in Vegas hatte! Vorsichtshalber nehme ich Bennie die Blume doch wieder ab.

Wir nähern uns nun langsam dem Dorf und ich frage mich, ob ich jetzt das Gleiche vor mir sehe wie Grannie in den sechziger Jahren oder ob sich viel verändert hat. Sie hat gedacht, ich schaffe es nicht, auch nur in der Nähe des Ortes eine Au-pair-Stelle zu kriegen, aber da hat sie sich getäuscht. Es war sogar sehr einfach, weil man bei der Agentur angeben konnte, wohin man wollte – und kein Mensch wollte in den vorderen Odenwald! Ich hätte sogar auch noch eine andere Stelle kriegen können, in Seebick. Das ist ein Ort in der Nähe, allerdings noch ein Stück weiter in den Odenwald hinein. Aber so war das natürlich der absolute Glückstreffer!

Ich habe nun das Dorf erreicht und vor mir liegt eine lange Straße; an einer Kreuzung ist ein Geschäft mit Zeitungen und Kinderspielzeug, dann kommen eine Metzgerei und eine Bäckerei. Alle drei Gebäude haben unten einen Sockel aus braun melierten glänzenden Fliesen und weiter oben graubeiges Mauerwerk. Das wirkt sogar im Sonnenlicht und unter dem strahlend blauen Himmel ziemlich trostlos. Das Haus mit der Bäckerei steht zurückgesetzt von der Straße, hat einen sehr großen Vorgarten mit abgezirkelten Blumenbeeten und einer prächtigen sattgrünen Rasenfläche, in deren Mitte hoch oben auf einer dicken Säule ein großes rundes Häuschen steht. Es sieht aus wie ein überdimensionales Puppenhaus mit vielen bunt verzierten geschnitzten Türen und Törchen. Schade, dass es so hoch oben ist, Bennie würde es bestimmt liebend gerne untersuchen.

Ich beschließe, erst mal eine Zeitung zu kaufen. Bennie ist überglücklich, als ich ihn aus dem Wagen nehme und mit ihm in das Geschäft gehe.

Drinnen ist es im ersten Moment so dunkel, dass meine Augen ein paar Minuten brauchen, um etwas erkennen zu können. An den Wänden sind Holzregale, in denen von Wollknäueln bis hin zu Computerspielen alles Mögliche zu sehen ist.

Eine Frau, die älter aussieht als Grannie, steht hinter einer Ladentheke und lächelt mir freundlich zu.

»Kann ich Ihnen helfen?«, fragt sie und streicht ihr kurzes gewelltes elefantengraues Haar hinter die Ohren, wie um besser hören zu können.

Doch als ich näher komme, holt sie hastig ihre Brille hinter der Kasse hervor, setzt sie auf, starrt mich an, nestelt am Gestell herum und dann friert ihr Lächeln ein und wird kantig wie Eiswürfel.

Ich trete trotzdem an die Theke und setze Bennie dort ab, weil das die allermeisten Frauen wieder aufgetaut hätte. Aber sie schaut ihn nur kurz an, dann wieder zu mir. Als Bennie anfängt, mit der Dreizehn an meinem Bettelarmband zu spielen, schaut sie ein zweites Mal zu ihm hin und dann starrt sie mich so eindringlich an, als wäre ich ein Geist.

Ein sehr hässlicher, unerwünschter Geist.

»Guten Tag«, sage ich und gebe mir alle Mühe, trotz ihres feindseligen Blicks freundlich zu bleiben, »ich möchte gern eine Tageszeitung von hier kaufen.«

»Haben wir nicht.« Sie wendet sich ab und verschwindet im hinteren Teil des Ladens.

»Aber . . .« Fassungslos starre ich ihr hinterher. Kann es sein, dass die Leute hier in Deutschland alle ein bisschen irre sind? Oder habe ich irgendwelche ungeschriebenen Gesetze gebrochen? Darf man vielleicht ein Kind nicht auf die Theke setzen . . .? In Amerika würde jeder vor Entzücken halb verrückt werden!

»Hallo?«, rufe ich noch einmal. Aber es bleibt so still, als würde ich mitten in der Wüste stehen.

»Okay, Bennie, let's go.« Ich versuche, meine Wut über die Unfreundlichkeit der alten Dame hinunterzuschlucken, nehme den Kleinen auf den Arm und gehe aus dem Laden.

Ein wenig verloren stehe ich auf der Straße herum und spüre, wie mir plötzlich heiße Tränen in die Augen schießen. Erst diese merkwürdige Geschichte gestern Abend, dann der Trubel heute Morgen und nun auch noch diese unfreundliche Alte. Grannie hatte mir zwar erzählt, wie die Leute im Odenwald so sind, aber ich habe geglaubt, wenn ich den Menschen aufgeschlossen gegenübertreten würde, dann wäre alles halb so schlimm.

Doch ich will mir nicht meine Laune verderben lassen, deshalb schlucke ich meinen Ärger hinunter und schaue mich um. Die Sonne blendet mich so, dass ich blinzeln muss, aber dann fällt mein Blick wieder auf die Bäckerei. Ich beschließe, Bennie und mir zum Trost etwas Süßes zu kaufen.

Mit einem leisen Kling-klong geht die Tür auf. Mir steigt der Duft von frischem Brot und süßem Kuchen in die Nase und ich bilde mir ein, dass auch Bennie genüsslich schnuppert.

Hier ist die Theke sehr hoch, vorne geschlossen und aus Glas, sodass man die vielen Kuchen, Torten und zuckrig glänzenden Hefeteilchen gut sehen kann.

Eine ältere Frau in einem hellblauen Kittel sortiert gerade runde Brotlaibe in das Holzregal hinter der Theke und dreht mir den Rücken zu. Vor ihr steht ein junger Typ mit einem Pferdeschwanz und weißem T-Shirt, auf dem man Mehlspuren erkennen kann. Als er mich näher kommen sieht, strahlt er geradezu und fragt, was ich möchte. Wenn er lächelt, hat er Grübchen in den Wangen, und er wird rot, als ich zurücklächle.

»Guten Tag«, sage ich.

Die Frau vor dem Holzregal dreht sich ruckartig um und starrt mich an. Die restlichen Brote gleiten ihr aus der Hand und sie geht, ohne ein Wort zu sagen, einfach weg.

Der junge Typ hebt eilig die Brote auf und legt sie auf die Seite. Na toll, schon die zweite verrückte Alte, der ich hier über den Weg laufe!

»Also, ja, was möchtest du?« Er betrachtet mich neugierig. »Du kommst mir irgendwie bekannt vor.«

»Das kann nicht sein, ich bin gestern erst aus Las Vegas hierhergekommen.« Doch noch während ich ihm widerspreche, dämmert es mir. Vielleicht haben die beiden Alten meine Ähnlichkeit zu Grannie erkannt. Aber warum laufen sie dann alle vor mir weg, als wäre ich der Teufel in Person?

Er reißt die Augen auf – schöne hellgrüne Augen, fällt mir auf. »Wow, das ist ja echt cool. Aus Vegas.« Er reicht mir seine Hand über die Theke, die so hoch ist, dass ich mich auf die Fußspitzen stellen muss, um ihm meine entgegenzustrecken.

»Ich bin übrigens Felix. Und was treibt dich an diesen öden Ort am Ende der Welt, Miss Vegas?«

»Mein Name ist Blue.« Wir schütteln die Hände und grinsen wie Staatspräsidenten, die für die Weltpresse posieren.

»Felix!«, kommt da ein messerscharfer Ruf von hinten.

»Wir haben gerade Kundschaft!«, ruft er gelassen über seine Schulter zurück.

»Von wegen Kundschaft, komm sofort her!«, kommandiert die Frau.

Er dreht sich wieder zu mir um und zwinkert mir zu, als wären wir alte Freunde. »Meine Großmutter spinnt manchmal ein bisschen, aber sie besteht darauf, immer noch zu arbeiten, und die Leute hier im Dorf lieben sie. Warte einen Moment, ja?«

Er verschwindet hinter einem Vorhang und ich kann erregtes Getuschel hören, das ich leider nicht verstehen kann, egal, wie sehr ich mich auch anstrenge. Doch ich bilde mir ein, Grannies Namen gehört zu haben.

Als Felix wenige Augenblicke später wieder hinter die Theke tritt, wirkt sein Gesicht verschlossener und sein offenes

Grinsen ist einem aufgesetzten Lächeln gewichen. Trotzdem gleiten seine Augen über meine Figur, als würde er sie in Brotteig abformen wollen.

»Also, was soll's denn sein?«, fragt er dann mit einem Seufzen.

»Felix, wir haben geschlossen!«, trötet die alte Frau von hinten in den Verkaufsraum.

»Nichts, danke«, schleudere ich ihm pampig entgegen und stürme aus dem Laden, packe Bennie in seinen Wagen und dann laufe ich so schnell ich kann zurück. Meine Wut ist unbändig und plötzlich sehne ich mich so sehr zurück nach Vegas, dass mir schon wieder die Tränen in die Augen steigen.

Ich bin erst wenige Minuten gelaufen, als ein Mountainbike scharf neben mir abbremst.

»Hey, Blue, tut mir leid!« Felix ist völlig außer Atem. »Wie ich schon sagte, Oma spinnt manchmal.«

Ich gehe einfach weiter. Unnötig, etwas zu sagen.

Er packt mich am Oberarm und zwingt mich so, stehen zu bleiben. Sein Griff fühlt sich an wie Stahlmanschetten.

»Hey, lass das!«, fahre ich ihn empört an. Was bildet sich dieser Typ eigentlich ein?!

Er zuckt mit den Schultern, lässt meinen Arm los, holt aus seinem Rucksack eine Tüte, aus der es genauso lecker duftet wie in der Bäckerei. Bennie betrachtet ihn interessiert.

»Hier, probier das mal.« Er reicht mir die Tüte. »Wird dir bestimmt schmecken. Und ärgere dich bloß nicht über die Verrückten im Dorf. Oma ist schon okay, aber die spinnen hier eben. Niemand, der ein bisschen Grips im Hirn hat, bleibt hier.«

Seine Worte besänftigen mich ein wenig. Außerdem finde

ich es wirklich nett, dass er hinter mir hergeradelt ist. »Und du?«, frage ich ihn.

Sein Gesicht verzieht sich zu einem schiefen Lächeln, das dann abrupt endet. »Würdest du mit mir mal ausgehen?«

Er versucht, direkt in meine Augen zu sehen. Na, der lässt ja nichts anbrennen. Ich lege die Tüte in das Netz am Griff und weiß nicht, was ich sagen soll. Einerseits schmeichelt es mir, andererseits geht mir das zu schnell.

»Wir kennen uns doch noch gar nicht!«, sage ich dann und ärgere mich, dass mir nichts Lässigeres einfällt.

»Stimmt und genau das sollten wir ändern.« Er schwingt sich wieder auf den Sattel. »Ich muss zurück, sonst rastet Oma komplett aus. Wo wohnst du denn?«

Ich überlege kurz, ob ich ihm das sagen soll, aber warum nicht? »Bei den Zeltners«, sage ich also.

Er dreht das Rad um und steigt auf.

»Hey, Moment. Warte, Felix!«

»Bis später! Ich muss los.« Felix winkt mir zu und düst davon – allerdings Richtung Wald, nicht zurück zum Laden.

Verblüfft schaue ich ihm hinterher und dann muss ich trotz der merkwürdigen Behandlung, die mir das Dorf verabreicht hat, grinsen. Felix war vielleicht ein bisschen stürmisch, aber trotz allem nett. Und Vicky hat doch nicht recht. Sogar hier in der völligen Einöde leben nicht nur *geeks*, sondern auch ganz normale Jungs – sogar ziemlich gut aussehende, sportliche, um genau zu sein. Vielleicht ist es ja wirklich so, wie er sagt, und die Alten sind hier eben ein bisschen schräg. Trotzdem werde ich das Gefühl nicht los, dass das Ganze mit Grannie zu tun hat.

Bevor ich weitergehe, öffne ich die Tüte und gebe Bennie ein Stück von einem Rosinenbrötchen und nehme mir selbst ein Teilchen aus Kirschen und Blätterteig. Es knirscht und knuspert, als ich reinbeiße. Lecker! Mag ja sein, dass sie hier irre sind, aber das ist das beste Teilchen, das ich jemals gegessen habe!

»Bennie, wir naschen nur ein bisschen, den Rest essen wir dann später als Nachtisch, ja?« Zufrieden kaut der Kleine an dem Brötchen herum.

Auf dem Rückweg sehe ich jetzt statt des Dorfes den Wald vor mir. Von Weitem sieht es so aus, als ob der immer noch dahinrasende Felix von den Bäumen aufgesaugt würde. Und dann sehe ich das Haus der Zeltners. Die vielen Glasfenster blinken und schimmern in der harten Mittagssonne wie Eis.

Bennie fängt an zu quengeln, er will noch mehr von dem Rosinenbrötchen. Erst jetzt denke ich wieder an seine kranke Schwester und frage mich, wie es ihr wohl geht.

Bei den Zeltners angekommen, hebe ich Bennie aus dem Kinderwagen und laufe mit ihm durch den Garten in mein Zimmer, wo ich die Tür offen gelassen hatte.

Irgendwas riecht hier komisch – oder riecht es hier immer so? Hoffentlich hat sich während meiner Abwesenheit keine Katze ins Haus geschlichen . . .

Ich lasse die Tür auf, damit es ordentlich durchlüftet, und gehe die Treppen nach oben. Mit jeder Stufe, die wir hochsteigen, verstärkt sich mein Gefühl, dass oben jemand auf uns wartet. Jemand oder etwas.

So ein Unsinn! Das muss an dem Durcheinander in meinem Kopf liegen, das die Zeitverschiebung angerichtet hat.

»Hallo?«, rufe ich, als wir oben angekommen sind, aber natürlich antwortet niemand.

Trotzdem kommt es mir so vor, als wäre jemand da. Vielleicht doch eine Katze, die neugierig ins Hausinnere gestromert ist. Ich schaue unter das Sofa, hinter die Türen. Einbildung, alles Einbildung, Blue.

Unwillkürlich presse ich Bennie fester an mich und mache mich in der Küche auf die Suche nach etwas Essbarem.

In einem Apothekerschrank finde ich Gläschen mit Babynahrung, die ich für Bennie im Wasserbad erwärme, weil ich nirgends eine Mikrowelle entdecken kann. Als sich der Deckel beim Drehen mit einem lauten Knacken öffnet, fahre ich erschreckt zusammen.

Blue, keep cool, ermahne ich mich und setze Bennie in den Hochstuhl. Während ich seine Füßchen durch die Halterung schiebe, fühle ich mich beobachtet.

Ich räuspere mich, um das abzustellen, und beginne, Bennie mit lauter Stimme zu füttern. »Einen Löffel für Grannie, einen für Mom, einen für Mia.« Plötzlich sehe ich wieder das Foto mit der Trauerschleife vor mir, nur dass mich diesmal die blauen Augen von Mia daraus anschauen. Ich kneife meine Augen zu, doch es hilft nicht und das Bild vermischt sich mit dem der alten Frau, die mich im Laden so feindselig angestarrt hat.

Ich lege den Löffel kurz ab, was Bennie mit lautem Protestgeschrei quittiert. Trotzdem massiere ich kurz meine Stirn und versuche, gleichmäßig zu atmen, dann nehme ich den Löffel wieder und füttere den Kleinen weiter.

Plötzlich spüre ich einen leichten Luftzug in meinem Nacken. Ich drehe mich um, aber da ist niemand. Blue, bitte! Reiß dich endlich zusammen! Du hättest vielleicht auf dem Flug hierher doch etwas anderes als *ghoststories* lesen sollen.

Nachdem Bennie die Portion aufgegessen hat, schaut er mich so enttäuscht an, dass ich ihm noch ein Gläschen Rindfleisch-Karotten-Pamps warm mache, und das teilen wir uns dann.

Als ich aufstehe und den Stuhl zurückschiebe, bin ich mir ganz sicher – diesmal hat sich jemand geräuspert. Und zwar weder Bennie noch ich. Jetzt reicht's!, denke ich wütend und gleichzeitig läuft mir eine Gänsehaut über den Rücken. Ich packe Bennie, halte ihn wie einen Schutzschild fest in meinen Armen und gehe von der Küche in den Flur.

»Hallo?«, frage ich. »Hallo?«

Nichts.

Ich muss unbedingt Grandma mailen. Sie muss mich beruhigen, mir schreiben, dass es völlig normal ist, sich in fremden Wohnungen zu fürchten, weil man ihre Geräusche noch nicht kennt.

Mit Bennie auf dem Arm fühle ich mich mutiger und gehe wieder rüber ins Wohnzimmer.

»Hallo?«

Ich lausche eine Weile in die Stille, aber natürlich ist da auch niemand. Ich atme auf. In einem Horrorfilm würde mir jetzt doch noch eine süße schwarze Katze auf die Schulter hüpfen und mich zu Tode erschrecken. Grinsend klopfe ich Bennie den Rücken und mache mich auf den Weg zurück in die Küche.

Da, aus den Augenwinkeln heraus, da ist etwas. Ich bleibe stehen. Halte unwillkürlich die Luft an. Nein, da ist nicht *etwas*. Es ist genau umgekehrt. Es ist etwas nicht mehr da.

Ich starre wie gelähmt auf das Sideboard. Atme tief durch, dann gehe ich ein paar Schritte näher an das Schränkchen mit den Fotos.

Das Bild mit dem Baby ist weg. Das Bild, das Bennie so ähnlich war. Das mit der schwarzen Trauerschleife.

5.

Doch dein Leben war in Gefahr. Es gab nur einen Weg, dich zu retten, aber dieser Weg war so jenseits des Gesetzes, so jenseits von all dem, was ich für gut und richtig hielt, dass ich zunächst zögerte.

Ich umklammere Bennie so fest, dass er protestiert. »Tut mir leid, Kleiner«, flüstere ich und versuche, ihn und mich zu beruhigen. Das Bild ist bestimmt nur heruntergefallen – oder meine Erinnerung trügt mich und es stand woanders. Ich lasse meinen Blick über den Boden, dann über das Sideboard schweifen, während mein Herz hart gegen meinen Brustkorb hämmert.

Nichts.

Alle anderen Bilder stehen noch genau dort, wo ich sie vorhin auch gesehen habe. Nur dieses eine ist verschwunden.

Ich zwinge mich, logisch zu denken. Es muss eine Erklärung geben, es wird eine Erklärung geben, aber mein Körper sagt etwas anderes. Irgendwas geht hier vor, etwas, das mir trotz der Hitze schon wieder eine Gänsehaut über den Rücken jagt.

Bennie wird immer schwerer auf meinem Arm, ich glaube, er ist müde. Er scheint jedenfalls nichts Ungewöhnliches zu bemerken. Und sagt man nicht, dass Kinder und Katzen spüren, wenn Untote oder Geister . . .

Hey, stop, Blue! Genug jetzt!

Ich gehe mit Bennie in die Knie und setze ihn auf den Boden vor das Sideboard. Wenn das Foto heruntergefallen wäre, dann müsste es ja irgendwo sein . . .

Nichts, nur makellos glänzendes Parkett.

Mir wird heiß. Wenn es wirklich weg ist, dann hat mich mein Gefühl also doch nicht getrogen und es war tatsächlich jemand im Haus. Und das ist allein meine Schuld. Wie konnte ich nur so verantwortungslos sein und die Türe offen lassen?

Bennie findet die dicken runden Knubbelgriffe des Sideboards so interessant, dass er sich daran hochzieht und jetzt schwankend auf seinen Füßchen steht.

Ich sollte mir ein Beispiel an ihm nehmen und nicht so ängstlich sein. »Super, Bennie!«, lobe ich ihn, doch in diesem Moment fällt Bennie wieder auf seinen Po, und weil er sich dabei verzweifelt an dem Griff festhält, geht gleichzeitig die Tür des Sideboards auf und es rutschen Papierservietten und mehrere Mappen heraus. Eine von ihnen öffnet sich dabei, vergilbte Zeitungsartikel fallen auf den Boden.

»Mensch, Bennie, was machst du denn da?«, sage ich ärgerlich. Ich stelle mir vor, was wäre, wenn Anja oder Stefan in diesem Moment nach Hause kämen; das Ganze muss ja aussehen, als würde ich heimlich hier herumschnüffeln.

Hektisch staple ich die Servietten aufeinander und lege sie zurück ins Regalfach, dann schiebe ich die lose am Boden liegenden Papierseiten zusammen.

Ohne es zu wollen, registriere ich die fette schwarze, rot unterstrichene Schlagzeile auf dem zuoberst liegenden Artikel: *Ist dieser Mann ein Mörder?* steht da. Und obwohl es mich nichts angeht, werde ich wie magisch von diesem Artikel angezogen. Es handelt sich um eine Seite aus der BILD-Zeitung. Unter der Überschrift ist ein sehr grobkörniges Foto abgedruckt. Ich kann nicht anders, ich muss auf das Foto schauen.

Und als ich erkenne, was ich da sehe, beginnt mein Herz wie rasend zu hämmern. Dieser Mann sieht aus wie Stefan.

Ich starre auf das Bild, zur Schlagzeile und zurück, mein Hals ist wie zugeschnürt. Ich will das nicht sehen, ich will das nicht! Wie in Trance stecke ich den Artikel in die Mappe, klappe sie zu und werfe sie zu den anderen in den Schrank zurück. Dann hebe ich Bennie auf und stürme mit ihm nach oben.

Unablässig summe ich dabei vor mich hin. Ich habe mich bestimmt verguckt. Das auf dem Foto war gar nicht Stefan, das war jemand anderer. Der Artikel war schon völlig zerknittert und ausgeblichen. Und außerdem: Warum sollte man so etwas aufheben? Vor allem, wenn man wirklich schuldig wäre, dann würde man das doch wegwerfen, oder? Vielleicht hat Stefan einen Zwillingsbruder, Zwillinge scheint es ja in der Familie zu geben. Doch trotz dieser Gedanken will mein Herz einfach nicht langsamer schlagen.

Ich muss mich beruhigen. Die Agentur überprüft garantiert die Familien, in die sie Au-pair-Mädchen schicken – und ehemalige Mörder kriegen bestimmt keines zugeteilt. Ach ja, Blue, meldet sich da wieder die hartnäckige Stimme, die sich vor Panik in meinem Kopf fast überschlägt, und wie sollte die Agentur das bitte schön überprüfen? Die haben doch gar keinen Zugang zu Polizeiakten.

Meine Gedanken rasen durch die Watte meines Hirns, doch

sie helfen mir auch nicht weiter. Ich muss dringend ins Internet, muss herausfinden, was hier passiert ist. Ans Sideboard traue ich mich nicht mehr, schließlich könnte jeden Moment jemand von den Zeltners nach Hause kommen.

Zum Glück scheint Bennie wirklich müde zu sein und lässt sich von mir anstandslos wickeln und hinlegen. Ich bleibe nervös und vollkommen erschöpft an seinem Bettchen sitzen und warte darauf, dass er endlich einschläft. Dabei versuche ich, es zu vermeiden, zu dem leeren Bett seiner Schwester zu schauen, und summe als Wiegenlied »I will always love you« – eigentlich mehr für mich als für ihn. Und auch, weil man beim Singen tief atmen muss.

Du musst ruhig werden.

Vielleicht haben die Artikel nicht das Geringste mit Stefan zu tun, es kann tausend Gründe geben, warum sie hier herumliegen. Ja genau, wenn man so etwas herumliegen lässt, dann ist das eher ein Zeichen dafür, dass man vollkommen unschuldig ist, oder nicht?

Nachdem ich das Lied dreimal wiederholt habe, ist Bennie eingeschlafen. Ich beschließe, nach unten in mein Zimmer zu gehen und im Internet zu recherchieren. »Schlaf schön«, murmle ich und wende mich zur Tür.

»Damned!« Ich taumle zurück und falle beinahe hin. Wie lange beobachtet er mich schon? Scheinbar macht es ihm Spaß, mich zu beunruhigen!

»Stefan, was . . . ich . . . ich habe dich gar nicht kommen hören«, stammle ich und wünschte, ich würde mich nicht so verdammt hilflos fühlen. Das Wort »Mörder« blitzt vor meinen Augen auf und unwillkürlich weiche ich zurück, als er näher kommt und mich so komisch anlächelt. So wie gestern im Auto.

»Stefan, bleib stehen!«, presse ich hervor und doch überschlägt sich meine Stimme dabei fast.

Er legt den Finger an die Lippen und zeigt auf Bennie. »Schsch. Was ist denn bloß los?«, flüstert er verwirrt und bedeutet mir, aus dem Zimmer herauszukommen.

Als ich zögere, sieht er mich fragend an. »Komm schon, lassen wir Bennie schlafen!«

Ich atme tief durch und gehe zur Tür. Alles in Ordnung, sage ich mir. Er kann mir nichts tun. Alle wissen, dass ich hier bin.

Er geht voraus, die Treppen hinunter ins Wohnzimmer. Ich folge ihm.

»Du scheinst ganz schön durch den Wind zu sein! Tut mir leid«, er hebt seine Hände entschuldigend, »das ist wohl alles ein bisschen viel für deinen ersten Tag. Deshalb bin ich auch früher nach Hause gekommen. Ich wollte sehen, wie es mit dir und Bennie klappt.«

»Du hast mich total erschreckt«, sage ich und versuche, meine Stimme fest klingen zu lassen, obwohl ich innerlich zittere. »Ich habe dich nicht kommen hören, du hättest dich ruhig bemerkbar machen können!«

Er schüttelt den Kopf. »Das tut mir leid, war wirklich nicht meine Absicht. Ich bin gerade eben erst vom Krankenhaus zurückgekommen. Die Ärzte möchten Mia zur Beobachtung über Nacht dortbehalten und ich wollte schnell ein paar Sachen für Anja holen.«

Obwohl ich gerne wissen würde, wie es Mia geht, ob die Ärzte schon eine Diagnose gestellt haben und wann die beiden aus dem Krankenhaus zurückkommen, bringe ich kein Wort heraus. Stattdessen glaube ich, dass Stefan lügt und doch schon länger zu Hause war – ja, ganz bestimmt ist er schon länger hier! Das Gefühl, dass jemand im Haus ist, habe ich mir ganz bestimmt nicht nur eingebildet! Was, wenn er mich dabei beobachtet hat, wie ich die Sachen im Schrank gefunden habe ...

»Ich habe das Babyfon vergessen«, platze ich heraus und renne nach oben, nehme das Babyfon, vergewissere mich, dass beide Teile angeschaltet sind, und gehe wieder nach unten. Ich muss unbedingt sofort ins Internet und herausfinden, was dieser Artikel zu bedeuten hat.

»Hey!«, sagt er, als ich wortlos an ihm vorbeilaufen will, und hält mich am Arm fest.

Und obwohl ich am liebsten laut schreien würde, denke ich mir, dass ich keinen Verdacht erregen darf. Deshalb lächle ich ihn müde an und sage: »Sorry, Stefan, aber das war wirklich alles ein bisschen viel heute. Ich gehe in mein Zimmer und ruhe mich ein bisschen aus, ja? Und mach dir keine Sorgen um Bennie, mit dem komme ich schon klar. Und sag Anja schöne Grüße von mir!«

Er lässt meinen Arm los, nickt mir kurz zu und verschwindet dann nach oben. Erleichtert stürme ich nach unten und gleich, als ich in meinem Zimmer bin, verrammle ich alle Türen und ziehe die Jalousien vor, dann schaue ich sogar unter meinem Bett und im Bad nach.

Niemand.

Gut, denke ich und gleichzeitig frage ich mich: *Gut?* Spinnst du, Blue? Bist du eigentlich noch bei Verstand?

Kaum, dass ich das erste Mal weg aus Amerika bin, fange ich auch schon an durchzudrehen! Und ich habe schließlich nicht in einem Kuhdorf in Wyoming gewohnt, sondern in Las Vegas, da sollte ich doch wirklich cooler sein. Ob das Vicky in Paris auch so geht?

Ich muss unbedingt mit jemandem reden, mailen, irgendwas, sonst drehe ich hier noch durch! Ich schalte meinen Laptop ein, doch als ich eine Internetverbindung herstellen will, klappt es nicht. Ungläubig starre ich auf das kleine Symbol auf meinem Monitor und versuche es noch mal. Nichts.

»Damn my luck!«, entfährt es mir wütend.

Und zum dritten Mal an diesem Tag schießen mir die Tränen in die Augen. Ich lege mich aufs Bett und weine hemmungslos.

Was passiert hier nur mit mir?

6. Er

Und aufgrund meines lächerlichen Zögerns wärst du beinahe gestorben. Bitte mach dir das immer wieder klar, wenn du weiterliest. Es war dein Leben, das ich schützen wollte, schützen musste.

Verdammt, das darf doch nicht wahr sein!

Mein Rad hat einen Platten. Ich muss besser aufpassen, wo ich mit dem Mountainbike herumradle. Dieser Wald ist wirklich tückisch, die Wege sind zwar blättergepolstert, aber zwischendrin ragen spitze Steine heraus. Trotzdem ist das Bike die einzige Möglichkeit, sich nahezu geräuschlos und schnell fortzubewegen, ohne dabei aufzufallen. Hier fahren jede Menge ehrgeiziger Mountainbiker herum, die alle ganz wild darauf sind, den Melibokus hochzuächzen, nur um die ganze Strecke dann wieder runterzurasen.

Hoffentlich kann ich das reparieren. Ich starre auf den schlappen Reifen und frage mich, was ich da eigentlich tue.

Ich riskiere viel zu viel. Wenn sie das wüsste, würde sie sich im Grab umdrehen. Aber das soll mir egal sein, das hat sie sich selbst zuzuschreiben.

Es ist, als wäre ich ein Verdammter, dem man den Boden unter den Füßen weggezogen hat.

Warum, warum, warum?

Ich weiß nicht, wem ich noch was glauben soll. Glaube ich

ihr, dann wäre es nur natürlich, dass *sie* nicht die gleiche Anziehung fühlt wie ich. Glaube ich aber *ihr,* dann müsste sie doch spüren, dass ich in der Nähe bin. Oder hat die Zeit alles einfach ausgelöscht und jede Hoffnung unter sich begraben wie Schnee die Herbstblätter?

Dann muss ich ihr helfen, ihr eine zweite Chance geben, auch wenn sie sie vielleicht nicht verdient hat.

Aber jetzt muss ich mich erst mal um diesen verdammten Platten kümmern. Ich schiebe das Rad durch den Wald Richtung Seebick und dabei schmiede ich einen Plan, der sich jedoch nur hier im Wald realisieren lässt, der mir aber besser und besser gefällt, je länger ich darüber nachdenke. Allerdings muss ich dazu warten, bis sie hier aufkreuzt. Doch früher oder später wird sie garantiert kommen, so viel Geduld muss ich eben noch aufbringen.

Mein Plan gefällt mir sogar auch dann, wenn ich mir vorstelle, dass ich dabei ziemlich brutal vorgehen muss. Schmerzhaft.

Manchmal gibt es eben nur diesen einen Weg.

7.

Und deshalb habe ich diesen Plan ersonnen, von dem es kein Zurück mehr gab. Du merkst schon, wie schwer es mir fällt, endlich zu den nackten Tatsachen zu kommen. Verzeih mir bitte.

Am nächsten Morgen fühle ich mich rein körperlich schon viel besser, die Watte in meinem Kopf scheint sich gelichtet zu haben und ich bin auch nicht mehr so müde. Doch ich bin trotzdem vollkommen durcheinander. Das Internet hat gestern den ganzen Tag nicht funktioniert. Ich habe Stefan, der noch mal ins Krankenhaus gefahren war und am späten Nachmittag wieder nach Hause gekommen ist, danach gefragt und er hat behauptet, das läge an der Telekom, die ihm den falschen Router für seine neue superschnelle Internetverbindung geschickt hätte. Kein Wort davon hab ich ihm in dem Moment geglaubt. Bestimmt war das nur ein Trick, um mich daran zu hindern, mit der Außenwelt Kontakt aufzunehmen.

Später hat er dann noch Pizza für uns bestellt. Ich hatte zwar riesigen Hunger, doch der Gedanke daran, mit ihm zu essen, hat mir den Appetit verschlagen. Aber später, als er schon im Bett war, habe ich es vor lauter Hunger nicht mehr ausgehalten und bin heimlich nach oben in die Küche geschlichen: Tatsächlich stand da noch der Pizzakarton – Stefan hatte sogar einen Zettel danebengelegt, auf dem »Guten Appetit – falls du doch noch Hunger hast« stand – und ich habe mich heißhungrig über die kalte Pizza hergemacht. Und während ich in der Küche saß und dabei auf jedes Geräusch im Haus gelauscht habe, habe ich mich dann doch ziemlich geschämt und mir gesagt, dass ich überall nur Gespenster sehe.

Bisher war er ja ganz nett, aber trotzdem spukt die ganze Zeit diese Schlagzeile in meinem Kopf herum.

Es hilft nicht, weiter vor mich hin zu grübeln, es gibt nur einen Weg: Ich muss unbedingt noch einmal an das Sideboard und diese Zeitungsausschnitte lesen. Erstens, um sicher zugehen, um was es da überhaupt geht, und zweitens um herauszufinden, wann diese Artikel erschienen sind.

Ich höre ein Auto die Auffahrt entlangfahren. Das muss Anja mit Mia sein! Über meine Entdeckung habe ich beinahe vergessen, wie schlecht es der Kleinen gestern Morgen ging. Bestimmt erwartet Anja, dass ich so schnell wie möglich hochkomme und mich nach Mia erkundige. Außerdem sollte ich beim Frühstückmachen helfen – nach der Nacht im Krankenhaus ist Anja bestimmt ziemlich ausgelaugt.

Ich treibe mich zur Eile an, springe schnell unter die Dusche und krame hastig einen Jeansrock und ein T-Shirt aus dem immer noch nicht ausgepackten Koffer. Doch als ich dann die Treppen nach oben laufe, verlangsamt sich mein Tempo plötzlich. Zögernd nehme ich eine Stufe nach der anderen. Wie soll ich nur mit dieser Situation umgehen? Ich weiß einfach nicht, wie ich mich Stefan gegenüber verhalten soll. Und Anja kann ich ja wohl kaum fragen, ob ihr Mann ein Mörder ist.

Anja und Stefan schauen mich peinlich überrascht an, als

ich ins Wohnzimmer trete, so als ob sie gerade über mich geredet hätten. Sofort denke ich, dass Stefan mich doch beobachtet und es seiner Frau erzählt hat.

Anja sieht furchtbar müde aus. Ihre Haare sind ungekämmt und ihr beiges Leinenkostüm ist völlig zerknittert und wirkt schmuddelig.

»Guten Morgen«, begrüße ich sie und gebe mir Mühe, so zu tun, als wäre alles in Ordnung. »Wie geht es Mia?«

Anja zuckt müde mit den Schultern. Jetzt erst entdecke ich, dass Mia im Maxi-Cosi neben Anja am Boden steht. Ich gehe zu ihr hin und hocke mich neben sie – schließlich habe ich die Kleine bisher noch gar nicht richtig kennengelernt. Außerdem kann ich so auch vermeiden, Stefan anschauen zu müssen.

Mia betrachtet mich neugierig und streckt mir ihre Händchen entgegen. Ich reiche ihr einen Finger, den sie sofort umklammert, in den Mund schiebt und daran herumlutscht. Also, ich finde ja, dass die Kleine vollkommen gesund wirkt.

Anja seufzt laut hinter mir, als würde ihr das mit dem Finger nicht gefallen.

»Ich habe meine Hände gerade gewaschen«, erkläre ich deshalb und richte mich auf. Doch das ärgert Mia, sie fängt an zu maulen, sodass ich sie kurzerhand losschnalle. Als ich sie aus dem Sitz hebe, rutschen die Ärmel ihres rosafarbenen Kleidchens nach oben und ich sehe, dass ihre Armbeugen dunkelblau unterlaufen sind. Unwillkürlich schnappe ich nach Luft und schaue Anja entsetzt an.

»Das kommt von den Infusionen, manchmal finden sie die Venen bei den Kleinen nicht richtig.« Anja hat Tränen in den Augen und lässt sich auf einen der weißen Lederschwingsessel fallen.

»Du armes, armes Ding«, flüstere ich und schaukle Mia hin und her. »Was haben die Ärzte denn herausgefunden?«, frage ich.

Anja winkt genervt ab. »Sie denken, ich bin überbesorgt. Sie konnten nichts finden. Ich glaube, Mia hat einen Herzfehler oder etwas mit den Nieren. Die Ärzte behaupten, dass sie das überprüft haben, aber ich glaube ihnen nicht.« Sie wendet sich ihrem Mann zu. »Wir müssen in eine andere Klinik gehen, Stefan. Vielleicht nach Heidelberg, die sollen viel besser sein.« Anja stützt ihre Arme auf den Tisch und bettet den Kopf darauf. »Ich weiß einfach nicht mehr weiter.«

»Schatz!« Stefan tritt zu seiner Frau und streichelt ihr über die Haare. »Alles wird gut. Wenn du meinst, dass die Ärzte hier nicht gut genug sind, dann werden wir eben noch andere konsultieren.« Er räuspert sich, als hätte er einen Frosch verschluckt. »Aber glaubst du, wir könnten damit warten, bis ich Anfang nächster Woche wieder von der Fliesenmesse in Valencia zurück bin?«

Anja stöhnt gequält auf. »Was bist du nur für ein Mann?«

Ein Mörder, denke ich unwillkürlich und schäme mich gleich wieder, als ich sehe, wie sehr Stefan Anjas Worte getroffen haben.

»Schsch, mein Liebes«, murmelt er. Er steht unbeholfen hinter ihr und beginnt, ihr über die Haare zu streicheln, aber sie dreht brüsk den Kopf weg.

»Wenn es unbedingt sein muss, dann fahre ich eben nicht zur Messe, obwohl ich schon viele Termine mit interessierten Kunden habe, vor allem für unsere pflegeleichten Betonziegel.«

Anja springt auf und sieht ihren Mann voller Verachtung an. »Es geht um das Leben deines Kindes und du redest von Beton!«

Ich versuche, so unauffällig wie möglich zu verschwinden. Ich hasse es, wenn zwei sich streiten und ich es mit anhören muss. Das kenne ich noch von meinen Eltern, die haben sich scheiden lassen, als ich fünf Jahre alt war. Und obwohl ich damals noch ziemlich klein war, kann ich mich lebhaft an die Streitereien zwischen Mom und Dad erinnern. Danach ist Grandma zu uns gezogen. Für mich war es das Beste, was passieren konnte, denn Daddy hat ein übles Alkoholproblem, das er bis heute nicht wirklich im Griff hat.

Ich schleiche also unauffällig zur Treppe, aber Mia vereitelt meinen Plan und fängt an zu schreien. Ich verstehe sie, mir gefällt der Ton auch nicht, der hier durch die Luft wabert.

Anja kommt und reißt mir Mia aus dem Arm, als hätte ich ihr wehgetan. »Schau sie dir an, deine Tochter, siehst du denn nicht, wie sie leidet?« Sie hält die arme Mia vor Stefan hin, der ganz blass wird.

»Anja, ich bitte dich.«

Und ganz so, als ob Mias Zwillingsbruder in unsichtbarer Verbindung mit seiner Schwester stehen würde, beginnt er in diesem Moment auch, im Kinderzimmer laut loszubrüllen.

Ich nutze die Chance zu entkommen und laufe nach oben.

Anja folgt mir mit der schreienden Mia auf dem Arm. »Hat er denn gestern überhaupt was gegessen?«, fragt Anja mich besorgt.

»Natürlich, er hatte einen Bärenhunger! Und er hat die ganze Nacht brav durchgeschlafen.«

Anja mustert mich von oben bis unten. »Wirklich? Bist du sicher? Hast du ihn vielleicht einfach nicht gehört? Bennie hat noch nie durchgeschlafen!«

Ich merke, wie ich rot werde, denn ich habe wirklich sehr tief geschlafen, aber das Babyfon lag direkt neben meinem

Ohr. Das sage ich Anja auch, doch sie hat nur noch Augen und Ohren für Bennie.

Der Kleine schwitzt und ist ganz rot vom Brüllen. Anja reicht mir Mia und nimmt Bennie selbst hoch. »Ich fürchte, er hat Fieber. Hat er auch genug getrunken?« Sie schüttelt den Kopf. »Geh bitte runter in die Küche und hole ein Fläschchen mit kaltem Tee, ja.« Sie zieht die Schublade am Wickeltisch auf und holt ein altmodisches Fieberthermometer hervor. »Los, los!«

Ich renne mit Mia auf dem Arm nach unten, was Mia außerordentlich gut gefällt. Sie grinst mich an und gluckst laut. Und als ich sie in der Küche auf ihre dicke Krabbeldecke setze, geht sie sofort auf alle viere und versucht, sich hochzustemmen.

Natürlich gibt es keinen kalten Tee. Also suche ich Kinderteebeutel und stelle den Wasserkocher an, außerdem hole ich Eiswürfel aus dem Tiefkühlfach, um den Tee gleich wieder abzukühlen. Ich werde dann gleich noch eine Riesenkanne kochen, damit immer welcher da ist.

Während das Wasser kocht, frage ich mich, wo Stefan eigentlich ist. Schon merkwürdig, er scheint sich tatsächlich nicht sonderlich für die Kinder zu interessieren. Gerade, wo Mia erst im Krankenhaus war, könnte er sich doch wirklich mal um sie kümmern!

Als der Tee endlich kalt ist, bringe ich ihn hoch. Anja schaut mit versteinertem Gesicht von dem Thermometer zu mir. »Er hat hohes Fieber, ich habe ihn in der Zwischenzeit lauwarm abgeduscht. Wo ist Mia?«, fragt sie.

Ich renne ohne Antwort wieder hinunter und hoffe, dass sie nicht auf die Idee gekommen ist, mir hinterherzukrabbeln – warum haben die Zeltners eigentlich noch keine Kindersicherung an den Treppen?

Völlig außer Atem komme ich unten an, nur um zu sehen, wie Stefan neben Mia auf der Decke sitzt und mit ihr spielt. Er kitzelt sie mit einem weißen Häschen und sie gluckst vor Vergnügen.

Mein Puls beruhigt sich langsam und einmal mehr schäme ich mich für meine Gedanken, die ich eben noch hatte.

Stefan wirft mir über Mias Kopf einen langen Blick zu. »Anja ist eben sehr besorgt. Und sie meint es auch gut«, sagt er so leise, dass ich ihn kaum verstehen kann. »Wirst du damit klarkommen?« Seine komischen Augen starren mich dermaßen flehend an, dass ich gar nichts anderes tun kann, als zu nicken. Und wenn er ein Mörder ist, wispert die Stimme in meinem Kopf. Wenn, ermahne ich mich, wenn. *Doubt is the beginning, not the end of wisdom.*

»Bennie hat Fieber«, stammle ich.

Er steht auf. »Gut, dann werde ich jetzt gehen. Es wird höchste Zeit für mich.« Er drückt noch einmal behutsam das Plüschhäschen auf Mias Näschen, dann steht er auf.

Dieser Mann macht mich wirklich wahnsinnig! So kann doch nur jemand antworten, dem andere Menschen vollkommen egal sind, oder? Was ist denn *gut* für eine Antwort auf die Aussage *Bennie hat Fieber?*

»Fieber ist etwas Gutes«, sagt er, als ob er meine Gedanken gelesen hätte. »Da besteht keine Gefahr, die Kleinen haben schon öfter mal Fieber gehabt. Eine ganz gesunde Reaktion des Körpers. Sicher nur ein Sommerschnupfen.« Er geht zum Schlüsselbrett neben der Haustür, winkt mir mit seinem Schlüsselbund zu und verlässt das Haus – während ich völlig verwirrt zurückbleibe.

Ich nehme Mia und steige langsam die Treppen hoch. Mein Kopf fühlt sich schon wieder so an, als würden sich dort

Wattebäuschchen ausbreiten. Vielleicht hat Stefan ja recht und Anja übertreibt wirklich. Einen Moment stehe ich wie benommen im Kinderzimmer, da reißt mich Anjas Stimme aus meinen Gedanken.

»Bade du Mia, ich kümmere mich um den kranken Kerl hier.« Sie scheint sich ein wenig beruhigt zu haben.

»Und wenn du fertig bist, dann frühstücken wir auf der Terrasse, was meinst du?« Anja versucht ein Lächeln und gerade dieser Versuch macht, dass sie mir unendlich leidtut. Sie sieht völlig fertig aus. Wenn ich sie besser kennen würde, würde ich jetzt zu ihr hingehen und den Arm um sie legen, aber so nicke ich bloß und verziehe mich mit Mia ins Kinderbadezimmer, wo es eine komplette Badestation für die Zwillinge gibt, in der man sie bequem stehend baden kann. Die Wände haben keine Fliesen, sondern sind mit gemalten Motiven aus dem *Dschungelbuch* und *Nemo* auf hellblauem und weißem Untergrund dekoriert.

Als Mia dann nackt und vergnügt glucksend vor mir liegt und ich nicht nur an den Händchen und Armen, sondern sogar auch an ihren Füßchen blaue Flecken von den Infusionsnadeln entdecke, die sich bis zum Schienbein erstrecken, zieht sich in mir alles zusammen.

War denn das wirklich nötig?

Wenn das mein Kind wäre, denke ich, aber dann fällt mir wieder ein, wie blau sie gestern im Gesicht war. Sie hat nicht geatmet.

Ob es wohl gut ist, sie zu baden? Was, wenn genau das schlecht für ihr Herz ist und sie wieder blau anläuft? Aber als ich ihre Füßchen in das Wasser halte, strampelt sie begeistert und ist total begierig darauf, in die Wanne zu kommen.

Und dann spritzt mich dieses kleine Zappelmonster voll mit

Wasser. Wir haben so viel Spaß, lachen und gackern, dass ich fast zu Tode erschrecke, als mir jemand auf die Schulter tippt. Beinahe wäre mir Mia aus dem Arm geglitscht.

»Ist denn das Wasser noch warm genug?«, fragt Anja und hält dann gleich selbst den Finger hinein und ich komme mir schon wieder unfähig vor. Darüber habe ich gar nicht nachgedacht, schließlich ist gerade kein bitterkalter Winter, sondern es ist total heiß, sogar in der Wohnung.

Zum Glück findet das Wasser noch Gnade vor ihren Augen.

»Ihre Haut ist schon ganz schrumpelig. Raus mit ihr. Nächstes Mal nicht so lange, ja?« Sie nimmt ein flauschiges Kinderbadetuch aus dem Regal und wickelt Mia darin ein.

»Bennie ist wieder eingeschlafen, das ist sicher das Beste bei dem hohen Fieber. Was habt ihr denn gestern bloß gemacht?«

»Nichts Besonderes, ich war mit ihm spazieren.«

»Hatte er eine Mütze auf?«, fragt Anja.

»Nein, es war doch so warm. Aber ich habe den Sonnenschirm aufgespannt.«

»Meine Kinder tragen immer eine Mütze, im Sommer eine dünne aus Baumwollbatist, im Winter eine aus Wolle. Ist das klar?«

Ich verkneife mir einen Kommentar, nicke einfach nur und verlasse dann wortlos das Badezimmer. Auf dem Weg nach unten frage ich mich, ob alle Mütter so pingelig sind – oder muss man als Mutter so sein? Immerhin haben wir in Vegas bei der Agentur einen Kinderpflegekurs gemacht, um uns vorzubereiten. Und ich war richtig gut.

Draußen auf dem Holzdeck ist schon das Frühstück vorbereitet. Der Tisch ist mit dickwandigem sahneweißem Geschirr, Wurst, Käse, Marmelade und Eiern gedeckt und es steht sogar eine Vase mit stark duftenden orange-gelben Rosen darauf. Erstaunt lasse ich meine Augen über den liebevoll hergerichteten Frühstückstisch wandern. Da habe ich gerade so hässlich über Anja gedacht, dabei kümmert sie sich einfach nur um alles!

Ich atme tief durch und gehe zum Geländer. Der Anblick des Waldes in der Morgensonne beruhigt mich. Alles wirkt ganz still und friedlich. Du solltest dich mal ein bisschen entspannen, Blue, sage ich mir. Es ist gerade mal dein zweiter Tag in einem völlig fremden Land. Vielleicht sind die Menschen hier eben ein bisschen merkwürdig. Meinen es nicht böse, wenn sie so scharf im Ton sind und einen heimlich beobachten . . .

»Komm, lass uns was essen«, reißt mich Anja aus meinen Gedanken, die in diesem Moment mit Mia auf dem Arm auf das Holzdeck kommt. Sie setzt die Kleine in den Kinderstuhl und gießt dann Kaffee für uns beide ein.

In der Sonne wirken die Ränder unter Anjas Augen wie blaue Flecken. Sie sieht noch viel müder aus als oben im Badezimmer.

»Willst du nicht auch ein bisschen schlafen?«, frage ich deshalb, aber Anja winkt gleich mit ihrer freien Hand ab und stürzt dann ihren Kaffee hinunter wie eine Verdurstende.

»Ich brauche nur etwas zum Essen und nachher eine heiße Dusche, dann geht es schon wieder.«

Ich schäle einen Apfel für Mia und füttere sie mit kleinen Stückchen, was endlich einmal Anjas uneingeschränkte Zustimmung findet.

»Wie machen wir das mit deinem freien Tag?«, fragt sie und haut ihrem Ei mit Schwung den Kopf ab.

»Ist mir egal, kann von mir aus auch immer ein anderer Tag sein, ich muss ja nicht zum Sprachkurs gehen.«

Anja schüttelt den Kopf. »Nein, nein, das ist keine gute Idee. Wir sollten einen Tag festlegen, dann kann sich jeder darauf einstellen. Du wirst doch bestimmt Freunde finden und auch mal ausgehen wollen.«

Ich schaue über das Holzdeck Richtung Wald, dann zum Dorf. Obwohl es nicht so aussieht, als ob man hier auch nur einen der sieben Zwerge treffen könnte, habe ich immerhin schon Felix kennengelernt. Und der schien wirklich ganz nett zu sein.

»Es gibt hier auch eine Dorfdisco im Nachbarort, das *Sunset.*«

»Ja dann – wie wäre der Samstag?«, schlage ich vor.

»Ich glaube, der Sonntag wäre besser«, kommt es wie aus der Pistole geschossen und ich frage mich, warum sie den Tag dann nicht gleich vorgeschlagen hat.

»Sonntags ist Stefan zu Hause und kann mich unterstützen.«

»Gut, dann also der Sonntag.« Ich streiche mir ein Brot mit Kirschmarmelade und beiße eine Ecke ab. ›Sonntags ist Stefan zu Hause. . .‹ Obwohl ich versuche, mich zu entspannen und das leckere Frühstück zu genießen, schleicht er sich in meine Gedanken – wie ein Schatten, der sich einfach nicht abschütteln lässt, spukt er mir durch den Kopf. Und wieder muss ich an das Foto in dem Zeitungsartikel denken. Wenn ich doch nur endlich Gewissheit hätte! Die Frage liegt mir schon auf der Zunge, aber es ist natürlich ganz und gar ausgeschlossen, Anja tatsächlich zu fragen, ob ihr Mann ein Mörder ist. Verstohlen beobachte ich sie aus den Augenwinkeln. Und die nächste Frage, die mir durch den Kopf geht, ist, ob eine Frau wie Anja bei einem Mann bleiben würde, der ein Mörder ist. Ich brauche gar nicht erst über die Antwort nachzudenken, denn sie ist sonnenklar. *Never ever!*

In diesem Moment fällt mir das Babybild mit der Trauerschleife ein; ich habe noch gar nicht nachgeschaut, ob es wieder da ist. Ich würde Anja gerne fragen, warum das Baby gestorben ist, aber auch das traue ich mich nicht.

Sie nagt an einem Stückchen Toast und bleibt still, als ob sie meine schwarzen Gedanken lesen könnte oder selbst welche hätte. Und auf einmal hängt kaltes Schweigen über uns wie eine Glasglocke, an der das Vogelgezwitscher und warme Summen der Bienen und Mücken abzuprallen scheint.

Dann fällt mir endlich etwas Harmloses ein. »Was sind das denn für Leute, die die Bäckerei betreiben?«

»Warum willst du das wissen?« Anja mustert mich misstrauisch.

»Nur so. Ich meine, immerhin wohne ich jetzt ein Jahr lang hier und wie es scheint, ist es ja eine sehr gute Bäckerei, die da vor eurer Haustür liegt.«

»Die Einheimischen sind ziemliche Eigenbrötler. Am Anfang haben wir öfter mal Gartenfeste gegeben, aber sie sind nie zu uns gekommen. Keiner von ihnen.« Anja zuckt mit den Schultern. »Stefan kann gut mit denen. Er hat so eine Art an sich, die gut bei den Leuten hier ankommt.« Sie lacht geringschätzig.

»Gibt es denn keine anderen Mütter und Babys hier in der Nähe?«

»Warum fragst du das?«

»Na, für später, zum Spielen, Freunde für Bennie und Mia eben.«

»Die beiden haben doch sich selbst.«

Irgendwie finde ich Anjas Antwort ein bisschen traurig. Auch wenn ich keine Ahnung habe, was es in einer Mutter auslöst, ein Kind zu verlieren, ist es doch bestimmt viel besser, sich mit anderen Müttern und Kindern zu treffen und auszutauschen, als sich so abzukapseln.

»Ich sehe jedenfalls keinen Sinn darin, wenn du dich viel mit den Dorfleuten abgibst.« Anja zeigt auf Mia. »Schau mal, sie wird gleich einschlafen. Sie sollte jetzt hingelegt werden.«

Ich stehe auf, obwohl ich definitiv noch Hunger habe, und nehme Mia aus dem Hochstuhl.

»Ich finde«, Anja klingt jetzt wieder wie eine Generalin, »ihr solltet ein bisschen spazieren gehen. Nach dem Aufenthalt im Krankenhaus ist es für Mia das Beste, an der frischen Luft zu schlafen. Und dir würde es auch nicht schaden, dich zu bewegen, nachdem du diesen Bäckereikram gegessen hast. Bitte gib den Babys nichts davon, Zucker und Weißbrot sind dermaßen schädlich!«

Mir verschlägt es die Sprache – was fällt Anja eigentlich ein, mich wie ein unfähiges kleines Kind zu behandeln? Und der Kommentar über meine Figur war ja wohl völlig daneben. Doch noch bevor ich etwas sagen kann, redet sie schon weiter. »Ich möchte dich bitten, mit Mia nicht ins Dorf, sondern durch den Wald zu gehen. Ihr könntet zum Marienbrunnen laufen. Der Weg dorthin ist gut ausgeschildert und bequem mit dem Kinderwagen zu gehen. Du musst nur dem roten M folgen.«

Trotz ihrer bescheuerten Anweisungen versuche ich, höflich zu bleiben. »Soll ich erst noch abräumen?«, frage ich freundlich, obwohl ich ihr am liebsten mal ordentlich meine Meinung sagen würde. Gott, ich muss das unbedingt Vicky erzählen! Ob ihre Gasteltern auch so schwierig sind?

Anja schüttelt ihre rotblonden Haare. »Lass nur. Mit der Zeit, wenn du weißt, wo alles hingehört, gerne. Aber jetzt ist es wichtiger für Mia zu schlafen. Warte . . .« Sie läuft ins Haus und ist ein paar Sekunden später wieder zurück. »Hier ist dein Schlüssel, bitte verlier ihn nicht. Stefan hat eine teure Schließanlage installieren lassen, weil es hier in letzter Zeit so viele Einbrüche gegeben hat.«

Ich spüre, wie mir die Hitze ins Gesicht schießt. Und ich habe die Tür zu meinem Zimmer aufstehen lassen – nicht nur in der ersten Nacht, sondern auch gestern, als wir nach Weitersheim gelaufen sind! Gut, dass sie mich nicht gefragt hat, wie ich den Ausflug ins Dorf eigentlich bewerkstelligt habe.

Ich nehme den Schlüssel, der an einem Minnie-Mouse-Anhänger aus buntem Plastik hängt, stecke ihn ein und lege Mia in den Kinderwagen – nicht ohne mich vorher nach ihrem Mützchen erkundigt zu haben. Wenn Anja glaubt, mich mit ihrem Verhalten vertreiben zu können, dann hat sie sich getäuscht. Ich wollte unbedingt in den Odenwald und nun, da ich tatsächlich hier bin, werde ich mich auf keinen Fall gleich wieder davonjagen lassen. Wahrscheinlich brauche ich einfach nur ein dickeres Fell, damit Anjas fiese Kommentare an mir abprallen.

Nachdem ich Mia die Mütze angezogen habe, was sie sich nur unter empörtem Protestgebrüll gefallen lässt, winkt mir Anja zu. »Na, dann macht's mal gut.«

Sie wirft Mia noch ein Küsschen zu, ich ringe mir ein Lächeln ab und spaziere dann davon. Aber schon nach ein paar Metern in der sengenden Sonne wird mir klar, dass ich sowohl meine Sonnenbrille als auch meine Baseballkappe brauche – eins der wenigen Geschenke von meinem Vater.

Ich drehe also kurz entschlossen um und sperre die Haustür

wieder auf. Anja steht auf halber Treppe, zuckt zusammen, wendet sich mir zu und schaut mich irritiert an. »Was ist denn noch?«

»Hab meine Sonnenbrille vergessen«, murmle ich, hole meine Sachen und dann vorsichtshalber noch ein Fläschchen mit kaltem Tee, falls Mia aufwacht und Durst bekommt. Schließlich habe ich keine Ahnung, wie weit es zu diesem Brunnen ist.

Als ich in Richtung Wald laufe, wundere ich mich doch ziemlich über Anja. Da muss ich den Kindern Mützchen aufziehen, auch wenn es superheiß draußen ist, damit sie nur ja nicht krank werden, und dann schickt sie mich in den Wald, wo Gott weiß was passieren kann! Allein, mit einem Kind. In Amerika käme niemand auf so eine Idee, das wäre viel zu gefährlich.

Ich schaue zum Wald hinüber. Er sieht trotz der Sonne immer noch sehr dunkel aus, aber nicht gefährlich, sondern seltsam unecht, wie gemalt.

8.

Du weißt, dass ich nicht einmal einen Strafzettel wegen Falschparkens bekommen habe. Vielleicht hast du gedacht, das wäre so, weil ich entsetzlich spießig bin, aber dafür gab es ganz andere Gründe.

Nach wenigen Schritten umschließt uns der Wald. Hier ist es angenehm kühl. Ich atme den leicht staubigen Geruch nach vertrockneten Blättern und Pilzen ein, es riecht ein bisschen wie ein Lagerfeuer, über das man Wasser gekippt hat.

Der Weg ist wirklich breit und sehr bequem, man läuft über ein Bett aus alten zusammengetretenen Blättern, unter dem sich Steine befinden. Zwischen den dunkelgrünen Bäumen fallen die Sonnenstrahlen herein wie Vorhänge aus Licht.

Es kommt mir so vor, als wäre das Vogelgezwitscher hier viel gedämpfter als im Garten der Zeltners. Ja, alles wirkt gedämpft.

Über den Waldboden kriechen Brombeerranken hin. Es ist unglaublich grün, so etwas habe ich in Vegas nur in Gewächshäusern gesehen. Es gibt viele große Sträucher, aber nur die, an denen noch tellergroße weiße Blüten hängen, kenne ich. Das muss Holunder sein. Von Holunder hat Grannie manchmal erzählt, wenn sie ein bisschen traurig war. Von einem Blütensirup, den ihre Tante früher immer für sie gemacht hat und von Blüten, die in Teig ausgebacken und mit Zimt und Zucker gegessen werden. Sie ist bei ihrer Großtante in Weitersheim aufgewachsen, weil Grannies Eltern in den letzten Kriegstagen in Darmstadt bei einem Bombenangriff getötet wurden, kurz nachdem sie Grannie aufs Land in Sicherheit gebracht hatten.

Ja, Grandma ist der Grund, warum ich hier an diesem merkwürdigen Ort bin. Weil ich unbedingt mehr über ihre unglückliche Liebesgeschichte erfahren wollte. Darauf gekommen bin ich erst, als ich diesen Brief gefunden habe. Wir haben einen *garage sale* gemacht – oder wie Grannie immer dazu gesagt hat: einen Flohmarkt. Und dort habe ich in einem alten Nachttisch diesen Brief gefunden, den ihr Georg geschrieben hat. Ich habe den Brief mit nach Deutschland genommen, weil ich hoffe, dass er mir dabei hilft, mehr über Grannies große Liebe herauszufinden. Auf der Rückseite des Briefes hatte Georg Grandma ein tolles Liebesgedicht geschrieben. *An Suzanne* – das ist Grannies Name –, und es war so dermaßen romantisch, dass ich beim Lesen Tränen in den Augen hatte. Ich fand es so schön, dass ich es auswendig gelernt habe:

For Suzanne with all my love:
Suzanne takes you down to her place near the river.
You can hear the boats go by.
You can spend the night beside her.
And you know she's half crazy,
But that's why you want to be there.
And she feeds you tea and oranges that come all the way from China.
And just when you mean to tell her that you have no love to give her,
Then she gets you on her wavelength

And she lets the river answer.
That you've always been her lover.

And you want to travel with her,
And you want to travel blind,
And you know she will trust you,
For you've touched her perfect body with your mind.

Komischerweise ist mir da erst klar geworden, dass Grannie auch ein Leben hatte, bevor ich auf die Welt gekommen bin, und sogar mal wahnsinnig verliebt war. Und dann habe ich sie, ohne den Brief zu erwähnen, so lange gelöchert, bis sie mir erzählt hat, was mit diesem Georg passiert ist, damals. Eigentlich wollte sie mit Georg zusammen nach Kalifornien gehen, aber er hat sie in letzter Sekunde im Stich gelassen und Grandma hat nie wieder von ihm gehört. Und sie wusste zu diesem Zeitpunkt auch noch nicht, dass sie schwanger von ihm war. Sieben Monate später wurde meine Mom geboren.

Bis zu diesem Nachmittag hatte ich einfach immer nur gedacht, dass mein Großvater der Mann war, den Oma in Santa Barbara geheiratet hat – und den ich nie kennengelernt habe, weil sie sich kurz nach der Hochzeit wieder voneinander getrennt haben. Ihren Mann, Josh Applegate, hat sie damals nur wegen der Aufenthaltserlaubnis geheiratet und auch weil er ein sehr netter Mensch und ein guter Liebhaber gewesen wäre, wie Grannie mir grinsend in der Garage erzählt hat. Das hätte sie sicher noch weiter ausgeführt, wenn nicht Mom genau in diesem Moment hereingeplatzt wäre. Mom hasst es, wenn Oma von ihrem Sexleben spricht. Als Mom dann wieder weg war, hat Grannie mir noch gestanden, dass bei all den Lovern, die sie gehabt hat, nur ein einziger für sie je gezählt hat – und das sei Georg gewesen. Aber der hätte sich nun mal gegen sie entschieden, wäre entgegen ihrer Abmachung nie in den USA aufgekreuzt.

Danach war ich wie besessen von der Idee »ihren Georg« – der ja schließlich mein Opa war – zu finden oder wenigstens herauszubekommen, warum er nie auf einen ihrer Briefe geantwortet hat.

Ein Specht klopft an einen Baumstamm, ich schaue mich nach ihm um, kann ihn aber nirgends entdecken.

Mia schläft schon fest, ihre Händchen liegen entspannt geöffnet neben ihr. Aus den Augenwinkeln sehe ich, wie sich etwas lautlos bewegt. Als ich mich in die Richtung drehe, erkenne ich ein rotes Eichhörnchen. Mein Blick folgt ihm, als es einen Stamm hochhuscht, und ich entdecke, dass die Baumkronen sich von beiden Seiten des Weges zu einem hohen Dach vereinigen.

Ich fühle mich geschützt wie in einer Kathedrale aus goldfarben schimmernden Blättern, atme tief durch und habe zum ersten Mal, seit ich in Vegas abgeflogen bin, das Gefühl angekommen zu sein.

Und das ausgerechnet in dem Wald, der mir am ersten Abend so unheimlich vorgekommen ist! Alles ist so still und friedlich hier. Ob Grannie hier auch manchmal mit Georg spazieren gegangen ist? Entspannt folge ich dem Weg und genieße die Luft, die immer kühler wird, je tiefer ich in den Wald hineinlaufe. Nach einer geschätzten halben Stunde haben wir den Brunnen erreicht.

Hey, das soll ein Brunnen sein? Was für ein Witz! Dieser Marienbrunnen ist nur eine rote Sandsteinplatte, aus der ein dünnes Wasserrinnsal tröpfelt. Ich beuge mich vor, um mir wenigstens das Gesicht zu kühlen.

Das Wasser riecht frisch und ein bisschen metallisch, so als ob es lecker schmecken würde. Ich nehme noch eine Handvoll, da dringt ein Geräusch an meine Ohren. Kein Zwitschern oder Rascheln. Etwas anderes. Klägliches. Wie ein kleines Kätzchen. Ich richte mich auf und sehe nach Mia, aber die schläft immer noch tief und fest.

Weit und breit ist niemand zu entdecken. Vielleicht kam das Geräusch aus dem Brunnen. Ja genau, Blue, es wohnen weinende Katzen und traurige Nymphen in dem Brunnen, mache ich mich über mich selbst lustig, nehme dann aber hastig den Kinderwagen und gehe mit zügigen Schritten den Weg zurück.

Nach ein paar Metern höre ich es wieder, diesmal ist es lauter und ich erkenne, was es ist. Da ruft jemand um Hilfe.

Ich versuche herauszufinden, aus welcher Richtung das Rufen kommt.

Ich fange an zu rennen, da wieder. Es klingt so jämmerlich, dass ich noch schneller laufe und hoffe, dass Mia nicht aufwacht, denn jetzt holpert der Wagen doch ganz schön über die Steine, die sich unter den Blättern befinden.

Noch eine Biegung, jetzt wird es lauter.

Dort vorne liegt jemand!

Sieht von Weitem aus wie ein Jogger. Er trägt Shorts und ein Muscle-Shirt. Als ich näher komme, erkenne ich, dass derjenige, der da am Boden liegt, ungefähr so alt sein muss wie ich, noch keine zwanzig.

»Was ist passiert?«, frage ich vollkommen außer Atem.

Der Typ ringt sich ein Grinsen ab und starrt mich flehend an. Seine sehr hohen Wangenknochen machen sein Gesicht ein bisschen leidend, dafür erinnert seine breite Nase, die in zwei kleinen Knubbeln ausläuft, ein bisschen an einen Clown. Er trägt für meinen Geschmack viel zu lange, buschige Siebziger-Jahre-Koteletten, aber wenigstens wird sein vorspringendes Kinn nicht von einem blöden Ziegenbart verunstaltet, so wie das von Vickys letztem Lover.

»Ich bin umgeknickt und dann blöd hingestürzt.« Er deutet auf seine Knie, die total aufgeschrammt sind, und sein linker Knöchel, der in einer roten Socke steckt, sieht geschwollen aus.

»Wenn ich aufstehe, wird mir total schlecht. Tut mir leid, ich bin sonst nicht so ein Weichei. Könntest du vielleicht mit deinem Handy Hilfe holen?«, fragt er mich. Seine Stimme ist tief und weich.

»Hab leider keins dabei.«

»Oh, schade«, murmelt der Typ, sieht aber nicht wirklich traurig aus. »Was machen wir dann?«

»Soll ich dir hochhelfen?«, frage ich. »Willst du dich auf mich stützen?« Während ich seinen durchtrainierten Körper mustere, stelle ich fest, dass er schon der zweite Junge in diesem Kaff ist, der wirklich gut aussieht – trotz seiner Koteletten!

Der Blick aus seinen braunen Augen bringt mich ganz aus der Fassung. Und er hat karamellfarbene glatte Schultern, muskulös wie ein olympischer Wettkampfschwimmer. Der Hammer! Blue, ermahne ich mich, der Typ ist verletzt.

»Danke für deine Hilfe«, sagt er mit einem derart verschmitzten Grinsen, dass ich gar nicht anders kann als zurückzulächeln.

Ich reiche ihm meine Hand und er kommt schwankend auf die Beine. Offenbar hat er wirklich starke Schmerzen, denn er zieht hörbar die Luft ein, dann stützt er sich schwer auf mich und humpelt mit mir zum Kinderwagen.

»Soll ich dir einen Stock besorgen?«, frage ich ihn. Er kann alleine kaum stehen und greift nach dem Griff des Kinderwagens, um sich daran abzustützen. Er nickt und schaut sich Mia an.

»Ich warte hier«, sagt er, ohne den Blick von ihr abzuwenden.

Für den Bruchteil einer Sekunde habe ich eine Vision, wie er mit Mia im Kinderwagen davonrast, kaum dass ich im Unterholz nach einem Stock suche.

»Weißt du was«, sage ich, obwohl diese Vorstellung bestimmt der reinste Schwachsinn ist, »ich glaube, du solltest dich lieber hinsetzen. Ich gehe und hole Hilfe. Wie wäre das?«

Er sieht enttäuscht aus.

Ted Bundy, der gut aussehende Serienkiller, fällt mir nun schon zum zweiten Mal ein, seit ich hier in Deutschland angekommen bin. Der hatte sich einen falschen Gips zugelegt und bei seinen Opfern einen auf Mitleid gemacht – und es hat mehr als vierzig Mal geklappt.

Du spinnst, Blue! Das Blut tropft dem Typen vom Knie, er ist bleich und schwitzt wie verrückt. Er ist bloß ein harmloser, verletzter Jogger.

»Ich glaube, es ist sinnvoller, hier zu warten, als zusammen den ganzen Weg zurückzuhumpeln«, sage ich dann trotzdem, denn irgendwie kann ich mein Misstrauen doch nicht ganz beiseiteschieben.

»Schade. An deiner Seite würde ich glatt bis ans Ende der Welt humpeln.«

Wow, und das sagt dieser Schönling zu mir. Obwohl mir

klar ist, dass er mir schmeicheln wollte, komme ich mir jetzt doch gemein vor, ihn hier allein sitzen zu lassen, nur weil ich leicht paranoid bin.

»Das wäre mir dann doch zu weit«, sage ich lachend und dränge meine Zweifel ganz weit weg. »Also gut, probieren wir es eben einfach mal.«

»Ist das deine Kleine?«, fragt er und zeigt zum Wagen.

»Nein, spinnst du?«

»Was hast du gegen Babys?«

»Gar nichts, sonst wäre ich wohl kaum als Au-pair-Mädchen nach Deutschland gekommen«, sage ich lachend.

»Oh, du bist Au-pair? Das ist ja interessant!«, sagt er überrascht und ich bilde mir ein, in seinen Augen tatsächlich ein aufgeregtes Funkeln erkennen zu können.

»Ja. Aber abgesehen davon, dass die Kleine nicht mein Baby ist, fühle ich mich auch definitiv noch zu jung für Kinder – schließlich bin ich erst siebzehn.«

»Ich bin achtzehn – und heiße übrigens Ju, also Julius – und du?«

»Blue.«

»Echt?«

Ich nicke, wir grinsen uns an. Seine Augen werden fast ganz schwarz. Ich muss mich richtig zwingen, mich davon loszureißen.

»Okay! Ju und Blue also. Und sie, wie heißt sie?« Er zeigt auf Mia. »Lu?«

Jetzt lachen wir beide. Trotzdem finde ich es merkwürdig, dass er sich so für Mia interessiert – das ist doch irgendwie nicht normal. Kein Typ, mit dem ich jemals aus war, hat sich einem Baby freiwillig auch nur auf zehn Meter genähert.

Er stöhnt, lässt den Griff des Kinderwagens los und stützt

sich wieder auf meine Schulter. »Tut mir leid, aber es fühlt sich echt fies an. Lass uns losgehen. Ich versuche es einfach, und wenn ich nicht mehr kann, dann bleibe ich sitzen und du holst Hilfe.«

Er legt seinen Arm nun komplett um meine Schulter. Grannie hat gesagt, deutsche Männer würden nicht duschen, aber das stimmt gar nicht. Fast muss ich kichern – es ist eben doch schon eine ganze Zeit her, dass Grannie jung war. Ju riecht zwar schon leicht verschwitzt, aber das mischt sich mit irgendwas Frischem und Holzigherbem, was mich ganz sehnsüchtig macht. So als ob einem der Duft von frischen Pfannkuchen in die Nase steigt und man plötzlich merkt, wie ausgehungert man ist.

Sein Arm fühlt sich hart an, voller Muskeln und bei jedem Schritt, den wir zusammen humpeln, kitzelt sein langes wuscheliges dunkelbraunes Haar meinen Hals. Und dann zieht sich von dort ein angenehmes Kribbeln bis in meinen Bauch. Dabei kenne ich ihn doch gar nicht!

Plötzlich wacht Mia auf und lacht uns an, als hätte sie etwas ungemein Witziges geträumt.

»Ist die immer so süß?«, fragt er und bleibt für einen Moment stehen. Er beugt sich zu ihr und brabbelt mit ihr.

Mia betrachtet ihn interessiert.

»So lange kenne ich sie noch nicht.«

Er stützt sich wieder stärker auf mich und versucht, ein Stöhnen zu unterdrücken, aber es gelingt ihm nicht.

»Willst du dich setzen?«

»Nein, geht schon, laufen wir weiter. Es ist nicht mehr weit.«

Ich bin so mit Kinderwagenschieben und Ju stützen beschäftigt, dass ich total erschrecke, als plötzlich ein Mountainbikefahrer an uns vorbeirast.

Ich erkenne ihn erst, als er den Kopf hebt und mich anschaut.

»Oh, hallo!«, ruft er überrascht und bremst dann so schwungvoll, dass sein Hinterrad herumgeschleudert wird.

»Kennst du den?«, fragt mich Ju flüsternd.

»Kennen, nein, aber ich hab schon mal mit ihm geredet.«

Die beiden Jungs checken sich gegenseitig ab.

»Ist dieser Typ etwa dein Lover?«, fragt Felix und klingt ziemlich enttäuscht.

Ich merke, dass ich rot werde. Wie kommt Felix dazu, so etwas Peinliches zu fragen? Der spinnt wohl!

Ju starrt mich natürlich an und wartet auf meine Erklärung.

»Nein, Ju und ich haben uns gerade eben erst kennengelernt. Er hat sich verletzt.« Ich deute auf das blutende Knie von Ju.

»Uhh, das sieht echt übel aus.« Felix' Stimme klingt dabei verdammt sarkastisch. »Ich bin übrigens Felix.« Er starrt zu Ju hinüber.

»Er heißt Julius, Ju«, erkläre ich, weil Ju keine Anstalten macht, sich vorzustellen.

Felix schaut schweigend von Ju zu mir, dann wieder zu Ju. Ju starrt die ganze Zeit bloß Mia an und ich fühle mich total merkwürdig. Die ganze Situation wirkt fürchterlich angespannt und ich würde gern weitergehen, aber Jus Arm liegt tonnenschwer auf meinen Schultern. Ich probiere einen Schritt, aber er verstärkt den Druck. *Gee,* ist der stark.

»Ich war mit Mia am Marienbrunnen«, sage ich dann, um diese merkwürdige Stille zu unterbrechen.

»Der Marienbrunnen ist ein Zauberbrunnen«, erklärt Felix

und lächelt spöttisch. »Es heißt, wenn man daraus trinkt, dann erfährt man die Wahrheit.«

»Und, hast du's schon probiert?«, frage ich ihn.

Felix zuckt mit den Schultern. »Nein, interessiert mich nicht. Die Wahrheit wird vollkommen überschätzt. Jeder lügt andauernd, und zwar genau aus diesem Grund.«

Ju gibt ein ächzendes Geräusch von sich. »Das ist doch Blödsinn. Man will immer die Wahrheit wissen!«

»Nur mal angenommen, du trinkst das Wasser und erfährst, dass du vollkommen dumm bist«, Felix grinst, »oder dass du in drei Wochen sterben wirst . . .«

»Das Letztere wäre eine Prophezeiung und nicht die Wahrheit«, unterbricht Ju ihn.

Was geht da ab zwischen den beiden? Weder Felix noch Ju kennen mich richtig und doch benehmen sie sich wie ein paar lächerliche Kampfhähne – Jungs scheinen doch überall auf der Welt gleich zu sein.

»Also, ich würde gern die Wahrheit über Georg Hikisch herausfinden – das war die große Liebe von meiner Oma«, sage ich, damit die beiden endlich mit ihrem albernen Getue aufhören. Doch das Einzige, was passiert, ist, dass sie mich anstarren, als hätte ich etwas Verrücktes gesagt.

»Hikisch?«, wiederholt Felix und sein Blick scheint mich dabei zu durchbohren.

Ich nicke und bevor ich noch mehr sagen kann, mischt sich Ju ein.

»Dann lasst uns doch zurückgehen und alle mal vom Brunnen trinken«, schlägt er vor. »Wär doch interessant zu sehen, was passiert.«

Felix sieht immer noch vollkommen verblüfft aus und starrt mich so ähnlich an wie seine Oma neulich, als wäre ich ein Geist. Ich fühle mich mit einem Mal ziemlich unbehaglich mit den beiden Jungs allein im Wald. Mia und ich sollten besser gehen.

»Der Brunnen läuft uns nicht weg, wir könnten das an meinem freien Tag machen. Ich muss jetzt wirklich wieder nach Hause.«

»Hey, Leute, das ist doch sowieso nur eine Sage«, erklärt Felix und wendet sich schließlich an Ju. »Du scheinst nicht von hier zu sein, sonst hättest du schon mal davon gehört. Was macht so ein Typ wie du hier in diesem Kaff überhaupt? Ich hab dich noch nie vorher gesehen.«

»Wüsste nicht, was dich das angeht!«, knurrt Ju zurück.

Dieses Hickhack wird mir echt zu blöd, ich möchte aufbrechen. Anja macht sich vielleicht schon Sorgen, wo wir bleiben. Außerdem fühlt sich Ju an meiner Seite tonnenschwer an. »Lasst uns bitte gehen.«

»Seid mal still«, zischt Ju. »Hört ihr das auch?«

Wir bleiben alle drei wie erstarrt stehen und lauschen. Ganz deutlich Sirenen, die sich auf den Wald zubewegen.

»Krankenwagen«, stellt Ju fest und lässt meine Schulter los.

»Bennie hatte Fieber heute Morgen, vielleicht ist es wegen ihm«, sage ich und spüre, wie leichte Panik in mir aufsteigt. »Ich will jetzt zurück, können wir uns bitte beeilen?«

»Klar.« Ju zwinkert mir so flüchtig zu, dass ich mir nicht sicher bin, ob ich mir das nur eingebildet habe. »Felix, wie wär's, wenn ich mich auf deinen Sattel setze und du das Rad schiebst, dann kann Blue schneller laufen.«

Ju löst sich von mir und humpelt zu Felix, der ihm sehr widerwillig dabei hilft, sich aufs Rad zu setzen.

»Das mach ich nur für Blue«, sagt Felix und wirft mir einen schnellen Blick zu, doch ich bin inzwischen so unruhig, dass mir dieser ganze Jungskram gerade total egal ist. In diesem Moment fängt auch noch Mia an zu meckern. Ich gehe schneller und hoffe, dass der Krankenwagen nicht schon wieder zu den Zeltners gerufen werden musste.

Doch als wir aus dem Wald herauskommen, sehen wir gerade noch, wie eine Ambulanz mit Blaulicht vom Grundstück der Zeltners wegfährt.

»Du kannst mich runterlassen«, sagt Ju und steigt vom Rad ab, als wir das Haus erreicht haben. Nach dem kühlen Wald ist es jetzt auf der Teerstraße richtig heiß und Mia fängt an, lauter zu brüllen.

»Blue wird mich bestimmt verarzten und dann kann ich alleine wieder nach Hause«, verkündet Ju.

Felix sieht ungläubig zwischen uns hin und her. »Du wirst ihn verarzten, ja?« Seine Stimme klingt leicht aggressiv. Obwohl meine Gedanken gerade bei Bennie und Anja sind, nervt mich Felix' besitzergreifendes Gehabe und nur deshalb verspreche ich Ju, mich um ihn zu kümmern, obwohl ich ihn gerade ganz schön dreist fand.

»Ja, dann fahr ich wohl mal lieber.« Felix steigt auf sein Rad und sieht auf einmal nicht mehr wütend, sondern enttäuscht aus, sodass er mir plötzlich ein bisschen leidtut. Er kommt mit seinem Rad auf mich zu, hält neben mir an und beugt sich nach vorne. »Pass auf mit diesem Typen, mit dem stimmt was nicht«, raunt er in mein Ohr und schaut mich dann eindringlich an. »Glaub mir, ich hab da ein Näschen dafür. Und wenn du mehr über Georg Hikisch wissen willst, dann besuch mich einfach!« Er steigt auf sein Rad, winkt mir kurz zu und fährt dann los, ohne sich von Ju verabschiedet zu haben.

Felix ist echt ein Spinner!, denke ich mir und nehme Mia

aus dem Wagen. Sie hat die Windel voll und stinkt schrecklich, kein Wunder, dass sie so brüllt. Ich versuche, die Haustür aufzusperren, aber es gelingt mir nicht, weil ich Mia auf dem Arm habe. Ich sollte sie Ju geben, doch ich zögere einen Moment – was sollte dieser dumme Satz von Felix gerade eben, dass ich mit Ju aufpassen soll?

Ich schüttle den Kopf, drücke Ju die Kleine entschlossen auf den Arm und bin gespannt, wie er auf den Gestank reagieren wird. Gar nicht. Er hält Mia wie ein Profi und lächelt sie auch noch an, bis sie tatsächlich aufhört zu brüllen.

Ich muss den Schlüssel fünfmal herumdrehen, bis die Tür endlich aufgeht.

Dann sind wir im kühlen Haus.

9.

Ich durfte nicht auffallen, nicht mit dem Gesetz in Konflikt geraten. Konnte nicht riskieren, dass man uns auf die Schliche kommt. Auch nicht, nachdem sie das Ungeheuerliche getan hatte.

Bin mit Bennie ins Klinikum nach Eberstadt gefahren, bitte ruf Stefan an und sag ihm Bescheid, steht auf einem Zettel, den Anja auf den Küchentisch gelegt hat. Das darf doch nicht wahr sein – erst die arme Mia und nun auch noch Bennie! Und Stefan hat noch so getan, als wäre es harmloses Fieber . . .

»Schicke Bude!«, stellt Ju fest und schaut sich gründlich um.

»Bleib du hier, ich gehe und wickle Mia, dann suche ich Verbandszeug.«

Er lässt sich so schwer und vorsichtig auf einen der Stühle am Esszimmertisch fallen, dass ich den Eindruck habe, er ist viel schlimmer verletzt, als er zugeben will.

Während ich Mia wickle und ihr ein neues rosa Kleidchen anziehe, komme ich ein bisschen zu mir. Das ist nun schon das zweite Mal innerhalb weniger Tage, dass ich ganz alleine mit einem Zwilling zu Hause bin – obwohl, ganz alleine stimmt in diesem Fall gar nicht. Ju sitzt ja unten. Und als ich an ihn denke, spuken mir wieder Felix' Worte durch den

Kopf. Felix mag zwar ein Spinner sein, trotzdem wird mir plötzlich mulmig. Ich weiß absolut nichts über Ju, außer seinen Namen. Vielleicht hat Felix ja doch nicht so unrecht.

Ich muss von allen guten Geistern verlassen sein, einfach einen durchtrainierten, kräftigen und völlig fremden Jungen mit an meinen Arbeitsplatz zu nehmen. Was, wenn Ju unten irgendeinen Unfug anstellt? Aber was sollte er denn schon tun, er kann sich kaum bewegen, beruhige ich mich. Na ja, silberne Löffel könnte er vielleicht schon einstecken.

Wirklich sehr ungewöhnlich, wie ich hier in Deutschland Leute kennenlerne. In Vegas lernt man Jungs kennen, weil sie einem von Bekannten vorgestellt werden. Man quatscht niemals mit Typen, die man auf der Straße oder im Wald getroffen hat – und auf gar keinen Fall nimmt man sie einfach so mit nach Hause.

»Ju«, rufe ich laut, »alles okay bei dir?«

»Ja«, kommt sofort die Antwort. Aber ich bilde mir ein, dass sie nicht vom Esstisch kommt, sondern aus dem Wohnzimmer.

Ich packe Mia und renne die Treppen hinunter. Und tatsächlich, ich habe mich nicht getäuscht – Ju steht vor dem Sideboard und schaut die Fotos an.

»Was tust du da?«

»Nach was sieht es denn aus?«, fragt er lächelnd zurück, aber jetzt wärmt mich sein Lachen nicht mehr, es wirkt so angestrengt.

»Ich habe das Verbandszeug vergessen«, stammle ich, weil ich nicht so recht weiß, was ich sagen soll. Es ist ja kein Verbrechen, sich Fotos anzuschauen, die offen herumstehen. Und untendrunter liegen die Zeitungsartikel, flüstert eine gemeine Stimme in mein Ohr. Aber davon weiß er nichts.

»Ich habe keine Ahnung, wo die Zeltners Verbandszeug haben.«

»Vielleicht im Badezimmer«, schlägt er vor. »Hey, gib mir doch Mia, ich kann mit ihr spielen, während du das Zeug suchst.«

Ich zögere kurz, was aber völliger Quatsch ist, denn wenn er Mia auf dem Arm hat, kann er nichts anderes anfassen und außerdem bin ich ja gleich wieder unten. Also gebe ich ihm die Kleine und seine Mimik verändert sich schlagartig. Ein strahlendes Lachen überzieht sein Gesicht, das bis zu seinen Augen reicht – so möchte ich auch mal von ihm angeschaut werden, durchzuckt es mich. Gott, irgendwie verwirrt mich dieser Typ total!

Dann fabriziert er genau die blöden Geräusche, die Frauen von sich geben, wenn sie ein Baby auf den Arm nehmen. Allerdings habe ich das noch nie auf Deutsch gehört. Es klingt wie: »Dutzidutzi, und wo ist denn der Daumen, ja wo isserdenn.« Mia gluckst begeistert, mir entfährt ein lautes Lachen, doch Ju scheint mich überhaupt nicht mehr wahrzunehmen.

Also gehe ich die Treppen wieder hoch und durchsuche das Kinderbadezimmer, kann dort aber nichts finden.

Aus Sicherheitsgründen ist der Medizinschrank vielleicht im Badezimmer der Zeltners untergebracht. Aber ich bin unsicher, ob ich da suchen soll, denn dorthin gelangt man nur durch deren Schlafzimmer. Ich schleiche über den Gang, lausche nach unten, wo ich Ju deutlich hören kann, wie er mit der Kleinen herumalbert.

Dann drücke ich die Klinke zur Schlafzimmertür. Nichts passiert. Die Tür ist abgeschlossen.

Das gibt's ja wohl nicht!

Was soll das denn bedeuten? Ganz klar, die Zeltners denken, ich schnüffle in ihren Sachen herum. Das ist der Hammer, sie vertrauen mir ihre Kinder an und verschließen ihr Schlafzimmer!

Ich laufe wieder nach unten.

»Ich glaube, Mia ist sehr klug«, stellt Ju fest.

»Warum?«

»Sie mag mich!« Er lässt seine beiden Finger an Mias Arm hochlaufen und zupft sie dann zart an ihrem Ohr, was sie sich quietschend gefallen lässt. »Sie hat erkannt, dass ich nicht nur nett bin, sondern . . .«

Sein Gesicht verschließt sich wieder und er drückt sie an sich. »Was ist denn los?«, fragt er mich. »Du siehst aus, als ob du eine Leiche entdeckt hättest.«

Ich bin kurz davor, ihm von meinem gestrigen Fund zu erzählen, doch dann denke ich, dass ich ihn nicht wirklich kenne und damit noch warten sollte.

»Keine Leiche, nur keine Ahnung, wo das verdammte Verbandszeug ist.«

»Versuch's mal im Klo neben der Haustür«, schlägt er vor.

Verwirrt schaue ich ihn an. »Woher weißt du, dass im Flur ein Klo ist?«, frage ich.

Mir kommt es vor, als ob über Jus Gesicht eine leichte Röte zieht, doch das muss ich mir eingebildet haben, denn im nächsten Moment sagt er: »Weil außen an der Tür so ein albernes Messingschild ist, das einen Jungen beim Pinkeln zeigt.« Er lacht.

Ju scheint sehr aufmerksam zu sein; das Schild ist mir bisher noch gar nicht aufgefallen, aber er hat recht. Und tatsächlich bewahren die Zeltners dort auch ihre Notfallapotheke auf. An der Wand hängt ein großer Kasten mit einem dicken roten Kreuz, in dem ein Schlüssel steckt.

Als ich ihn öffne, bin ich beeindruckt. Wahnsinn. Das ist ja die reinste Apotheke! Daneben ist Moms Medizinschrank eine Wüste. Etliche Desinfektionslösungen, sterile Mullverbände und Kompressen. Aber auch jede Menge Tabletten, Zäpfchen und Tropfen, Einwegspritzen und sterile Handschuhe. Wow!

»So viele Medikamente habe ich noch nie auf einen Haufen gesehen. Das glaubst du nicht!«, rufe ich zu ihm hinüber. Ich nehme Verbandszeug und gehe zurück zu Ju.

Er murmelt irgendeinen Kommentar, den ich nicht verstehe, klingt wie *er wundert sich* oder *kein Wunder.*

»Bist du bereit?«, frage ich. Er nickt geistesabwesend und gibt mir Mia, die wütend protestiert und wieder zu ihm zurückwill.

»Lass mich das machen«, sagt er und mustert Mullbinden und Kompressen. »Ich bin Rettungssanitäter, damit verdiene ich mir in den Semesterferien mein Medizinstudium.«

Ju will also mal Arzt werden, denke ich überrascht und beobachte ihn dabei, wie er Desinfektionsmittel auf sein Knie träufelt. Er stöhnt kurz auf und verbindet es dann schnell und gekonnt. Ich bin ziemlich beeindruckt. Wir hatten zwar auch Erste Hilfe in dem Kinderpflegekurs, den wir absolvieren mussten, aber meine Verbände haben nicht ein einziges Mal so sauber und ordentlich ausgesehen.

»Und was ist mit deinem Knöchel?«, frage ich.

»Das geht schon, vielleicht lege ich mir zu Hause einen Elastikverband an, mal sehen.«

»Ja dann!«, sage ich aufmunternd, weil ich Ju jetzt loswerden möchte – auch wenn ich es eigentlich ganz nett finde, in seiner Nähe zu sein. Aber ich muss in aller Ruhe darüber nachdenken, was das abgeschlossene Schlafzimmer zu bedeuten hat. Außerdem will ich die Mappen mit den Zeitungsartikeln noch einmal anschauen und dann hoffe ich, dass das Internet wieder funktioniert. Und vor allem muss ich endlich Stefan anrufen!

»Ein Kaffee wäre jetzt perfekt.« Er räumt das Verbandszeug zusammen und sieht mir direkt in die Augen.

Ich weiche seinem Blick aus und ärgere mich, weil es mir so unhöflich vorkommt, einen Verletzten hinauszuwerfen, aber ich will nun endlich alleine sein.

»Oh, entschuldige«, murmelt er. »Ich hab ganz vergessen, dass du im Moment wirklich andere Probleme hast. Was ist eigentlich mit dem anderen Zwilling los?«, fragt Ju und schaut mich wieder an.

»Kennst du die Zeltners?«, frage ich verwundert. Und wenn ja, warum hat er das dann nicht gleich gesagt?

»Wie kommst du denn darauf?«

»Woher weißt du, dass Mia einen Zwilling hat?«

Jetzt grinst er wieder unverschämt. »Na wegen des Zwillingskinderwagens . . .«

Ich glaube, ich bin wirklich durch den Wind und fange an, Gespenster zu sehen. Ju humpelt zu mir her und drückt mir einen Kuss auf die Stirn. Einfach so.

»Hey!«, sage ich völlig überrumpelt und kann trotzdem nicht verhindern, dass es in meinem Bauch kribbelt. »In Vegas macht man das aber nicht so. Da gibt's Küsse erst nach dem fünften Date.«

»Ich dachte, da geht man dann schon miteinander ins Bett?«

»Du solltest *jetzt* gehen«, sage ich und weiß nicht, ob ich empört oder belustigt sein soll.

»Wenn du darauf bestehst«, sagt Ju leise und wirkt enttäuscht. »Und wann sehe ich dich wieder?«

Er lächelt zwar, aber mir ist das alles nicht geheuer. Noch nie hat mich ein Typ dermaßen unverhohlen angegraben. Da kann einfach etwas nicht stimmen. Ich bin weder eine Beautyqueen noch sonst irgendwie so sensationell, dass ein derart attraktiver Typ, der auch noch Medizin studiert, einen Grund hätte, mich so massiv anzubaggern. Oder aber die Typen in Deutschland sind anders drauf . . .

Plötzlich schwankt Julius und wird leichenblass.

»Was ist denn los?«

Statt einer Antwort zeigt er auf Mia, die den Ärmel ihres Kleidchens hochgeschoben hat.

»Was ist das denn?« Er betrachtet mich voller Abscheu, als ob ich etwas mit den blauen Flecken zu tun hätte. Als ich es ihm erkläre, wird er noch blasser, was mich wundert.

»Ich dachte, du bist Sanitäter, härtet einen das nicht ab?«

»Blue!« Er hält inne, als müsste er sich einen Ruck geben. »Blue, ich muss dir jetzt doch etwas sagen«, beginnt er. »Aber du wirst es mir nicht glauben.«

In diesem Moment hören wir beide ein Auto in die Garage fahren. Verdammt, das ist bestimmt Stefan, und noch bevor ich etwas zu Ju sagen kann, murmelt er: »Entschuldige, aber ich muss los.«

Und dann rennt er weg. Nein, er rennt nicht, er rast, stürmt geradezu davon. Doch nicht durch die Haustür, sondern zur Treppe, als würde er sich hier bestens auskennen und wissen, dass unten mein Zimmer ist. Und er bewegt sich plötzlich geschmeidig wie ein Tiger, als hätte er keine einzige Verletzung. Fassungslos starre ich ihm hinterher.

Nur wenige Sekunden nachdem Ju wie der Blitz verschwunden ist, betritt Stefan singend und pfeifend das Haus.

Siedend heiß wird mir klar, dass ich ihn jetzt schon zum

zweiten Mal nicht sofort angerufen habe. Er weiß das mit Bennie noch gar nicht.

»Was ist denn hier los?«, seine Augen weiten sich vor Überraschung angesichts des Verbandszeuges. »Hat sich jemand verletzt?«

Ich schaue vom Verbandszeug zu Stefan und habe keine Ahnung, wie ich ihm das alles erklären soll. Wieso ist Ju eigentlich abgehauen? Wir hätten Stefan doch erzählen können, was passiert ist, dass ich Ju im Wald . . .

»Blue, jetzt rede schon! Was ist passiert?«

Ich ringe mir ein schwaches »Ich weiß es nicht« ab und beschließe, so zu tun, als hätte Anja das Verbandszeug liegen gelassen. »Ich war mit Mia spazieren, und als ich aus dem Wald wiederkam, habe ich nur noch den Krankenwagen wegfahren sehen – ich wollte eben bei dir anrufen.«

Stefan lässt sich seufzend auf den Stuhl fallen, auf dem Ju vor wenigen Minuten noch gesessen hat. »Ich habe gedacht«, flüstert er, »wenn du hier bist, wird alles besser, stattdessen wird es nur noch schlimmer.« Er rauft sich seine Haare, dann reibt er sich über die Schläfen, als wäre viel zu viel Druck in seinem Kopf. So traurig, wie er aussieht, kann ich mir gerade überhaupt nicht vorstellen, dass er jemals irgendwem etwas zuleide getan hat.

»Aber ich bin doch erst zwei Tage hier«, versuche ich ihn zu trösten, obwohl ich noch nicht einmal verstehe, wovon er eigentlich genau spricht. »Das wird schon. *Haste makes waste*, sagen wir.«

»Ich weiß, ich weiß. Gut Ding will Weile haben. Vielleicht ändert es sich ja wirklich noch. Dann fahre ich jetzt also besser mal nach Eberstadt.« Er lächelt mich schief an. »Willst du mitkommen?«

Nein, da brauche ich gar nicht erst darüber nachzudenken. Auf keinen Fall. Ich habe anderes vor.

»Für Mia ist es bestimmt besser, wenn wir hierbleiben und spielen, oder nicht? Ich meine, sie ist ja gestern erst aus dem Krankenhaus zurückgekommen.«

»Du hast recht. Ja, dann macht's mal gut, ihr zwei. Bis später.« Er geht zur Haustür, dreht sich noch einmal zu Mia und mir um, winkt und wenige Sekunden später höre ich den Motor seines Autos anspringen.

Ich bleibe einen Moment mit Mia im Arm sitzen und frage mich, was verdammt noch mal hier eigentlich los ist.

Wie kommt es, dass Ju plötzlich ohne jedes Humpeln die Treppe hinunterrennen konnte? Und was meinte Stefan mit »Wenn du hier bist, wird alles besser«?

Ich stehe auf und gehe mit Mia langsam in mein Zimmer. Wieso nur ist Ju nach unten gerannt? Wollte er sich verstecken – oder hat er tatsächlich gewusst, dass es unten einen Ausgang gibt? Aber woher hätte er das wissen sollen? Sein Verhalten ist mehr als merkwürdig. Und was wollte er mir eigentlich sagen, kurz bevor Stefan gekommen ist? So viele Fragen türmen sich in meinem Kopf auf, ohne auch nur eine Antwort darauf zu haben. Und was, wenn er gar nicht weggelaufen ist, sondern sich nur versteckt hat? Mit dem kaputten Fuß konnte er ja kaum laufen.

Ich schaue im Bad nach, unter dem Bett und sogar in meinem Wandkleiderschrank. Doch da bewegen sich in der lauen Luft nur ein paar leere Bügel gespenstisch hin und her. Ich sollte meine Koffer wirklich bald auspacken und aufräumen, denke ich mit einem Blick auf das Chaos in meinem Zimmer.

Die Tür zum Garten steht auf. Ich kann mich nicht mehr erinnern, ob ich sie heute Morgen offen gelassen habe oder ob sie auf ist, weil Ju sie geöffnet hat. Ich gehe nach draußen und schaue mich im Garten um. Von Ju keine Spur. Der Typ ist tatsächlich einfach abgehauen.

Und jetzt?

Ich beschließe, wieder hoch ins Wohnzimmer zu gehen. Wenn Ju mir schon keine Antworten geben kann, will ich jetzt wenigstens Gewissheit in Bezug auf Stefan haben. Ich schließe die Tür ab und gehe nach oben. Nachdem ich Mia auf eine Krabbeldecke gesetzt habe, gehe ich zum Sideboard. Als sich meine Hand um den Knubbelgriff legt, halte ich kurz inne und frage mich, ob ich wirklich wissen will, was in diesen Artikeln steht.

Die Antwort lautet: Ja.

Entschlossen öffne ich die Tür und mein Blick fällt in das Schränkchen.

Nichts.

Keine Mappen mehr in dem Sideboard. Keine einzige.

Nur Servietten und Kerzen, Besteckkästen und alte Fotoalben.

Ich starre in das Sideboard und frage mich, ob ich mir das alles nur eingebildet habe.

Nein, ich bin sicher, dass diese Artikel und die Mappen hier waren. Die Frage ist nur, wer hat sie weggeräumt und warum.

Und warum ausgerechnet jetzt?

10. Er

Ungeheuerlich, denn sie hat sich damit abgefunden, dass du tot bist. Nicht einmal davor ist sie zurückgeschreckt. Nur um ihrer krankhaften Gier nach Aufmerksamkeit zu frönen. Und trotzdem war genau das der Moment, wo mir klar wurde, wie falsch mein Handeln gewesen war.

Ich muss es tun.

Alles, was sie mir gesagt hat, scheint tatsächlich wahr zu sein. Ich kann daran nicht länger zweifeln, und wenn ich sie retten will, dann muss ich es tun, dann muss ich sie dort rausholen.

Mein Problem ist, dass mein Verstand zwar mittlerweile genug Hinweise gesammelt hat, aber mein Herz, dieses verdammte unnütze Ding, sagt etwas ganz anderes, will – nein, kann es einfach nicht glauben.

Doch auf mein Herz darf ich nicht hören, denn wenn ich nichts unternehme, kann es sein, dass ich morgen aufwache und erfahre, dass sie tot sind.

Ich könnte sie natürlich einweihen, das wäre das Beste. Aber wenn *sie* Wind davon bekommt, dann könnte es für alle verdammt gefährlich werden. Oh Mann, wenn ich nur wüsste, was jetzt das Richtige ist!

Auf jeden Fall muss ich es irgendwie schaffen, ständig in

ihrer Nähe zu bleiben – und trotzdem muss ich versuchen, mich dabei unsichtbar zu machen. Ich darf nicht auffallen.

Gestern hat sie es auch gespürt. Ich muss einfach besser werden, lernen, meine Tarnkappe noch besser zu tragen.

Und ich muss auch herausfinden, was er im Schilde führt. Ich weiß immer noch nicht, welche Rolle er in alldem spielt. Einen Moment lang hatte ich überlegt, ob er derjenige sein könnte, der mir helfen kann. Aber er lügt – wie könnte ich da ausgerechnet ihm vertrauen?

11.

Es gab da jemanden, den ich vollkommen ausgeblendet hatte, und das ist das schlimmste Unrecht, das ich begangen habe – neben dem, was ich dir angetan habe.

Es kommt mir nicht so vor, als ob ich erst fünf Tage hier bin, sondern schon eine Ewigkeit. Es ist jeden Tag wärmer geworden, aber es ist eine komische Hitze, nicht so trocken wie in Vegas, sondern die Luft ist klebrig, schwül.

Heute ist Sonntag, rein theoretisch mein freier Tag. Erst gestern ist Anja mit Bennie aus dem Krankenhaus zurückgekommen. Sie war zu müde, um mir zu erzählen, warum sie so lange dort bleiben mussten. Ich bin gespannt, was die Ärzte herausgefunden haben.

Während Anja weg war, bin ich mit Mia allein gewesen. Wirklich allein, denn Stefan war entweder bei der Arbeit oder im Krankenhaus – das hat er mir jedenfalls erzählt. Aber als Anja einmal angerufen hat, hat sie nach ihm gefragt und ich war vollkommen perplex, weil ich dachte, er wäre bei ihr.

Trotzdem war es ganz okay für mich, zwei Tage mit der Kleinen allein zu sein. Niemand hat mich herumkommandiert und Mia und ich konnten uns richtig gut kennenlernen. Jetzt weiß ich, dass sie es gern hat, wenn man sie am Bauch kitzelt, dass sie Birnenkompott am liebsten kiloweise verdrücken würde, und sie kann es kaum erwarten, endlich laufen zu können. Sie übt jeden Tag verbissen. Ich finde es unglaublich, wie oft hintereinander sie hinfällt und bester Laune wieder aufsteht.

Obwohl es mit Mia so gut geklappt hat, hatte ich während der zwei Tage ständig ein komisches Gefühl; es war, als hätte ich ein permanentes Piepsen im Ohr – nur dass ich nicht genau wusste, was mir dieses lästige Gefühl sagen wollte. Mehrmals am Tag hat es mich zum Laptop getrieben, weil ich endlich mehr über die Zeitungsartikel herausfinden wollte. Aber das Internet hat die ganze Zeit über nicht funktioniert. Schließlich habe ich es nicht mehr ausgehalten und Grannie angerufen.

Doch als ich dann ihre warme, vom jahrelangen Rauchen heiser gewordene Stimme gehört habe, konnte ich es nicht übers Herz bringen, ihr von dem Zeitungsartikel zu erzählen, weil sie sich schreckliche Sorgen um mich gemacht hätte.

Trotzdem hat Grannie genau gemerkt, dass irgendetwas nicht stimmt, und hat nicht locker gelassen hat, bis ich ihr dann erzählt habe, dass es mir ständig so vorkommt, als wäre noch jemand im Haus. Jemand, dessen Anwesenheit ich spüren, den ich aber nicht sehen kann. Sie hat mich nicht ausgelacht, sondern gefragt, ob schon mal wer in dem Haus gestorben ist – was mich nicht gerade beruhigt hat. Um das zu überspielen, habe ich einen Witz gemacht.

»Glaubst du jetzt an Geister?«, habe ich sie gefragt.

Doch statt herzhaft zu lachen, hat sie davon geredet, dass es mehr Dinge zwischen Himmel und Erde gäbe, als wir uns vorstellen könnten.

Und deshalb habe ich ihr dann noch von dem verschwundenen Kinderfoto mit dem Trauerrahmen erzählt.

Grannie hat versucht, mich zu beruhigen; wahrscheinlich hätten Anja oder Stefan es einfach beiseitegestellt. Aber schließlich hat sie mich gefragt, ob ich nicht doch zurück nach Hause kommen wolle.

»Nein«, hab ich darauf gesagt, »so schlimm ist es auch wieder nicht. Und außerdem komme ich erst, wenn ich Georgs Geheimnis gelüftet habe.«

Da hat sie gestöhnt und gemeint, das sei überhaupt die blödeste Idee von allen gewesen. Die Vergangenheit wäre nun mal vorbei; sich deshalb ein Jahr in diesem Kaff zu begraben, das würde ich ganz sicher noch bereuen.

»Du glaubst, ich werde es bereuen, weil es hier spukt?«, habe ich sie gefragt und hatte erwartet, dass sie nun endlich lachen würde. Aber sie blieb ernst. »Natürlich nicht! Aber Blue, versprich mir, dass du mein Armband immer anbehältst. Ich weiß, dass es dich beschützen wird.«

Ich trage das Armband wirklich dauernd, nicht nur, weil ich es liebe, sondern auch, weil den Kindern das Klimpern gefällt und ich sie damit beim Wickeln oder Füttern gut ablenken kann. Mia mag am liebsten den Engelanhänger, der aus einer Perle gefertigt ist, während Bennie von dem Seepferdchen mit den Rubinaugen fasziniert ist.

»Es tut mir leid, Blue«, sagte Grannie dann schließlich noch, »ich wollte es dir zuerst nicht sagen, weil ich dich nicht beunruhigen wollte. Aber nach allem, was du erzählt hast, denke ich, es ist besser, wenn du auf der Hut bist. Ich . . . nun, ich habe Tarotkarten gezogen für den Ort, an dem du bist.«

Ich konnte hören, wie Grannie am Telefon tief ein- und ausatmete. »Den Teufel, den Tod und die drei Schwerter.«

Ich konnte nicht verhindern, dass mir eine Gänsehaut über den Rücken lief. Teufel und Tod allein waren schon schlimm genug, aber die drei Schwerter sind auch nicht besser. Auf dieser Karte durchbohren drei Schwerter ein Herz.

»Machst du Witze, Grannie?«, habe ich sie gefragt.

»Nein, deshalb will ich ja, dass du gut auf dich und vor allem auf die Kinder aufpasst. Lass sie nicht aus den Augen. Versprich mir das.« Sie räusperte sich und meinte: »Natürlich kann das auch nur ein Zufall sein, vielleicht hat es nichts zu bedeuten . . .« Leider klang sie nicht sehr überzeugend. »Such dir Freunde, Blue. Es ist nicht gut, dass du so viel allein bist.«

Und genau das habe ich heute vor – mir Freunde zu suchen. Nachdem Ju nicht wieder aufgetaucht ist, werde ich mit Felix anfangen – obwohl ich nicht weiß, ob das so eine gute Idee ist. Ich war zwar jeden Tag in der Bäckerei, um einzukaufen, und es war auch nett mit Felix, weil er mit mir flirtet. Natürlich immer erst, nachdem seine Großmutter demonstrativ den Laden verlassen hat! Aber dabei habe ich immer an Ju denken müssen. Er geistert ständig durch meinen Kopf, obwohl ich immer noch stinksauer auf ihn bin. Und sogar in den Momenten, in denen ich in Felix' grüne Augen lache, muss ich an Jus verschmitztes Grinsen denken.

Aber es gibt noch einen anderen Grund, weshalb ich mir nicht sicher bin, ob ich Felix wirklich sehen will. Gestern kam er mit raus aus dem Laden und hat mich dann, nachdem ich das Brot im Netz des Kinderwagens verstaut hatte, mitten auf den Mund geküsst. Einfach so! Ohne Vorwarnung und mit ziemlichem Druck. Gerade als ich mich beschweren wollte, hat er mir verraten, dass Georg Hikisch sein Großonkel war und dass er sich gern mit mir länger darüber unterhalten würde, aber nur, wenn seine Oma außer Reichweite sei.

Ich war total perplex – erst der Kuss, der fast wie ein Angriff war, und dann sein Angebot. Ich habe den ganzen Rückweg überlegt, ob ich etwas falsch gemacht und ihn, ohne es zu merken, dazu ermutigt habe, mich zu küssen. Oder ob es hier irgendwelche Regeln gibt, nach denen ich ihm das erlaubt habe . . .

Mir entfährt ein lauter Seufzer. Es ist einfach das Allerletzte, dass das Internet immer noch nicht funktioniert. Ich muss unbedingt hören, was Vicky zu alldem sagt, und ich muss meinen freien Tag nutzen, um endlich herauszufinden, ob Stefan wirklich ein Mörder ist. In diesem Moment beschließe ich, dass ich heute doch Felix treffen werde. Erstens hat er Internet und zweitens kann er mir mit Georg weiterhelfen.

Mein erster freier Tag wird auch der erste Tag für mich sein, an dem alle Zeltners zu Hause sind.

Als ich nach oben komme, sitzt die Familie draußen auf dem Holzdeck und frühstückt. Die Zwillinge in Hochstühlchen, Stefan neben Anja. Für mich ist kein Teller gedeckt.

»Oh, Blue, schön, dass du kommst«, sagt Anja leise, als hätte sie keine Kraft zum Sprechen. »Wir dachten, dass du an deinem freien Tag vielleicht lieber ausschlafen willst.« Dann dreht sie den Kopf ihrem Mann zu. Sie sagt nur: »Stefan!«, und zeigt auf den Tisch und dann nach drinnen, woraufhin er sich sofort erhebt und ein Gedeck für mich holt.

Anja sieht erschöpft aus. Ihr Haar ist fettig und strähnig, ihre Wangen wirken eingefallen und ihre zarte Hand, die gerade die Kaffeetasse zum Mund führt, zittert so stark, dass der Kaffee überschwappt.

Ich setze mich zu ihnen, Stefan gießt mir Kaffee ein und reicht mir den Brotkorb. Ich nehme ein Brötchen und betrachte dann Bennie, der blass aussieht und stumm dasitzt. Nur seine braunen Augen schauen sich neugierig um.

»Wie geht es ihm?«, frage ich, während ich mir eine Brötchenhälfte mit Käse belege.

Anja seufzt. »Ich habe einen Termin in der Uniklinik in Frankfurt. Die Ärzte haben den Verdacht, dass Bennie eine seltene Stoffwechselkrankheit hat. Wenn sich das bewahrheitet, dann muss ich auch Mia hinbringen, denn diese Krankheit ist genetisch bedingt.«

»Oh, das sind aber keine guten Neuigkeiten, das tut mir leid. Und wie geht es dir?«

Sie ringt sich ein Lächeln ab. »Es geht schon.«

Stefan nimmt ihre Hand und führt sie zum Mund, wo er einen Kuss daraufhaucht. »Mein armer Liebling. Wir stehen das gemeinsam durch. Aber heute ruhst du dich erst einmal schön aus, ja?«

Anja betrachtet ihren Mann mit einem schiefen Lächeln. »Wenn du öfter in die Klinik gekommen wärst, dann wäre es auch einfacher für mich gewesen.«

»Diese Untersuchungen werden nicht alle von der Kasse bezahlt, das weißt du. Da muss ich eben mehr arbeiten.«

Anja verdreht die Augen und schaut demonstrativ zu den Zwillingen. »Hab ich nicht schon genug gelitten mit unseren Kindern? Kann ich denn niemals auf deine Unterstützung zählen?«

Stefan tätschelt ihre Hand. »Doch, mein Liebes, doch, ich werde mich bessern.« Er zwinkert mir beim Reden zu, als wären wir Komplizen.

Wie kann er nur so etwas machen? Seine Frau leidet und er zwinkert mir zu, als wäre das alles bloß ein Witz. Plötzlich habe ich keinen Hunger mehr, sondern will nur noch hier raus.

»Wäre es okay, wenn ich mir heute die Gegend anschaue?«, frage ich.

»Es ist dein freier Tag«, sagt Anja, doch es klingt sehr gequält, »das steht dir zu. Ich werde das schon irgendwie schaffen.«

»Anja, entspann dich! Ich bin heute zu Hause, du kannst dich erst mal schlafen legen. Ich werde nachher das Planschbecken aufblasen und mit den Kindern ein wenig herumplanschen.«

»Bist du wahnsinnig? Die Zwillinge haben vielleicht eine ernste Krankheit und dir fällt nichts Besseres ein, als sie der Sonne und dem kalten Wasser auszusetzen . . .« Anjas Stimme kippt und sie fängt leise an zu schluchzen. »Das nennst du also dich kümmern?« Aus ihrem Augenwinkel rollt eine Träne über ihre eingefallenen Wangen.

Stefan nimmt seine Serviette und tupft Anjas Träne damit ab. Sie dreht sich weg, aber er ignoriert das, als wäre sie nur ein störrisches Kind.

»Blue«, sagt er unbekümmert, »das soll aber jetzt deine Sorge nicht sein. Wenn du willst, kannst du mein Mountainbike benutzen, es steht in der Garage. Du kannst aber auch mein Auto nehmen, das werde ich heute nicht brauchen.«

»Dann nehme ich das Bike, es ist so schönes Wetter.« Ich stehe auf und kann es kaum erwarten, diesem Haus endlich mal für ein paar Stunden zu entfliehen. Ich hole aus meinem Zimmer den Brief von Georg, für den Fall, dass mir Felix wirklich weiterhelfen kann, und schnappe mir mein Käppi und die Sonnenbrille. Dann stecke ich meinen Geldbeutel in den Rucksack, nehme in der Küche noch eine Flasche Wasser mit und stürme schließlich in die Garage, um mir das Rad zu holen.

Verdammt! Es hat einen Platten.

Widerwillig gehe ich zurück zur Terrasse, wo die Zeltners noch immer frühstücken, und sage Stefan, dass sein Rad einen platten Reifen hat.

»Oh – ja, dann nimm doch einfach das Auto, es ist vollgetankt. Ich kümmere mich später um das Bike. Die Schlüssel hängen am Schlüsselbord.«

Ich habe zwar keine Lust, bei dem Wetter mit dem Auto unterwegs zu sein, aber so kann ich wenigstens weit wegfahren und einfach mal ein paar Stunden abschalten. Ich wünsche den beiden einen schönen Sonntag und beeile mich dann, wieder in die Garage zu gelangen.

Auf dem Weg dorthin kommt mir eine Idee. Ich könnte Felix ja anbieten, eine Spritztour durch den Odenwald zu machen – als Gegenleistung dafür, dass ich sein Internet benutzen darf. So könnte ich vermeiden, dass wir allzu lange in seinem Zimmer herumsitzen – oder würde ihn die Autofahrt erst recht dazu ermutigen, wieder so einen merkwürdigen Kussangriff zu starten?

Das Auto, ein silberfarbener Audi Kombi, hat zum Glück eine Automatikschaltung, wie ich sie gewöhnt bin, und liegt sicher auf der Straße wie ein Panzer. Es macht richtig Spaß, die Kurven voll auszufahren.

Die Bäckerei hat heute zu, deshalb klingle ich an der Haustür von Felix' Oma und hoffe inständig, dass sie nicht zu Hause ist. Es passiert gar nichts. Ich traue mich nicht, noch einmal zu klingeln, und gehe wieder zum Auto.

»Blue!« Felix kommt mit hochrotem Kopf aus dem Haus gerannt, gerade als ich einsteigen will. »Hey, Blue, ich war eben noch unter der Dusche. Ist ja nett, dass du kommst. Ich dachte schon, du wärst wegen dem Kuss sauer auf mich. Tut mir leid, echt.«

Aus seinen langen Haaren tropft es auf seine Schultern, was ihn aussehen lässt *like a drowned rat.* Ich muss lachen.

»Ist schon okay. Ich wollte dich fragen, ob du mir einen Gefallen tun würdest.«

»Kommt darauf an, welchen.«

»Könnte ich wohl mal dein Internet benutzen?«

»Klar. Komm rein.«

Ich gehe mit ihm ins Haus. Der Flur ist dunkel und die Treppe, die wir zu seinem Zimmer hochsteigen, verwinkelt; die Decken sind niedrig und von dicken Holzbalken durchzogen.

Er rennt vor mir her, als wäre ihm ein Killer auf den Fersen und ich schätze, er will noch schnell irgendwelche peinlichen Sachen, die in seinem Zimmer herumliegen, verschwinden lassen.

Und tatsächlich – als ich in sein Zimmer komme, wirft er gerade irgendwas hinter sein Bett, das unter einem winzigen Fenster steht. Sonst gibt es nur noch einen kleinen Tisch, einen Stuhl und einen schmalen Metallschrank, der aussieht wie die *locker* bei uns in der Schule. An der dem Bett gegenüberliegenden Wand ist ein Regal voller CDs, aber es gibt keine Bilder irgendwelcher Bands, an den beigefarbenen Wänden hängt nur ein Kruzifix – direkt über dem Bett. Das ganze Zimmer ist – von den CDs mal abgesehen – so sexy wie eine Gefängniszelle. Ich hatte es mir ganz anders vorgestellt: überall verstreute Klamotten, Fernseher, MP3-Player, Bücher, Poster oder Filmplakate – irgendwas, das einem verrät, was für ein Mensch hier wohnt. Doch da entdecke ich in einer Ecke Schallplatten, die an der Wand entlang aufgereiht stehen, und ganz hinten sind auch mehrere alte Plattenspieler, Verstärker, CD-Player und große altmodische Boxen. Ein Musikfreak also.

»Willst du ’nen Kaffee?«, fragt er und ich nicke; mein Frühstück ist heute echt zu kurz gekommen. »Dort drüben ist mein Laptop. Ist schon an, du kannst gleich rein.«

Ich setze mich an den winzigen Tisch und sehe die Google-Suchmaske.

»Alles klar oder brauchst du meine Hilfe?«

»Nein, das schaff ich schon.« Ich finde es ziemlich cool von ihm, dass er nicht mal fragt, was ich im Internet will.

Er verlässt das Zimmer und ich überlege kurz, ob ich den Verlauf anklicken soll, nur um zu sehen, was er sich so anschaut. Ich weiß, man macht das nicht, auf gar keinen Fall . . . oh, der gesamte Verlauf ist gelöscht.

Okay. Geschieht mir recht.

Ich gebe den Namen der Zeitung ein, die ich im Sideboard gefunden habe. BILD. Und ich habe Glück, dort gibt es ein frei benutzbares Archiv. Als ich *Stefan Zeltner* eintippe, kommen jede Menge News von Fußballern, die Stefan heißen. Ich probiere es mit *Mörder,* aber da erscheinen endlos viele Einträge, die kann ich niemals alle durchsehen, jedenfalls nicht an einem fremden Laptop.

Ich probiere es über Google und gebe seinen Namen ein. Doch alles, was ich finde, ist seine Firma. *Zeltner Ceramics.* Sonst nichts.

Gerade als ich die Kombination *Stefan Zeltner + Mörder* eingeben will, kommt Felix mit einem Becher Kaffee und stellt ihn neben mich. Weil ich nicht will, dass Felix unangenehme Fragen stellt, schließe ich hastig den Browser, was Felix zum Glück nicht zu bemerken scheint. Er wirft mir einen flehenden Blick aus seinen grünen Augen zu. »Hör mal, wenn meine Oma kommt, dann musst du gehen, okay?«

»Was hat deine Oma eigentlich gegen mich?« Ich trinke einen Schluck, der Kaffee ist heiß und bitter und vor allem leider ohne Zucker. »Sie kennt mich doch gar nicht!«

»Keine Ahnung«, murmelt er und dann holt er tief Luft. »Ich muss dir was sagen, Blue. Ich bin hier, weil ich in Frankfurt, wo meine Eltern wohnen, ziemlichen Scheiß gebaut habe. Und ich bin Oma unendlich dankbar, dass sie mich aufgenommen hat. Hier ist es allemal besser als in der Jugendwohngruppe, in die sie mich vorher abgeschoben hatten. Das hier ist meine letzte Chance, deshalb will ich Oma nicht verärgern. Okay?« Er seufzt und kommt näher. »Schade, dass sie dich nicht mag – ich mag dich nämlich.«

Ich versuche abzulenken und sage: »Ich würde sie trotzdem gerne fragen, was sie gegen mich hat.«

»Das sollten wir besser nicht tun.« Er stellt sich so dicht neben mich, dass mir der Duft seines Duschgels in die Nase steigt. »Hast du gefunden, wonach du gesucht hast?«

»Leider nicht. Vielleicht versuche ich es nächste Woche mal in einer Bibliothek«, antworte ich so vage wie möglich.

»Hast du heute frei?« Seine Hand legt sich auf meine Schulter, wie zufällig.

»Ja.«

Felix' Hand fühlt sich bleischwer an. Ich versuche, mich elegant wegzudrehen, sodass es auch wie zufällig wirkt. Aber es gelingt mir nicht und langsam werde ich nicht nur unruhig, sondern auch wütend. Ich will aufstehen, aber ich schaffe es nicht, seine Hand drückt mich auf den Stuhl. Zorn steigt in mir auf. Ich hätte nicht herkommen sollen. Felix war von Anfang an so besitzergreifend.

»Und was willst du über Georg wissen?«, fragt er und beugt sich dabei so weit zu mir runter, dass ich seine nassen Haare auf meiner Haut spüren kann.

Jetzt reicht's!

»Nimm deine Hand von meiner Schulter.«

Er zieht sie weg, als hätte er sich verbrannt. »Sorry.«

»Warum machst du so was?«, frage ich und stehe vom Stuhl auf.

»Was?«

»Mich küssen, mich einfach so anfassen . . . Das stört mich!«, sage ich ärgerlich und gehe ein paar Schritte durch sein Zimmer.

Felix zuckt mit den Schultern. »Tut mir leid, echt, ich bin manchmal ein bisschen sprunghaft. Bitte sag mir, wenn ich dir auf die Nerven gehe. Ich werde auch versuchen, mich zu bessern.« Er grinst mich an und zuckt die Schultern. »Aber du bist eben einfach verdammt sexy.«

»Machen wir einen Deal, okay?«, sage ich und versuche, nicht rot zu werden, auch wenn mir Felix' Worte die Hitze ins Gesicht steigen lassen. »Wenn ich dich küssen will, dann sage ich es dir, und so lange lässt du mich in Ruhe, ja?«

»Ich schwöre es, so wahr mir Gott helfe.« Felix legt in einer dramatischen Geste seine linke Hand auf sein Herz, die rechte streckt er in die Luft.

Ich bin mir nicht sicher, ob er mich überhaupt ernst nimmt, aber ich bin so neugierig wegen Georg, dass ich ihm trauen möchte und mein Unbehagen beiseiteschiebe.

»Du bist echt ein Spinner!«, sage ich und sehe, dass Felix lächelt, als hätte ich ihm ein Kompliment gemacht. »Also, was kannst du mir über Georg Hikisch sagen?«

»Er war mein Großonkel, der Bruder von meiner Oma, die die Mutter meines Vaters ist, alles klar?« Er grinst mich an.

Ich versuche die Infos, die Felix mir gerade gegeben hat, zu verarbeiten. *»Okay, let's see what we've got:* Deine Oma war also die Schwester von Georg und du bist der Sohn von ihrem Sohn, aber dann ...« Ich halte inne, weil mir in diesem Moment etwas Unglaubliches klar wird: Wenn es tatsächlich so ist, wie Felix es sagt, dann ist er mein Großcousin!

Wow, that's fantastic! In Amerika habe ich ja weder Geschwister noch Cousins. Oh Mann, das ich echt Wahnsinn! Ich muss mich hinsetzen. Lasse mich einfach auf den Boden fallen und lehne mich gegen sein Bett.

»Was ist denn?« Felix setzt sich neben mich.

Ich weiß nicht, warum, aber ich will ihm noch nicht sagen, dass Georg mein Großvater ist. Erst muss ich noch mehr über ihn herausfinden.

»Wenn Georg dein Großonkel ist, dann weißt du doch bestimmt, was mit ihm passiert ist.«

»Nein, leider nicht«, kommt es zu meiner Enttäuschung sofort wie aus der Pistole geschossen. »In der Familie hieß es immer, er wäre mit dem Familienvermögen nach Amerika abgehauen und seitdem hätte man nie wieder von ihm gehört. Das Einzige, was von ihm geblieben ist, ist seine geniale Plattensammlung, die ich von meinem Vater geerbt habe.« Er wirft einen sehnsüchtigen Blick in die Zimmerecke, in der die Plattenhüllen aneinandergestapelt sind. »Es sind so viele, dass ich noch nicht mal die Hälfte davon angehört habe. Außerdem habe ich erst seit Kurzem die Plattenspieler. Für mich als besten DJ jenseits des Orients war das natürlich super, die ganzen Platten zu erben, aber noch lieber hätte ich den Schatz der Familie bekommen, den Georg mitgenommen haben soll. Ich hätte jede Menge Ideen, was ich damit tun könnte!«

Ich muss lachen, weil das Wort *Schatz* nach einer Truhe voller Goldstücke klingt. »Also, von einem Schatz hat Grannie nie etwas gesagt. Was hat dein Vater denn noch so alles über seinen Onkel erzählt?«

»Mein Vater ist tot. Unfall auf der Autobahn vor zehn Jahren.« Felix' Gesicht hat sich zu einer Grimasse verzogen und ich merke, dass er nicht darüber reden will, denn er fragt gleich als Nächstes, was ich denn so über Georg wisse.

»Auch nicht viel mehr, nur, dass Oma ihn sehr geliebt hat und er niemals nach Amerika gekommen ist. Aber ich weiß, dass er dorthin kommen wollte.«

»Woher?«

»Aus einem Brief.« Ich zögere einen Moment, den Brief aus meiner Hosentasche zu holen, aber dann denke ich, dass Felix schließlich mein Großcousin ist – vielleicht können wir ja das Rätsel zusammen lösen. Ich ziehe das Blatt also vorsichtig aus der Tasche und zeige es Felix.

Neugierig beugt sich Felix über den Brief und beginnt dann, laut zu lesen:

Suzanne,
es scheint mir das einzig Mögliche. Wir müssen fort, sonst werden wir wie alle hier in diesem Ort. Verbohrt und kaltblütig. Ich werde es erst tun, wenn du schon unterwegs bist, um sicherzugehen, dass dir nichts passieren kann, dich nichts mehr an einem neuen Leben hindern wird. In Frisco werden wir frei sein, frei . . . und alles hinter uns lassen.

Dann dreht Felix den Brief um und liest das Gedicht. Er murmelt die Zeilen leise vor sich hin und ich schließe die Augen und lausche seiner Stimme. Plötzlich hört er auf, noch bevor der Text zu Ende ist, ich öffne verwirrt die Augen und sehe ihn fragend an.

Felix wedelt mit dem Brief vor meinem Gesicht herum. »Das kommt mir bekannt vor. Ziemlich bekannt sogar.«

»Das kann nicht sein, das hat Georg damals für Oma geschrieben«, widerspreche ich ihm. »Und ich finde es so schön, dass ich es inzwischen auswendig kann.«

Felix schüttelt den Kopf. *»All that way to China* . . . ich hab das ganz bestimmt schon mal wo gehört. Gedichte lese ich nicht, also muss ich es von woandersher kennen. Aber woher . . . hmmm, ja . . . das ist ein Song!«

»Blödsinn, das hätte Oma doch gemerkt!«, erwidere ich, und obwohl Felix mich skeptisch ansieht, möchte ich trotzdem weiterhin daran glauben, dass Opa das Gedicht nur für Oma geschrieben hat.

»Hast du mit ihr darüber geredet?«

»Nein, ich habe ihr nie gesagt, dass ich den Brief gefunden habe, weil sie jedes Mal so sauer wurde, wenn ich von Georg gesprochen habe oder etwas über ihn wissen wollte.«

»Blue, ich bin ganz sicher, ich habe das neulich erst gehört, und ich denke, es war an dem Abend, als ich im *Sunset* zum ersten Mal auflegen durfte.« Felix steht auf und geht zu dem CD-Regal. »Ich wollte den Landeiern etwas Besonderes bieten. Es war nichts Aktuelles, sondern was Älteres, das weiß ich noch. Electronic-Punk-Rock, ziemlich abgefahrener Sound. Hat mir 'n Kumpel in Frankfurt auf CD gebrannt.« Felix dreht an seinem Pferdeschwanz, während er die CD-Reihen absucht. »Warte mal, gleich hab ich's.«

Electronic-Punk-Rock – keine Ahnung, was das für Musik sein soll. Da, er zieht eine CD aus dem Regal und wedelt mir damit zu.

»Die Band heißt *The Parasites.«*

»Klingt ja toll!« Parasiten. Schmarotzer. Vorne auf dem Cover sind ein paar fiese Krabbeltiere abgebildet. *»Compost«* ist der Name des Albums. Ich rümpfe die Nase. *Kompost* hört sich nicht gerade sonderlich romantisch an – und nach Liebesgedichten klingt es schon gar nicht. Felix muss sich täuschen! Opas wundervolles Gedicht stammt niemals von einer CD mit dem Titel *Compost. Never ever!*

Er legt die CD ein. »Hör mal.«

Ohrenbetäubender Lärm erfüllt das Zimmer, man versteht den Text zwar kaum, aber leider, leider ist es definitiv der gleiche Text, der hinten auf dem Brief von Georg steht. Und der Text passt so gut zu diesem Sound wie ein Teddybär zur Kettensäge. Es ist unfassbar! Mit offenem Mund lausche ich der Musik, die aus den Boxen wummert . . . *and you want to travel with her . . .*

»Das reicht schon. Mach aus. Von wann ist denn das Album?«, frage ich völlig desillusioniert.

Felix schaut auf dem CD-Booklet nach. »Es ist 1999 rausgekommen.«

Tausend Gedanken rasen durch meinen Kopf – was soll das denn nun bedeuten? War der Brief gar nicht von Georg? Hab ich das nur geglaubt und in Wahrheit ist es eine Fälschung? Blödsinn, wer sollte einen gefälschten Brief in Omas Nachttisch legen – und vor allem, warum? Nein, der Brief ist bestimmt echt, die verblasste Tinte und diese altmodische deutsche Schrift . . . ganz bestimmt stammt er von Georg.

Am liebsten hätte ich geweint. *The Parasites, Compost* – so ein Mist!

»Hey Blue, das ist doch nicht so schlimm! Männer sind so, klauen gerne mal was, um Frauen zu beeindrucken.« Felix wackelt mitleidig mit dem Kopf.

»Aber es ist doch unmöglich«, plötzlich sehe ich wieder

klar, »dass jemand 1968 einen Song von einem Album klaut, das erst im Jahr 1999 rausgekommen ist.«

Felix schaut mich verblüfft an und schlägt sich dann an die Stirn. »Natürlich, du hast vollkommen recht! Mann, sind wir blöd! *The Parasites* haben den Song geklaut, besser gesagt, sie haben ihn gecovert. *Suzanne* ist gar nicht auf ihrem eigenen Mist gewachsen.« Felix lacht über seinen dummen Witz, steht auf und geht zum Laptop.

»Suzanne 1968«, murmelt er und hackt auf die Tasten. Dann stößt er ein triumphierendes »Ha!« aus und geht zu den LPs an der gegenüberliegenden Wand. Etwa in der Mitte der Reihe zieht er ein paar Platten aus der Sammlung seines Vaters hervor und sieht sich die Cover an. Schließlich scheint er gefunden zu haben, wonach er gesucht hat. Er kommt breit grinsend zu mir und hält mir die Platte vors Gesicht.

Ein attraktiver dunkelhaariger Mann schaut mich traurig an. *Songs of Leonard Cohen* steht unter dem Porträt. Das ist in jedem Fall besser als Kompost! Felix drückt mir die Platte in die Hand und ich drehe sie um. Hinten ist eine Songlist mit Texten abgedruckt, die ich mit klopfendem Herzen überfliege. Und tatsächlich, einer davon heißt *Suzanne*. Auch wenn Cohen besser ist als die Parasiten, bin ich trotzdem total enttäuscht, dass mein Großvater anscheinend kein Poet, sondern bloß ein Abschreiber war, und gebe Felix die Platte zurück. Als er mein Gesicht sieht, sagt er: »Hey, sei doch nicht so traurig. Wenn du mit deiner Oma nicht darüber geredet hast, dann kann es doch auch sein, dass es ihr gemeinsames Lieblingslied war und er es deshalb in den Brief geschrieben hat.«

Ich zucke bloß noch mit den Schultern; das ist mir gerade so was von egal. Ich fange an zu glauben, dass Grannie vollkommen recht hatte – ich hab mir da was zurechtgesponnen, habe mir eine große, dramatische Liebesgeschichte ausgemalt, die nun wie ein Kartenhaus in sich zusammenzufallen droht. Wahrscheinlich hätte ich doch besser nach Paris fahren sollen.

»Komm schon, wir hören sie uns einfach mal an«, schlägt Felix vor, und als ich stumm bleibe, fügt er kopfschüttelnd hinzu: »Ich leg sie mal auf.« Er zieht die Platte aus der Hülle. Etwas fällt zu Boden.

»Was ist das denn?«, rufen wir beide und stürzen uns gleichzeitig auf das Stück Papier, das auf dem Boden liegt. Es ist ein grünes Dokument, auf dem in goldfarbenen Buchstaben *Reisepass der Bundesrepublik Deutschland* geschrieben steht. Als wir den Pass aufschlagen, fällt ein Zettel heraus – *Visum zum Aufenthalt in den Vereinigten Staaten von Amerika* ist dort zu lesen, ausgestellt auf den Namen Georg Hikisch.

»Wie merkwürdig. Ich meine, wie hätte Georg es denn ohne Pass in die USA schaffen können?«, fragt Felix.

»Gar nicht. Niemand kommt ohne Ausweis in die USA, früher nicht und heute erst recht nicht mehr.«

Beklommen schauen wir uns an.

»Er ist gar nicht erst losgefahren«, stelle ich fest. »Er hatte doch sicher keine zwei Ausweise, oder?«

»Glaube ich auch nicht. Aber wohin ist er dann verschwunden? Immerhin hatte er diesen ominösen Familienschatz dabei . . .«

Mir ist ganz schwindelig und meine Zunge klebt an meinem Gaumen. Hastig trinke ich einen Schluck von dem inzwischen kalten Kaffee. In meinem Gehirn rattert es. Wenn Georgs Ausweisdokumente noch in seinen Platten versteckt sind, dann muss ihn jemand daran gehindert haben wegzufahren. Doch noch bevor ich diesen Gedanken zu Ende verfolgen kann, gellt eine Stimme durchs Treppenhaus.

»Felix, wer ist da bei dir? Doch nicht etwas dieses Mädchen?«

Erschrocken schauen Felix und ich uns an und ein paar Sekunden später steht seine Oma vor uns. »Raus hier, raus aus Felix' Zimmer, raus aus diesem Haus!«, keift sie mich heftig keuchend an.

Unwillkürlich bin ich aufgestanden und gehe auf sie zu. »Jetzt beruhigen Sie sich doch bitte«, fordere ich sie höflich auf. »Was haben Sie eigentlich gegen mich?«, kann ich es mir dann doch nicht verkneifen und ignoriere Felix' Blick.

»Wir wollen hier keine hochnäsigen Amerikanerinnen«, stößt sie hervor und verschränkt ihre Arme vor der Brust. »Felix braucht Sie nicht, Sie sind nicht gut für ihn.«

Felix steht hinter ihr und zuckt mit den Schultern, als wolle er sagen, dass das nicht seine Meinung sei, aber er schweigt.

»Es muss ja wohl einen Grund geben, weshalb Sie mich ablehnen – doch nicht wirklich nur deshalb, weil ich Amerikanerin bin?«

»Amerika hat sehr viel Leid über meine Familie gebracht.«

»Das tut mir leid. Aber damit habe ich doch nichts zu tun, oder?«

Sie mustert mich genauer, dann bleibt ihr Blick an meinem Armband hängen. »Oh doch. So, wie Sie aussehen, ganz sicher.«

»Was haben Ihnen die Amerikaner denn getan?«

»Nicht nur, dass sie Deutschland in Schutt und Asche gebombt haben zu einer Zeit, als es hier nur noch Frauen und Kinder und Alte gab.« Sie zieht eine Schachtel Zigaretten aus ihrer Kittelschürzentasche und zündet sich eine an. »An ihrer Vorliebe, die unschuldige Zivilbevölkerung zu bombardieren, hat sich ja bis heute nichts geändert. Doch darüber hinaus habe ich auch ganz persönliche Gründe, Sie nicht in meinem Haus haben zu wollen.« Sie saugt an der Zigarette, als wäre es das Elixier, das sie am Leben hält.

Ich beschließe, alles auf eine Karte zu setzen. Und ich will wissen, ob mein Verdacht stimmt, dass ich sie neulich in der Bäckerei wirklich an Grannie erinnert habe. »Meine Großmutter stammt von hier. Vielleicht haben Sie sie ja sogar gekannt«, sage ich und lächle sie an, aber das ist so, als würde ich eine Absperrung anlachen.

»Susanne! Oder sollte ich besser *Suzanne* sagen?« Sie lacht bitter auf. »Oh ja, und wie ich sie gekannt habe. Und du siehst ganz genauso aus wie diese alte Hexe.« Ihre Stimme trieft geradezu vor Hass. Sie nimmt einen tiefen Zug von ihrer Zigarette und dann sagt sie gefährlich leise: »Geh jetzt! Sofort!«, und weist mit ausgestrecktem Arm zur Tür.

Unfassbar, dass jemand so über Grannie denkt, unvorstellbar, dass jemand ihren Namen so hasserfüllt ausspricht. In mir regen sich Widerstand und Zorn – und brennende Neugierde. Was war hier damals nur los gewesen?

»Ist es wegen Georg?«, frage ich einfach so ins Blaue.

Felix' Oma fasst sich unwillkürlich an den Mund und wird so blass im Gesicht, dass ich einen Moment lang Angst habe, sie könnte ohnmächtig werden.

Aber sie fasst sich schnell wieder und weist erneut mit ihrem ausgestreckten Arm zur Tür. »Nimm seinen Namen nie wieder in den Mund! Und jetzt raus aus meinem Haus.« Die Hand an ihrem ausgestreckten Arm ballt sich zur Faust.

Obwohl ich langsam Angst kriege und nicht verstehe, weshalb Felix nicht eingreift, muss ich einfach weiterfragen. »Ich bin hergekommen, um die Wahrheit über Georg herauszufinden.«

»Die Wahrheit!« Sie spuckt das Wort verächtlich aus. »Die Wahrheit ist, dass an diesem Armband Blut klebt.« Voller Abscheu starrt sie auf mein Handgelenk.

Ich betrachte Grannies harmloses silbernes Bettelarmband mit den vielen kleinen Glücksanhängern und den vier ganz besonderen: die massive Dreizehn, ein Seepferdchen mit Rubinaugen, ein fein ziselierter Schlüssel und ein Engel aus einer rosa schimmernden Perle mit fein gearbeiteten Flügeln.

»Blut?«, frage ich verständnislos.

»Ich habe es sofort erkannt. Es hat einmal meiner Mutter gehört. Und jetzt zum letzten Mal: raus hier!«

Felix' Oma presst die Lippen zusammen, als wollte sie verhindern, dass ihr noch ein Wort entschlüpft, doch dann sagt sie es noch einmal.

»Raus!«

Ihr Zorn ist so kraftvoll, dass ich wie hypnotisiert tatsächlich das Zimmer verlasse und die Treppen hinuntergehe.

Felix kommt hinter mir her. »Sie ist eben verrückt.«

Ich weiß nicht, was ich denken soll. Klar, Felix hatte mir erklärt, dass er sich keinen Ärger mit seiner Großmutter leisten kann. Aber ich finde trotzdem, dass er mich gegen sie hätte verteidigen können. »Wie heißt deine Oma eigentlich?«, will ich wissen.

»Kathi Klein. Hey, bestimmt verwechselt sie das«, er greift nach meinem Handgelenk, lässt es aber sofort wieder los. »Die sehen doch eh alle gleich aus, diese Armbänder. Lass uns das alles vergessen und heute Abend zusammen ins *Sunset* gehen. Was hältst du davon?«

In meinen Ohren höre ich immer nur *Blut* und wieder *Blut*. Ich muss unbedingt mit Grannie reden, sie nach Kathi fragen.

»Hey, Blue, da ist heute Abend *Oldie-Night.*«

Wir sind inzwischen vor der Türe angelangt und ich atme gierig die warme, frische Luft ein, ehe ich mich zu Felix umdrehe. »*Oldie-Night*, dann geh doch mit deiner Oma hin, viel Spaß!«, platzt es aus mir heraus.

Schnell steige ich ins Auto ein, schlage die Tür zu und gebe Gas. Dann erst schäme ich mich, weil ich so grob zu Felix war – schließlich weiß ich jetzt sehr viel mehr über Georg als vorher, auch wenn das, was wir herausgefunden haben, ziemlich beunruhigend ist.

Weil ich so durcheinander bin, rase ich wie ein Rennfahrer über die Straße, die parallel zum Wald verläuft, bis der Weg über eine Hügelkuppe führt. Plötzlich liegt ein weites Tal vor mir. Nichts als Maisfelder, Wiesen und Kirschbäume, die schon voller Obst hängen. Rot wie Blut.

Blut.

Grannie wollte nicht, dass ich hierherfahre; sie zieht Karten für mich wie den Tod und den Teufel und will, dass ich dieses Glücksarmband zu meinem Schutz immer trage. Und dann soll Blut daran kleben? Was zur Hölle ist nur mit Georg passiert?

Hinter der nächsten Biegung sehe ich einen Parkplatz unter einer alten verkrüppelten Eiche. Ich halte so abrupt an, dass etwas unter dem Beifahrersitz nach vorne rutscht. Ich weiß, es ist Stefans Auto und es geht mich nichts an, aber ich kann trotzdem nicht der Versuchung widerstehen und muss einfach in die edle Papiertüte schauen. Als ich die Satinbänder der Tüte auseinanderziehe, sehe ich, wie in dem Futter aus Seidenpapier etwas schimmert, etwas Rotes. Ich ziehe es vorsichtig ein Stückchen heraus. Es ist ein raffiniertes rotes Seidennachthemd mit viel schwarzer Spitze im Brust- und Pobereich.

Ich weiß nicht, ob ich lachen oder weinen soll. Völlig irritiert lasse ich es sofort wieder zurück in die Tüte fallen. Für mich gibt es nur einen Grund, warum ein Mann so etwas in seinem Auto versteckt – oder sollte das Nachthemd etwa ein Geschenk für Anja werden? Von der Größe her könnte es ihr passen . . .

Ja, ja, Blue, träum weiter! Denk mal daran, was Mom über Männer in Vegas oder was Grannie vom Leben in der Kommune erzählt hat – nie im Leben ist dieses Teil für Anja bestimmt! Und ganz sicher ist Stefans Geliebte auch der Grund dafür, warum er nicht im Krankenhaus bei Anja war. Wie mies ist das denn? Anja tut mir entsetzlich leid. Nicht nur, dass die Zwillinge dauernd krank sind, nein, ihr Mann ist auch noch ein übler Betrüger.

Ich schiebe die Tüte angewidert zurück unter den Vordersitz. Jetzt mach mal halblang, Blue, zwischen den beiden stimmt etwas nicht, das kann ja wohl sogar ein Blinder sehen. Doch das geht dich nichts an. Gar nichts. Aber die Frage, ob er ein Mörder ist, meldet sich eine hartnäckige Stimme in meinem Kopf, die geht mich sehr wohl etwas an. Wenn ich nur wüsste, wie ich da weiterkommen könnte – die Internetrecherche bei Felix hat rein gar nichts gebracht.

Ich habe diese Geheimniskrämerei so satt!

Das Ganze muss ein Ende haben und ich beschließe, dass ich den Zeltners ganz einfach erzählen werde, wie das Sideboard aufgegangen ist, und dann werde ich fragen, was diese Artikel zu bedeuten haben. Und wenn ich schon mal dabei bin, diese ganzen unangenehmen Dinge offen auf den Tisch zu packen, kann ich auch gleich noch nachhaken, warum sie ihr Schlafzimmer zusperren. Klartext! Und Grannie werde ich auch in die Mangel nehmen und mich nicht wieder einfach nur abspeisen lassen.

Yes! That's it!

Ich wende das Auto und fahre zurück.

12.

Als er des Mordes verdächtigt wurde, war ich kurz davor, alles zu gestehen, denn ich konnte doch keinen Unschuldigen im Gefängnis schmoren lassen. Aber zum Glück hat die Polizei relativ schnell gemerkt, dass seine Lügen anderer Natur waren.

Von Weitem funkeln die großen Fensterscheiben der Zeltners in der späten Nachmittagssonne wie blutige Diamanten. Anjas Auto steht nicht in der Garage, als ich dort parke.

Es ist sehr still, sogar die Vögel scheinen vor lauter Hitze verstummt zu sein. Als ich aus dem klimatisierten Auto steige, habe ich das Gefühl, gegen eine Wand zu laufen.

Ich öffne die Haustür und trete in den Flur. Diese absolute Ruhe ist wie eine unsichtbare Barriere. Durchbrich sie nicht, flüstert es in meinem Kopf.

Unsinn!

Ich räuspere mich. Wahrscheinlich ist es so still, weil die Zwillinge schlafen. Ich schleiche hoch zum Kinderzimmer, öffne die Türen und schaue nach, aber die beiden liegen nicht in ihren Bettchen. Warum sind sie nicht da? Stefan wollte sich doch um sie kümmern. Es wird doch nicht schon wieder etwas passiert sein? Ich gehe die Treppe hinunter.

»Hallo?«, rufe ich jetzt, nachdem ich weiß, dass die Kinder

nicht da sind, durchs Haus. Schließlich ist nur Anjas Auto weg, Stefan könnte irgendwo sein. Ich rufe noch einmal lauter, aber es passiert nichts. Vorsichtshalber gehe ich noch auf das Holzdeck und werfe einen Blick in den Garten, aber auch dort ist niemand zu sehen. Sieht so aus, als wäre ich wirklich alleine.

Meine Füße führen mich zum Sideboard, als wollten sie mein widerspenstiges Hirn davon überzeugen, dass jetzt die Gelegenheit günstig wäre, noch einmal ganz sicherzugehen, ob die Mappe mit den Artikeln nicht doch irgendwo in dem Schrank liegt.

Ich knie mich vor das Sideboard und beginne, es systematisch auszuräumen. Servietten, Besteckkästen . . .

»Was machst du denn da?«, flüstert eine Stimme hinter mir.

Ich fahre zusammen, als wäre ich beim Stehlen erwischt worden, und drehe mich langsam um, während mir das Herz bis zum Hals schlägt.

Zuerst nehme ich ihre nackten, zierlichen Füße wahr, registriere den blassen Perlmuttlack auf den Zehennägeln, dann, als mein Blick hochwandert, sehe ich das große Küchenmesser. Ihre Hand hält es so fest umklammert, dass ihre Nägel fast so hell wirken wie ihr dünnes weißes T-Shirt. Ihr müdes Gesicht starrt mich ausdruckslos an.

Als ich hastig aufstehe und zur Seite taumle, ringt Anja sich ein entschuldigendes Lächeln ab.

»Ich habe so verstohlene Geräusche gehört und gedacht, es wären diese Einbrecher, die hier die Gegend unsicher machen.« Sie legt das Messer auf das Sideboard vor die Fotos und wischt ihre Hand am T-Shirt ab, als wäre sie befleckt worden.

»Wie gut, dass ich mich getäuscht habe.« Ihr Blick mustert

mich aber so scharf, als wäre ich doch ein Einbrecher. »Was machst du hier eigentlich? Du hast doch heute deinen freien Tag und unsere Schränke musst du nun wirklich nicht aufräumen. Oder suchst du etwas Bestimmtes?«

Klartext habe ich mir vorgenommen, also los, du Feigling. »Ja, ich . . . also . . . ich habe hier im Sideboard vor ein paar Tagen eine Mappe mit Zeitungsartikeln gesehen.«

Anjas müde Augen weiten sich vor Überraschung. »Was denn für Artikel? Was für eine Mappe?«

Toll, von wegen Klartext. Ich zögere.

»Jetzt sag schon, das interessiert mich auch.«

»Es ging um Stefan.« Los, Blue, bring es hinter dich, es hilft nichts, die Fragen werden nie aufhören, dich zu quälen. Also raus damit. »Und in einem Artikel stand als Schlagzeile *Ist dieser Mann ein Mörder.«*

»Ach so, das meinst du.« Anjas Schultern entspannen sich. »Ja, der Arme wurde mal der Fahrerflucht verdächtigt, was kompletter Blödsinn war. Aber die Zeitung hat es natürlich nicht für nötig gehalten, das wieder richtigzustellen.«

Sie sieht irgendwie amüsiert aus. »Gibt es noch etwas, das du wissen möchtest?«

Ich komme mir blöd vor und wage es nicht, nach dem toten Kind zu fragen.

»Du hast doch nicht etwa geglaubt, dass Stefan ein Mörder ist?« Ihre Stimme ist nun lauter geworden. »Er könnte keiner Fliege etwas zuleide tun.«

Als ich immer noch kein Wort herausbringe, wird sie zusehends aufgebrachter. »Du glaubst doch nicht im Ernst, dass ich von einem Mörder Kinder haben wollen würde?« Sie verdreht die Augen und schüttelt sich, als wäre ihr kalt. Dann dreht sie sich einfach um und geht. »Als ob ich nicht schon genug durchgemacht hätte«, murmelt sie vor sich hin, als sie die Treppen nach oben steigt – schwerfällig wie eine alte Frau und gleichzeitig sieht sie in dem dünnen weißen T-Shirt so zart und verletzlich wie ein blutjunges Mädchen aus.

Und ich fühle mich unmöglich. Tagelang habe ich mir die schrecklichsten Dinge ausgemalt, mich vor Stefan gefürchtet – und jetzt gibt es so eine harmlose Erklärung für diesen Artikel!

Hastig räume ich die Sachen zurück in den Schrank und gehe in den Keller, steige über meine immer noch nicht ausgepackten Koffer, checke meinen Laptop – nichts, keine Internetverbindung. Wie lange braucht so ein verdammter Router eigentlich, bis er im Odenwald ankommt?

Genervt fange ich an aufzuräumen, um wenigstens irgendwas Konstruktives zu tun. Ich zerre Jeans und Röcke aus den Koffern und hänge sie auf Bügel. Sortiere T-Shirts, BHs und Unterhosen in den Schrank. Als ich den letzten Pack Höschen aus dem Koffer nehme, sehe ich etwas, das vorher ganz sicher noch nicht da war. Auf dem Boden meines Koffers liegt eine der Mappen, die ich im Sideboard entdeckt habe.

Einfach so.

Schwarz, mit ausgebleichten Satinbändern, liegt sie da wie auf dem Präsentierteller. Ich muss schlucken. Starre darauf, als wäre es die Büchse der Pandora, und ich zögere, sie anzufassen, als würden dann alle Übel der Welt daraus hervorquellen. Wie ist die bloß hierhergekommen? Wer hat sie in meinen Koffer getan?

Ich renne zur Zimmertür, schließe sie ab und verrammle die Tür zum Garten. Dann packe ich die Mappe und schließe mich im Badezimmer ein, wo mich niemand beobachten kann.

Zuerst klatsche ich mir kaltes Wasser ins Gesicht, um ganz klar zu werden. Dann setze ich mich auf den zugeklappten Klodeckel und lege die Mappe auf meine Knie.

Ich schlage sie auf und hole tief Luft, ehe ich zu lesen beginne. Fahrerflucht, hat Anja gesagt, es ging um Fahrerflucht . . .

Ganz oben liegt der Artikel, der mich während der letzten Tage so verfolgt hat. Wieder springt mir als Erstes die rot unterstrichene Schlagzeile ins Auge: *Ist dieser Mann ein Mörder?* Mein Blick bleibt für einen kurzen Moment an Stefans Foto kleben, dann überfliege ich die Absätze und kann kaum glauben, was ich da lese. Es ist einfach nur grauenhaft!

In dem Artikel wird berichtet, dass Anjas und Stefans Sohn entführt wurde! Aber, so behauptet der Artikel weiter, für diese These der Eltern gäbe es nicht die geringsten Hinweise. Es läge weder ein Bekennerschreiben noch eine Lösegeldforderung vor. Die Polizei stehe vor einem Rätsel, denn das Ganze soll sich mittags mitten in Schwabing abgespielt haben.

Mir wird übel. Als ich am Ende des Artikels angelangt bin, sehe ich, dass er auf einer anderen Seite der Zeitung fortgesetzt wird. Mit pochendem Herzen blättere ich zur nächsten Seite vor, die in der Mappe liegt, und sehe das verblasste Bild eines hübschen Babys. Ich muss meine Augen zwingen, zu dem Artikel zurückzukehren.

Gierig sauge ich jedes Wort auf, versuche jede Information zu speichern, die ich gerade lese. Als ich am Ende des Artikels angelangt bin, halte ich einen Moment inne. Das kleine Baby, das auf dem Foto oben in der Wohnung zu sehen war, hieß also Jan. Und irgendjemand hat es entführt . . .

Ich verstehe zwar, was ich da lese, aber irgendwie dringt es nicht richtig zu mir vor. Also beginne ich noch mal von vorne. Diesmal möchte ich sichergehen, dass ich auch wirklich alles richtig verstanden habe.

Ja, in dem Artikel geht es tatsächlich um Stefan und Anja, aber sie hießen damals Weigand. Zeltner ist Anjas Mädchenname. Wahrscheinlich haben sie den angenommen, nachdem ihnen diese furchtbare Geschichte passiert war. Diese Zeit muss der reinste Horror gewesen sein – aber warum hat Anja mich vorhin angelogen? Von wegen Fahrerflucht!

Doch obwohl ich nun weiß, was damals wirklich passiert ist, wirft dieser Artikel mehr Fragen auf als er beantwortet.

Was ist damals nur passiert?

Mit zitternden Fingern lege ich die beiden Seiten auf den kalten Fliesenboden und lese den nächsten Artikel. Der ist älter als der aus der BILD, also schon einige Zeit vorher erschienen. In ihm wird die Entführung des neun Monate alten Babys geschildert. Anja war in Schwabing einkaufen gewesen und hatte den Kinderwagen mit Jan draußen vor einem Geschäft stehen lassen. Sie hätte den Wagen nicht mit hineinnehmen dürfen, und weil es an diesem Wintertag so extrem kalt gewesen wäre, habe sie ihr Baby nicht herausnehmen und der eisigen Luft aussetzen wollen. Jan sei erkältet gewesen und sie wäre nur kurz in dem Laden gewesen, um etwas abzuholen.

Ich fühle mich wie betäubt und kann einfach nicht glauben, dass Menschen, die ich kenne, so etwas Schreckliches zugestoßen sein soll. Mechanisch blättere ich weiter durch die Mappe. Es folgen noch einige jüngere Artikel, die etwa ein halbes Jahr später als die anderen beiden erschienen sind. In keinem ist mehr die Rede davon, dass die Eltern mit der Entführung des Kindes etwas zu tun haben könnten. In einem Artikel ist ein Interview mit dem leitenden Ermittler abgedruckt, der ganz klar sagt, dass die Chance, ein entführtes Kind lebend wiederzufinden, mit jeder Stunde, die verstreiche, sinke und man daher davon ausgehen müsse, dass der kleine Jan tot sei. Er appellierte an die Entführer, einen Hinweis zu geben, wo man nach der Leiche suchen könne, um dem Leiden der Eltern ein Ende zu bereiten.

Ich lese noch einen weiteren Artikel, der einfach nur widerlich ist, weil er vor Pseudomitgefühl nur so trieft. Und doch enthält er eine Information, die zum ersten Mal auftaucht. Der Journalist schreibt, dass Stefan und Anja schon einmal ein Baby verloren haben, weil es am plötzlichen Kindstod gestorben ist. Zwei tote Kinder . . .

Meine Kehle ist wie zugeschnürt. Mein Gott, was muss Anja durchgemacht haben. Kein Wunder, dass sie wegen der Zwillinge so extrem überbesorgt ist! Es war sicher grauenhaft für sie. Ich versuche, mir vorzustellen, wie es ist, als Mutter sein Kind zu verlieren. Da wächst so ein Winzling neun Monate in einem heran, und wenn das Baby dann da ist, lacht es einen an, strampelt mit seinen Speckbeinchen und betrachtet einen mit diesen Kulleraugen – und plötzlich ist es weg.

Langsam kann ich verstehen, warum Anja mir nicht die Wahrheit gesagt hat. Irgendwann muss man wahrscheinlich mit der Vergangenheit abschließen, muss alles vergessen, verdrängen, weit von sich schieben, um weiterleben zu können.

Mir wird übel und ich habe das Gefühl, aus diesem engen Bad rauszumüssen. Ich gehe in mein Zimmer und setze mich auf mein Bett. Die Mappe halte ich dabei immer noch in meinen Händen.

Was sind das bloß für Menschen, die Kinder entführen?

Einerseits bin ich unendlich erleichtert, dass ich jetzt Bescheid weiß, andererseits macht es mich wahnsinnig traurig. Außerdem habe ich immer noch ein mulmiges Gefühl, denn ich frage mich, wer mir diese Mappe in den Koffer gelegt hat.

Es gibt nur eine Antwort.

Stefan.

Und obwohl es niemand anderes gewesen sein kann, verstehe ich nicht, warum er das gemacht hat. Er hätte es mir ja auch erzählen können! Oder war es das, was er mir im Auto eigentlich hatte sagen wollen, es dann aber doch nicht übers Herz gebracht hat?

Ich sehe mir noch einmal das Bild von dem Kind an. Je länger ich meinen Blick darauf konzentriere, desto stärker löst sich das Foto in kleine Punkte auf, die vor meinen Augen hin und her tanzen. Ist es wirklich das gleiche Kind wie das in dem Rahmen mit der Trauerschleife? Es ist schon ganz schön vergilbt und viel zu grobkörnig, um das mit Bestimmtheit sagen zu können.

Ich starre auf die Artikel und frage mich, was ich jetzt machen soll. Wollte Stefan einfach nur, dass ich Bescheid weiß, oder erwartet er von mir irgendeine Reaktion? Am liebsten würde ich mit Grannie oder Vicky darüber reden. Jetzt sofort. Also checke ich noch mal die Internetverbindung, aber sie ist und bleibt tot.

Ich könnte mit der Mappe auch nach oben gehen und Anja sagen, dass ich nun alles weiß und die Zwillinge hüten werde wie meinen Augapfel. Das wird das Beste sein und dann ist auch endlich Schluss mit all der Geheimniskrämerei, denke ich mir, doch im nächsten Moment frage ich mich, ob das wirklich so eine gute Idee ist. Anja sah vorhin so schwach aus; die letzten Tage waren einfach zu viel für sie. Außerdem muss sie vielleicht damit leben, dass Benni und Mia diese Stoffwechselkrankheit haben.

Ich schließe die Mappe und lege sie auf meinen Schreibtisch. Dabei fällt mein Blick durchs Fenster in den Garten, wo Stefan trotz Anjas Protest ein blaues Planschbecken aufgepumpt hat. Ich öffne die Tür, um warme Luft hereinzulassen, und bleibe einen Moment draußen stehen.

Die warmen Sonnenstrahlen tun gut. Ich schließe die Augen und atme tief die würzige Sommerluft ein. All die merkwürdigen Dinge, die ich während der letzten Tage gespürt habe, hängen bestimmt mit der Vergangenheit zusammen. Ich glaube zwar nicht, dass die Geister der toten Kinder durchs Haus schweben, so wie man es manchmal in schlechten Filmen sieht. Aber ich bin mir sicher, dass Stefan und Anja sie in Gedanken immer mit sich tragen und dass ich eben das gespürt habe. Und wenn ich auch nicht weiß, wie so etwas möglich sein soll, glaube ich doch, dass sich damit auch die schrecklichen Tarotkarten erklären lassen, die Grannie gezogen hat.

Ich gehe zurück in mein Zimmer, ziehe die Tür ein Stück zu und setze mich an den Schreibtisch. Ich fühle mich, als wäre eine schwere Last von mir abgefallen. Jetzt muss ich nur noch herausfinden, was mit Georg passiert ist und was Grannie damit zu tun hat.

Ein Schatten verdunkelt meine Fensterfront. Erschrocken sehe ich hoch und springe von meinem Stuhl auf.

13.

Und diese Lügen, sein Sexleben betreffend, haben mich dann darin bestätigt, dass ich für uns doch die richtige Entscheidung getroffen hatte. Allerdings musst du wissen, dass ich trotzdem immer wieder von starken Schuldgefühlen gequält wurde.

Es ist Ju.

Ich weiß nicht, ob ich mich freuen oder ärgern soll. Sein Auftritt neulich hat mich ziemlich verwirrt. Er ist mir auf alle Fälle eine Erklärung schuldig! Ich bin gespannt, was er hier will – und warum klingelt er nicht einfach an der Tür?

Ju grinst mich an, als wären wir alte Freunde. Weil er kurze Shorts trägt, sehe ich, dass sein Knie noch immer bandagiert ist, und nur diese Tatsache verhindert, dass ich ihm die Tür vor der Nase zuschlage. Ich bin besonders deshalb wütend auf ihn, weil er es geschafft hat, trotz seines miesen Verhaltens während der letzten Tage in meinen Gedanken herumzuspuken.

»Darf ich reinkommen?«, fragt er leise durch den Türspalt.

»Nach deinem Abgang letztes Mal habe ich nicht die geringste Lust, mit dir zu reden«, sage ich und hoffe doch, dass er bleibt. Aber er soll ruhig wissen, dass ich sauer auf ihn bin.

»Genau deshalb bin ich hier. Ich wollte mich endlich bei dir entschuldigen. Das war wirklich dumm von mir. Aber als ich neulich hörte, dass jemand kommt, habe ich gedacht, dass du in Schwierigkeiten geraten könntest, und nur deshalb bin ich auf und davon.« Er zuckt hilflos die Achseln. »Und du kannst mir glauben, ich habe bitter dafür bezahlt – das schnelle Weglaufen hat meinem Knöchel dann den Rest gegeben, deshalb konnte ich auch nicht früher herkommen.« Er zeigt auf die Gummimanschette an seinem Fuß, die mir noch gar nicht aufgefallen ist.

»Und wieso schleichst du dich hier an und klingelst nicht an der Haustür wie ein normaler Mensch?«

»Vielleicht bin ich nicht normal.« Er grinst dieses entwaffnende Lächeln und verwandelt meine Skepsis mit seinen dunklen Augen in Neugier.

»Also kannst du mir verzeihen?« Er breitet seine Hände neben sich aus wie ein Priester, der um Gottes Gnade fleht.

Ich lasse mich auf mein Bett fallen und weiß gerade nicht, was ich sagen soll.

Er kommt jetzt einfach in mein Zimmer, macht die Tür hinter sich zu und kniet ächzend vor mir nieder, sodass er zu mir hochschauen muss. Was mir die Gelegenheit gibt, sein Gesicht ausgiebig zu studieren. Es kommt mir vertraut vor, dabei sehe ich ihn erst zum zweiten Mal. Seine sehr hohen Wangenknochen, die breite Nase, die in zwei kleinen Clownsknubbeln ausläuft, die blöden Koteletten, die unter seinen dunklen wuschligen Haaren verschwinden. Unwillkürlich muss ich an Felix' Gesicht denken, das viel breiter ist und doch klarer wirkt, weil er seine langen blonden Haare zu einem Pferdeschwanz zusammennimmt.

»Lässt du die Typen immer so am ausgestreckten Arm verhungern?«, fragt er angesichts meiner Stummheit.

Ich zucke mit den Achseln. Soll er ruhig ein bisschen schmoren.

»Also erteilst du mir die Absolution?«

»Müsstest du da vorher nicht beichten?«

»Es gibt nichts zu beichten.« Seine Augen verdunkeln sich. Er steht seufzend wieder auf und reicht mir seine Hand. Als ich sie nicht nehme, lässt er sie fallen.

»Jedenfalls gehst du mir nicht mehr aus dem Kopf, seit ich dich das erste Mal gesehen habe.« Er schaut mich lange und ernst an. »Du bist etwas ganz Besonderes«, sagt er und lächelt dann.

Ich verkneife mir einen zynischen Kommentar und denke mir nur ›So besonders wie Sondermüll oder was‹ und frage mich, ob er mich auf den Arm nehmen will. Was soll das denn werden, wenn es fertig ist? Eine umgekehrte Neuauflage von *Beauty and the Beast? Mr Wonderful* und *Miss Blue – but never ever a Venus.*

»Warum guckst du mich denn so ablehnend an? Bin ich so peinlich?«

»Nein.«

»Bist du immer so kratzbürstig?«

»Kratz-was-borstig? Das Wort habe ich noch nie gehört.«

»Es bedeutet stachelig sein wie ein Kaktus.« Er grinst. »In Vegas gibt es bestimmt viele davon.«

Ju setzt sich neben mich aufs Bett. Seine Wärme wabert zu mir, und ohne dass ich es will, läuft ein angenehmer Schauer über meinen Rücken. Ich starre nach draußen auf das blaue Planschbecken, aber aus den Augenwinkeln sehe ich, wie sich Jus Hand auf der Decke in meine Richtung bewegt.

»Was soll das werden?« Er soll bloß nicht glauben, dass ich so einfach rumzukriegen bin.

Er rutscht näher. »Ich kann einfach nichts für meine Gefühle. Ist dir das noch nie passiert? Du triffst jemanden und dann . . .« Er haut seine beiden Fäuste aufeinander und sagt: »Buuum!«

Ich schüttle den Kopf, als hätte ich so etwas noch nie erlebt, was natürlich gelogen ist.

Ju rutscht noch näher. »Bei mir ist das auch das erste Mal. Vielleicht hat es mich auch nur so getroffen, weil ich verwundet am Boden lag und du mein rettender Engel warst.«

»Rettender Engel!« Ich verdrehe die Augen, kann aber ein kleines Lächeln doch nicht unterdrücken.

»Hey, das meine ich ernst!« Er rutscht so nahe, dass ich die Wärme seiner halb nackten Schenkel nun deutlich durch meine Jeans spüre. Und anscheinend spielt mein Nervensystem verrückt, denn ich fühle nichts mehr außer seinem Schenkel, bilde mir ein, sogar seinen Puls zu spüren. Verstehe nicht, wie es sein kann, dass mein Körper so anders reagiert als mein Kopf – der mir nämlich ganz klar sagt, ich sollte jetzt das Weite suchen. Aber irgendwas in mir will es wissen, will wissen, wie weit er gehen wird, und verschließt mir den Mund.

»Vielleicht war es auch nicht der rettende Engel, der mich so dermaßen erwischt hat, vielleicht waren es deine unglaublichen Augen.« Er beugt sich nach vorne und schaut mir mitten ins Gesicht. »Die schimmern wie Sterne aus türkiser Seide«, sagt er und setzt sein unheimlich sympathisches Lächeln auf.

Wow! Das, das klingt poetisch. Oder ist es nur, weil sich das auf Deutsch alles viel romantischer anhört?

»Aber es könnte auch sein, dass es der Duft deiner Haut war, diese unwiderstehliche Mischung aus Honig und Heu, Milchreis und . . . äh . . . Babykacke, keine Ahnung . . .«

Unwillkürlich muss ich lachen.

Er legt daraufhin eine Hand um meine Schultern, ohne jeden Druck, leicht, fragend. Und von dort zieht sich eine Gänsehaut über meinen Rücken, fein wie ein Spinnennetz.

Was soll ich nur machen? Ich möchte gerne, dass er weiterredet. Noch nie hat ein Junge so um mich geworben, und auch wenn ich genau weiß, dass er mir nur schmeicheln will, möchte ich doch, dass er nicht aufhört damit – und Ju tut mir den Gefallen.

»Doch wenn ich so darüber nachdenke, dann ist es dieser leichte Singsang, wenn du sprichst, der mich völlig fertigmacht. Du sprichst alles so schön unscharf und deine Worte wirken dann genauso geheimnisvoll wie du.«

Wenn ich meine Augen schließe, dann könnte ich ihm fast glauben, dann möchte ich meinen Rücken fest an seine Hand pressen. Möchte ihn berühren. Doch wenn ich ihn ansehe, dann ist mir klar, dass ich aufpassen muss und auf keinen Fall schwach werden darf. Hier läuft irgendwas anderes ab.

Ich bin keine Prinzessin. Nie gewesen. Kein *Buuum-Typ*. Okay, meine Augen sind wirklich fast türkis, ja, aber das ist auch schon alles. Oder bin ich vielleicht für deutsche Jungs etwas Besonderes? Unsinn, sei nicht dumm, Blue. Zweifel bohren sich wie Stacheln in mein Herz. Ich weiche seiner Berührung aus.

»Und wenn du nicht weißt, ob du böse werden sollst, dann beißt du dir mit den Schneidezähnen auf die Unterlippe und runzelst deine Stirn, so wie jetzt.« Er grinst mich an.

Ich merke, dass er recht hat, und höre sofort damit auf, an der Unterlippe herumzukauen. Das ist mir noch nie aufgefallen.

»Aber am allerschönsten bist du, wenn du schläfst. Dann sieht es so aus, als würdest du am ganzen Körper lächeln.«

Am ganzen Körper lächeln . . . Moment, was hat er da gerade gesagt? Mein Bauch verkrampft sich, als hätte jemand hineingeboxt, und es wird noch schlimmer, als mir Felix' warnende Worte plötzlich durch den Kopf schießen.

»Wenn ich schlafe?«, frage ich und springe auf. Meine Zweifel sind jetzt groß wie Dolche geworden und mit einem Schlag bin ich wieder ganz klar im Kopf. »Woher willst du wissen, wie ich aussehe, wenn ich schlafe? Spionierst du mir heimlich nach, oder was?«

Er steht mit einem Ächzen auf und schaut mich irritiert an. »Spinnst du? Warum sollte ich denn so etwas Bescheuertes machen?«

»Keine Ahnung, aber woher willst du sonst wissen, wie ich im Schlaf aussehe?«

Er stellt sich dicht vor mich, nimmt meine Hände fest in seine und fixiert meine Augen. »Ich wollte dich doch bloß beeindrucken, dir etwas Nettes sagen. Bitte, Blue, schau mich an und sag mir ins Gesicht, dass du mich für einen Spanner hältst.«

Ju sieht so umwerfend gut aus, dass ich mir beim besten Willen nicht vorstellen kann, er hätte es nötig, Frauen hinterherzuschleichen. Trotzdem finde ich es merkwürdig, dass er so etwas sagt.

»Aber ein Spinner bist du schon.«

Seine Augen, gerade noch dunkel vor lauter Besorgnis, beginnen zu funkeln, seine Pupillen weiten sich.

»Okay, ja, das könnte stimmen.«

Das Klopfen an der Scheibe lässt uns beide zusammenfahren. Draußen vor der Tür steht Stefan mit Mia und Bennie im Arm.

Ju starrt die Zwillinge an, dann Stefan, dann wieder mich.

»Musst du arbeiten?«

»Nein, ich habe heute frei.«

»Dann könnten wir doch noch etwas unternehmen, wenn du willst?«

Stefan klopft noch mal. Ich mache die Türe auf.

»Hallo, Blue. Ich sehe, du hast Besuch.« Er nickt Ju freundlich zu und mustert ihn schließlich interessiert. »Sie kommen mir irgendwie bekannt vor.«

»Das ist vollkommen unmöglich!«, sagt Ju und wirft Stefan einen seltsamen Blick zu.

»Nichts ist unmöglich!«, antwortet Stefan und zwinkert mir zu. Er setzt erst Bennie, dann Mia auf den Boden und streckt sich schließlich ächzend. Die beiden Kleinen machen sich sofort daran, neugierig durch mein Zimmer zu krabbeln.

»Ich weiß, du hast heute deinen freien Tag, aber du hast ja gesehen, wie mitgenommen Anja ist, und ich habe das Gefühl, ich sollte sie mal wieder zum Essen ausführen. Wäre das für dich okay? Du könntest ja stattdessen morgen Abend . . .?«

»Von mir aus gern.« Ich muss mir ein Grinsen verkneifen, schließlich hatte ich sowieso vorgeschlagen, meinen freien Tag flexibel zu handhaben.

Ju betrachtet die Zwillinge, die gerade meinen leeren Koffer mit den Eisenschnallen entdeckt haben, diese begierig ablutschen und sie fasziniert hin- und herklackern lassen.

»Und mit wem hatte ich das Vergnügen?« Stefan streckt Ju die Hand hin. »Ich bin Stefan Zeltner – und Sie?«

Ju ignoriert die Hand. »Ich bin Julius. Ein Freund von Blue. Ich gehe jetzt besser, unser Abend hat sich dann wohl erübrigt.«

Jus Stimme klingt so enttäuscht, dass ich ihn überrascht anschaue. »Hey, Moment, warte, ich bringe dich raus.« Ich werfe Stefan einen Blick zu, damit er die Zwillinge nicht vergisst, und gehe dann mit Ju nach draußen.

»Wie kann ich dich erreichen?«, frage ich ihn und an mir nagt das schlechte Gewissen, dass ich ihn so habe abblitzen lassen. Schließlich hat er sich wirklich Mühe gegeben, mich zu versöhnen.

Ju bleibt stehen und fährt sich durch sein wuscheliges Haar. »Hast du was zu schreiben?«

»Nein. Warte, ich hol einen Zettel.«

Ich renne zurück in mein Zimmer.

»Woher hast du das?« Stefan streckt mir mit zitternden Fingern die Mappe entgegen, die ich auf meinem Schreibtisch habe liegen lassen. So ein Mist, die habe ich völlig vergessen! Er hat sie aufgeklappt und starrt mir ins Gesicht, als wäre ich ein Gespenst.

»Was soll das?« Seine Stimme klingt scharf und ich zucke zusammen.

»Ich . . . ich erklär's dir gleich, ich komme sofort wieder.« Ich nehme meinen Timer vom Tisch und renne raus zu Ju, plötzlich voller Angst, er könnte schon weg sein.

Verdammt, er *ist* weg. Ich laufe noch ein paar Schritte in den Garten, aber Ju ist nirgendwo mehr zu sehen.

Langsam gehe ich wieder zurück in mein Zimmer. Na gut, denke ich, während sich meine Gedanken überschlagen, dann rede ich eben ganz offen mit Stefan.

»Wer bist du?«, fragt Stefan, der unter seiner leichten Sonnenbräune ziemlich blass aussieht. »Wo hast du diese Sachen her? Was soll das, wer schickt dich?«

»Niemand schickt mich. *Du* bist derjenige, der mich als Au-pair engagiert hat«, erwidere ich und bin nun völlig verwirrt. »Und seit ich hier bin, passieren ständig komische Sachen. Ich weiß nicht, wer mir diese Mappe in den Koffer gelegt hat. Ehrlich gesagt, dachte ich, *du* wärst es gewesen.«

»Diesen Dreck hat doch keiner von uns aufbewahrt!«, entfährt es ihm wütend. »Wir haben genug gelitten. Anja musste jahrelang therapeutisch behandelt werden. Unsere Ehe wäre beinahe daran zerbrochen.« Seine Stimme ist nun so leise geworden, dass ich ihn kaum mehr verstehen kann.

Ich muss an das rote Nachthemd denken und merke, dass ich mir dabei, ganz genau wie Ju gesagt hat, auf meine Unterlippe beiße.

Stefan räuspert sich. »Sprich bitte Anja nicht darauf an. Wir müssen uns jetzt auf die Zwillinge konzentrieren. Es hat lange genug gedauert, bis es endlich geklappt hat, dass Anja wieder schwanger war.«

Er bückt sich und nimmt die beiden auf seine Arme, dabei kommt er ziemlich ins Schleudern, was Bennie und Mia scheinbar für ein Spiel halten, denn sie quietschen vergnügt.

»Wir sollten Anja wirklich nichts von alldem sagen.« Er schaut mich an und ich habe das Gefühl, dass er mir kein Wort von dem geglaubt hat, was ich ihm gerade erklärt habe. »Ich denke, wir werden dann gegen sieben Uhr essen gehen.«

Ich sehe ihm zu, wie er mein Zimmer verlässt und die beiden draußen am Planschbecken absetzt, sich davorkniet und mit der Hand prüft, ob das Wasser warm genug ist. Es scheint ihn nicht zu überzeugen. Er nimmt die beiden wieder hoch und geht weiter.

Langsam lasse ich mich auf mein Bett fallen. Ich fühle mich, als wäre ich hier ständig in einer Achterbahn unterwegs, und meinen ersten freien Tag hatte ich mir irgendwie auch anders vorgestellt. Erst Felix' bösartige Großmutter, dann Anja mit dem Messer in der Hand, Ju, der aus dem Nichts auftaucht und wieder verschwindet - und schließlich Stefan. Und vor allem, wenn er es nicht war, der die Mappe in meinen Koffer gelegt hat - wer war es dann?

Ich starre nach draußen in den Garten, der in der Nachmittagssonne so friedlich und unschuldig aussieht. Mein Blick schweift über den Rasen zu den rosa-orange blühenden Rosen und bleibt dann am Planschbecken hängen. Ich mag dieses Planschbecken nicht.

14.

Auch weil du nach meinem Tod ganz allein in der Welt stehen wirst. Immerhin wird dich dieser Brief in die Lage versetzen, selbst nachzuforschen und dir eine eigene Meinung zu bilden. Glücklicherweise bist du nicht dumm.

Nachdem ich die Zwillinge ins Bett gebracht, das Badezimmer und die Küche wieder aufgeräumt habe, nehme ich das Babyfon und gehe auf das Holzdeck vor dem Wohnzimmer und setze mich in einen der Liegestühle. Es ist immer noch sehr warm.

Anja hatte nicht ausgehen wollen, Stefan musste lange mit ihr diskutieren, bis es ihm gelang, sie zu überzeugen.

Mein Blick fällt auf das Dorf, das im Abendlicht aussieht wie aus einem anderen Jahrhundert. Was hat Grannie wohl dazu getrieben von hier wegzugehen? Sie hat kaum von ihrer Zeit in Deutschland erzählt und ich musste ihr immer alles aus der Nase ziehen.

Die Luft ist durchsetzt mit dem Duft von süßem Obst und Gras und jetzt, nachdem die Sonne verschwunden ist, wird das Licht immer silberner. Ich drehe mich zum Wald um. Der ist schon schwarz, doch auch er schimmert leicht silbern,wie Grillkohle.

Da blitzt etwas auf.

Ich schaue genauer hin. Nichts.

Ich gehe zur anderen Seite des Decks, von wo aus man den Wald besser betrachten kann. Da sehe ich es wieder. Es könnte eine Taschenlampe sein. Vielleicht ein Jäger. Als ich neulich mit Mia im Wald war, habe ich zwar viele Hochsitze gesehen, aber haben Jäger wirklich Taschenlampen? Daddy hat mir in einer nüchternen Minute mal gesagt, dass die Rehe und Hirsche am liebsten in der Dämmerung herauskommen, insofern würde es also passen.

Ich gehe wieder zum Tisch zurück und lasse mich träge in den Liegestuhl fallen. Den ganzen Abend habe ich darüber nachgedacht, wer die Mappe in meinen Koffer gelegt haben könnte. Es ist einfach zum Haareraufen – da erfahre ich endlich, was in den Artikeln steht, und trotzdem habe ich jetzt mehr Fragen als Antworten.

Da die ganze Grübelei sowieso zu nichts führt, habe ich beschlossen, mich lieber um Grannie und Georg zu kümmern – auch wenn ich noch nicht weiß, wo ich anfangen soll. Ich habe heute zwar erfahren, dass Georg Leonard-Cohen-Fan war und er dieses Land wahrscheinlich niemals verlassen hat, aber trotzdem habe ich keine Ahnung, wo er jetzt ist. Oder ob er überhaupt noch am Leben ist. Und was meinte Felix' Großmutter damit, dass an dem Armband Blut klebt – und was hat das mit Georg und Grannie zu tun?

Ich schüttle mein Handgelenk ein bisschen, sodass die Anhänger leise klimpern. Die leichte Brise, die bisher geweht hat, legt sich mehr und mehr und die Vögel hören auf zu zwitschern. Es wird unglaublich still. So still ist es in Vegas nie.

Ich klimpere noch mal ein bisschen mit dem Armband. Als ich klein war, hat mir Grannie zu jedem einzelnen Anhänger eine Geschichte erzählt. Am liebsten hatte ich die, die zum Schlüssel gepasst hat. Da ging es um das Mädchen Columba, das so neugierig war, dass es wider alle Regeln eine verschlossene Tür aufgesperrt hat und dann mit einem blutrünstigen Monster kämpfen musste.

Das Babyfon gibt krachende Laute von sich. Ich will gerade aufstehen, um nach oben zu gehen und nachzuschauen, aber da ist es schon wieder still, also bleibe ich einfach draußen sitzen.

Mittlerweile ist es vollkommen dunkel, ich sollte lieber hineingehen, die Mücken werden mich sonst aussaugen. Da bemerke ich ein leichtes Vibrieren. Mir stellen sich alle Nackenhaare auf. Jemand schleicht die Stahltreppe zum Deck hoch. Unwillkürlich halte ich den Atem an.

Ob das Ju ist, der noch einmal zurückkommen wollte? Aber anstatt nachzuschauen, gehe ich rückwärts zur Hauswand, weil ich die Wendeltreppe nicht aus den Augen lassen möchte. Ich will so schnell wie möglich ins Haus und die Türe hinter mir zuziehen.

Ein Kopf erscheint. »Blue!«

»Felix«, rufe ich erleichtert und trotzdem leicht verärgert aus. »Was soll denn das, wieso schleichst du dich an wie ein Dieb?«

»Oh, sorry, ich wollte nur niemanden wecken.«

Ich gehe ein paar Schritte auf ihn zu. »Was machst du hier, wolltest du nicht ins *Sunset?*«

Er kommt näher und lächelt mich an. »Ja, aber nur mit dir. Heute Morgen . . . da ist dann mit Oma irgendwie alles schiefgegangen, dabei fand ich's so cool, dass du mich besucht hast.«

Ich fühle mich unwohl, schließlich habe ich ihn hauptsächlich deshalb besucht, weil ich sein Internet benutzen und ihn wegen Georg ausfragen wollte.

Er steht jetzt direkt vor mir, sodass ich trotz der Dunkelheit sein Gesicht sehen kann. Er streicht die langen Haare, die er gerade offen trägt, hinter seine Ohren und schaut mich eindringlich an. Ich weiß nicht, was ich sagen soll.

»Das mit Oma tut mir leid. Das war nichts Persönliches gegen dich.«

»Hat sich für mich aber anders angehört.«

»Oma bildet sich eben ein, dass sie mich beschützen muss. Und was Georg angeht . . .«

Das Babyfon kracht und knistert so plötzlich, dass wir beide zusammenfahren.

»Ich muss jetzt nach den Zwillingen schauen.«

»Geh nur, ich warte hier.«

»Das brauchst du nicht, ich werde nicht mehr rauskommen.«

»Oh.« Er zieht den Kopf zwischen den Schultern ein, wie um sich vor einem Schlag zu schützen.

»Ich bin total müde«, schiebe ich deshalb nach.

»Das, was ich dir gleich sagen werde, wird dich garantiert wach machen!« Er funkelt mich triumphierend an. »Ich hab noch mehr Zeug von Georg gefunden, die Schallplatten waren wohl so etwas wie sein Safe. Aber ich kapier nicht, was er schreibt. Wir müssen uns das zusammen anschauen.«

Jetzt hat er mich doch an der Angel. Noch mehr von Georg!

»Verstehst du, Georg redet auch von diesem Schatz. Mann, stell dir nur mal vor, wir würden echt herausfinden, was es damit auf sich hat.«

»Und was genau hast du gefunden?«

»Einen Brief an deine Großmutter.«

Plötzlich schreien beide Kinder laut auf, verstummen aber sofort wieder, als hätten sie nur etwas Böses geträumt. Ich sollte trotzdem hochgehen und nach ihnen schauen, aber meine Neugierde siegt. »Hast du ihn dabei? Kann ich ihn lesen?«

»Klar, aber das kostet dich was.« Er grinst mich an und spitzt seinen Mund zu einem Kuss.

»Vergiss es, das geht nicht.« Ich mag ihn, aber irgendwie ist mir Felix auch ein bisschen unheimlich. Hat er heute nicht irgendwas davon erzählt, dass er in Frankfurt ›Probleme‹ hatte? Außerdem ist er mein Großcousin! Aber kann ich ihm das einfach so an den Kopf knallen?

»Sind alle Amerikanerinnen so wählerisch? Echt, Blue, ich bin deine einzige Chance auf einen Kuss in diesem Kaff.« Er sieht mich verschmitzt an, nestelt dann an seiner hinteren Hosentasche rum und zieht einen zusammengefalteten Zettel heraus. Wie kann er mit Georgs Briefen nur so achtlos umgehen!, denke ich empört.

Das Babyfon rumort. Eines der beiden Kinder weint. Mia, glaube ich.

»Tut mir leid, aber ich muss rein.« Ich nehme das Babyfon in die Hand.

»Ja, dann geh schon! Weißt du was, Blue, ich hab die Schnauze voll von deinem komischen Getue! Ich verbrenn das Ding einfach.« Er wedelt mit dem Brief vor meinem Gesicht herum.

Verbrennen? Er lügt, das würde er nicht tun, er ist genauso neugierig wie ich, allein schon wegen dieses ominösen Schatzes. »Tut mir leid, Felix. Ich muss jetzt wirklich rein, aber ich erklär dir morgen alles, okay?«

»Vergiss es!« Er holt ein Feuerzeug aus der Jeans, klappt es auf und dreht an dem Rädchen, bis die Flamme hoch aufscheint.

Jetzt schreien beide Kinder. Verdammt!

Felix rührt sich nicht vom Fleck, in der einen Hand hält er den Brief, in der anderen flackert die Flamme.

Es gibt nur eins, was ich tun kann. Für Grannie!

Ich stecke das Babyfon in die Tasche meiner Baumwollshorts, und ohne noch länger darüber nachzudenken, springe ich vor, reiße ihm den Brief aus der Hand und stoße ihn mit der anderen Hand weg, sodass er ein paar Schritte zurücktaumelt, dann renne ich ins Wohnzimmer und verrammle die Tür. Ich bin schon auf dem Weg nach oben, als mir einfällt, dass ich mir nicht sicher bin, ob meine Tür unten wirklich zu ist. Nicht dass Felix auf dumme Ideen kommt, er ist sicher stinkwütend. So schnell ich kann, laufe ich nach unten. Beeil dich, Blue!

Verdammt!

Ich habe eine Stufe übersehen, mein rechter Fuß knickt in der Luft merkwürdig ab und ich stürze die Treppe bis zu meinem Zimmer runter. Jede Stufenkante rammt sich schmerzhaft in meinen Hintern, ich reiße mir die Haut am Handgelenk auf, doch unten rapple ich mich auf und humple trotz stechender Knöchelschmerzen in mein Zimmer, weiß nicht, wohin mit dem Brief, und lege ihn schließlich unter mein Kopfkissen. Tatsächlich steht die Tür zum Garten sperrangelweit offen.

Mein Herz klopft wie wild, und während ich die Tür schließe, kracht schon wieder das Babyfon und ich bilde mir ein, diesmal eine männliche Stimme zu hören.

Deshalb hetze ich die Stufen so schnell ich kann wieder

nach oben, bei jedem Schritt sticht das Gelenk meines rechten Fußes, aber ich ignoriere den Schmerz, denn plötzlich habe ich schreckliche Panik, jemand könnte ins Haus gelangt sein.

Ich reiße die Kinderzimmertür auf und kann nicht glauben, was ich da sehe.

15.

Und ich hoffe deshalb, dass du mir vergeben kannst, was ich dir angetan habe. Du weißt, ich war Kinderkrankenschwester auf der Intensivstation, damals in München.

»Was tust du hier?«, schreie ich und stürze mich auf Ju, der die Zwillinge in den Armen trägt. »Bist du irre? Leg sofort die Kinder hin oder ich hole die Polizei!«

Ich habe komischerweise keine Angst, sondern bin einfach nur verdammt wütend. Egal, was passiert, ich werde nicht zulassen, dass irgendjemand den Kindern etwas antut. Wenn ich nur eine Art Waffe hätte, mit der ich ihn bedrohen könnte ... Das Telefon, ich muss die Polizei rufen – aber erst soll er die Kinder wieder hinlegen! Meine Gedanken überschlagen sich, aber ich darf jetzt auf keinen Fall die Nerven verlieren.

»Hey, hey, Blue. Beruhige dich, ich hatte nicht vor, sie zu entführen.«

»Ich soll mich beruhigen? Du willst mich wohl verarschen! Du schleichst hier schon wieder heimlich rein, stehst mitten im Kinderzimmer und hast die beiden Kleinen auf dem Arm. Was verdammt noch mal machst du da? Wenn du mir nicht in zwei Sekunden eine gute Erklärung gibst, dann rufe ich die Polizei. Ach was, ich werde sie sofort rufen! Viel zu oft schon habe ich dich hier erwischt, wer weiß, was für ein perverses Schwein du eigentlich bist!«

Ju wird blass und starrt mich einen Moment lang ausdruckslos an. Schließlich legt er erst Mia, dann Bennie sanft und behutsam in ihre Bettchen und geht zur Tür.

»Es tut mir leid, wirklich sehr leid, ich wollte niemanden erschrecken und ich habe eine gute Erklärung für das alles. Glaub mir.« Seine Stimme zittert, als würde er gleich in Tränen ausbrechen. Ein Trick? Er hat es viel besser drauf als Felix, mich um den Finger zu wickeln.

Ich muss ihn unbedingt nach unten locken, und wenn die Kinder in Sicherheit sind, dann werde ich die Polizei rufen – auch wenn die sicher wissen wollen, wie es passieren kann, dass ein Fremder sich zu den Kindern schleicht, während ich für sie verantwortlich bin . . . Du hast versagt!, ruft eine Stimme in meinem Kopf. Extrem versagt!, hämmert sie wieder und wieder und wieder.

»Lassen wir die beiden schlafen und gehen runter.« Ich bin voller Angst, aber ich muss ihn unbedingt von den Kindern weglocken.

Ju nickt und schleicht aus dem Zimmer. Ich überzeuge mich, dass es den Zwillingen wirklich gut geht, und zupfe ihre Decken zurecht, während ich versuche, meinen kochenden Zorn zu beruhigen, das Stechen im Knöchel zu ignorieren und die Stimmen auszublenden, die mir totales Versagen vorwerfen.

Ich kann kaum die Treppe nach unten steigen, weil mein Fuß so wehtut, aber ich beiße die Zähne zusammen, das geschieht mir nur recht.

Im Wohnzimmer sitzt Ju auf der Vorderkante eines Stuhles und starrt auf seine Füße, in der Hand hält er das Telefon.

Verdammt, daran habe ich nicht gedacht! Was mache ich jetzt? Ich könnte mich ohrfeigen. Wie konnte ich nur so dumm sein? Ich hätte natürlich vor ihm nach unten laufen sollen.

»Hier, nimm es und ruf die Bullen.«

Ein Trick, sicher wieder nur ein Trick, und wenn ich nach dem Telefon greife, schlägt er mich nieder und vergreift sich doch noch an den Zwillingen. Mein Blick fällt durch die geschlossene Verandatür und ich frage mich, ob Felix noch irgendwo dort draußen ist. Sosehr ich ihn vor ein paar Minuten zum Teufel gewünscht habe, so sehr würde ich mich gerade freuen, ihn zu sehen.

Ju hält mir das Telefon noch immer demonstrativ auf der offenen Handfläche hin. Als ich es nicht nehme, schiebt er es über den Tisch zu mir. Dann wischt er mit dem anderen Handrücken Tränen ab, die ihm übers Gesicht laufen.

Ich habe noch nie einen Mann weinen sehen, außer Daddy einmal beim Finale vom *Superbowl.* Aber ich glaube Ju gar nichts mehr. Ich greife nach dem Telefon.

»Warum heulst du? Was ist das denn jetzt für eine Show? So eine wie die im Wald mit dem Knie?«

Er schnieft und schüttelt den Kopf. Dann richtet er sich auf. »Ich habe gehofft, wir könnten Freunde werden, dann hätte ich dir alles erklärt, aber wir haben nicht so viel Zeit.«

»Wir? Was heißt hier *wir?* Hier gibt's kein wir!«

»Ich weiß nicht, wo ich anfangen soll. Tatsache ist, die Zwillinge sind in großer Gefahr.«

»Ja, solange Typen wie du rumlaufen, ganz bestimmt.« Ich tippe die Nummer des Notrufs ein.

»Ich schwöre dir, ich liebe die beiden und würde ihnen niemals etwas tun.«

»Du *liebst* die beiden?« Sofort steigen ekelhafte Bilder von Pädophilen in mir auf, manche vergreifen sich ja schon an Babys. Und manche nennen das Liebe. Mir wird übel.

Ju springt auf und reißt mir das Telefon aus der Hand, noch bevor ich reagieren kann. »Hör mir zu, gib mir nur fünf Minuten, dann kannst du die Polizei rufen.«

Ich springe auf.

So nicht, nicht mit mir!

Ein stechender Schmerz durchschnellt meinen Knöchel, das Bein, jagt in meinen Kopf, mir wird übel, sehr übel und dann fängt alles an, sich zu drehen. Nein, nein, auf keinen Fall darf ich jetzt bewusstlos werden, was ist, wenn er dann mit den Kindern abhaut?

Ich beiße auf meine Lippen, aber das Wohnzimmer dreht sich noch schneller, wird schwarz – weiß – grobkörnig – flimmert, wird zu Silberregen, ich halte mich am Tisch fest, aber der dreht sich auch weg von mir. Dann ist es finster um mich.

16.

Schon kurz nach deiner Geburt warst du Dauergast auf unserer Station. Zunächst haben wir alle geglaubt, dass du eine sehr seltene Krankheit haben müsstest, und die Ärzte haben alles getan, um herauszufinden, was dir fehlt.

Mir ist so unendlich schlecht, als ich wieder zu mir komme. Ich habe nicht die geringste Ahnung, wie ich jemals wieder vom Boden hochkommen soll. Kalter Schweiß überzieht meinen Körper wie ein klebriger Film, meine Hände zittern. Und gerade als ich beschließe, für immer auf dem Boden liegen zu bleiben, höre ich Kinder weinen, ein beruhigendes »Schschsch« dringt an meine Ohren, dann klappt die Haustür zu.

Verdammt, dieser Mistkerl hat die Zwillinge doch mitgenommen! Warum habe ich auch nur eine Sekunde gezögert, die Polizei anzurufen? Eine Adrenalinwelle schießt durch meinen Körper und plötzlich bin ich hellwach. Ich muss sofort hinter ihm her!

Ich richte mich auf, kämpfe gegen den Schwindel, halte mich am Stuhl fest und ziehe mich hoch. Erneut bricht mir der Schweiß aus allen Poren, macht meine Hände glitschig.

Ich höre nichts. Nichts? Keinen Automotor. Es bleibt ruhig. Aber wie bringt er die Kinder dann weg?

Ja wohl kaum zu Fuß, auf Dauer sind die beiden viel zu schwer zum Tragen, und selbst wenn er sie in den Kinderwagen gesteckt hat und rennt, ist er nicht schnell genug. Es muss ihm doch klar sein, dass ich die Polizei rufen werde.

Aber bis die hier sind, ist er mit den Zwillingen sogar zu Fuß über alle Berge! Ich muss was tun, muss ihm hinterher.

Vorsichtig bewege ich mich in Richtung Haustür, stütze mich dabei am Tisch entlang ab und komme mir quälend langsam vor. Mein Knöchel tut verdammt weh, aber der Gedanke daran, was den Kindern alles passieren könnte, gibt mir so viel Kraft, dass ich es zur Haustür schaffe. Ich reiße sie auf und sehe gerade noch etwas am Wald aufblitzen. Pedalrücklichter! Ju ist mit dem Fahrrad unterwegs.

Super!

Endlich mal eine gute Nachricht.

Ich schnappe mir die Schlüssel von Anjas Auto vom Schlüsselbrett und hoffe, dass es auch eine Automatikgangschaltung hat. So schnell ich kann, humple ich zur Garage und werfe den Motor an. Erleichtert stelle ich fest, dass das Auto tatsächlich Automatik hat.

Ich steuere auf den Wald zu, den sandigen Weg hoch, der voller Schlaglöcher ist. Die Scheinwerferlichter hüpfen auf und ab, das Auto wird ziemlich durchgerüttelt und stechende Schmerzen schießen von meinem Fuß durch den ganzen Körper. Ich beiße die Zähne zusammen. Egal, ich muss Mia und Bennie zurückholen. Nur noch ein paar Meter, dann bin ich endlich auf dem Waldweg. Der Motor kommt mir schrecklich laut vor, überdröhnt sogar das Hämmern meines Pulses.

Endlich habe ich den Weg erreicht, der zwar ebenmäßiger, dafür aber auch nicht sonderlich breit ist. Ich bin noch nie auf einem schmalen Pfad durch einen dunklen Wald gefahren. Es ist gespenstisch, wie anders die Bäume aussehen, wenn sie von unten mit den Autoscheinwerfern beleuchtet werden. Sie wirken wie Riesen. Ich schalte das Fernlicht an und konzentriere mich auf den Weg, der vor mir liegt. Und ein paar Sekunden später kann ich tatsächlich Ju am Ende des Weges sehen und gebe ordentlich Gas.

Ich rase auf den Anhänger zu. »Gleich, ihr zwei Süßen, gleich bin ich bei euch und dann werde ich euch nie mehr aus den Augen lassen!«, flüstere ich, während ich versuche, mich auf den schmalen Waldweg zu konzentrieren.

Da, das Rücklicht des Anhängers leuchtet auf. Mit klopfendem Herzen fahre ich weiter, doch plötzlich ist Ju verschwunden. Er ist abgebogen, aber gleich hab ich ihn!

Oh verdammt, das gibt's doch nicht! *Bullshit!*

Ich schaffe es gerade noch, vor der rot-weißen Schranke abzubremsen, die auf einmal mitten auf dem Weg steht, nachdem ich um die Ecke gebogen bin. Wütend schaue ich Ju dabei zu, wie er einfach mit dem Rad drum herumfährt. *Damned!*

Dann werde ich eben zwischen den Bäumen einen Weg suchen! Ich versuche es rechts von der Schranke, wo die Kiefern nicht sehr dicht stehen. Aber keine Chance, der Waldboden ist übersät von Sträuchern, die jedes Weiterkommen verhindern. Genervt lege ich den Rückwärtsgang ein, setze zurück und versuche es auf der linken Seite. Der Motor jault ganz schön auf, als ich zu viel Gas gebe, es ratscht und kracht, Büsche haben sich zwischen den Rädern verfangen, und als ich erneut Gas gebe, schlagen Ranken und tief hängende Äste an die Fenster und gegen die Seiten. Der Lack ist bestimmt schon total verkratzt, aber das ist mir egal, ich muss Mia und Bennie retten.

Ich fahre ein Stück weiter nach rechts, um einer kleinen Baumgruppe auszuweichen, und schreie erschrocken auf, als die Vorderräder plötzlich keine Bodenhaftung mehr haben. Sie hängen im Leeren, der Weg stürzt an dieser Stelle steil nach unten. Verdammt, verdammt, verdammt!

Ich setze zurück, bis alle Räder wieder Bodenhaftung haben und ich erneut vor der Scheißschranke auf dem Hauptweg stehe. Mein Herz rast, mein Knöchel fühlt sich an, als würde ein Feuer darin wüten, aber ich weiß, dass ich nicht aufgeben darf!

Dann eben zu Fuß. Ich steige aus und falle sofort lang hin, weil mein rechtes Fußgelenk sich weigert, mein Gewicht zu tragen. Ich krieche über den schmutzigen Waldboden und schaffe es, mich an der Schranke hochzuziehen. Sie wackelt, als ich mich daran festhalte.

Sie wackelt? Ich dachte, die wäre festbetoniert?

Ich humple zum linken Ende der Schranke und kann nicht fassen, was ich da entdecke. Diese Schranke liegt einfach nur lose auf dem Gestell! Und ich dumme Kuh habe kostbare Zeit damit vergeudet, drum herumzufahren, dabei muss ich sie nur irgendwie hochstemmen. Aber wie? Ich hebe sie nach oben, so hoch ich kann, bis über meinen Kopf. Aber wenn ich loslasse, fällt sie sofort wieder runter.

Na toll, was jetzt? Ich brauche Hilfe, verdammt noch mal! Und während ich mich hier mit dieser Schranke abmühe, ist Ju in der Zwischenzeit über alle Berge. Ich muss es irgendwie schaffen, dass dieses Ding oben bleibt. Wenn ein Förster hier im Wald unterwegs ist, versuche ich logisch zu denken, ist der ja auch allein ... Es muss also einen Trick geben mit diesen Dingern – aber welchen?

Keine Zeit mehr zum Denken, Blue! Los, nimm beide Hände und wirf die Schranke, so hoch du kannst! Ich tu's, aber natürlich siegt auch dieses Mal die Schwerkraft.

Jetzt kommt mir noch eine Idee. Ich muss etwas zwischen Gestell und Schranke klemmen, sodass ich mit dem Auto durchfahren kann. Aber dazu brauche ich einen Stock – und als ich mich nach einem Stück Holz umsehe, gebe ich einen wütenden Schrei von mir. Auf der rechten Seite der Schranke hängt ein Gewicht!

Ich bin ja so was von blöd – ich muss natürlich die Schranke von dort aus hochdrücken! Also humple ich auf die andere Seite und keine halbe Minute später steht die Schranke senkrecht.

Ich habe es geschafft!

Ich würde gern stehen bleiben und mich ausruhen, der Schmerz in meinem Knöchel bringt mich fast um, aber ich muss jetzt endlich hinter Ju her. Hoffentlich geht es den Kindern gut!

Ich hüpfe auf einem Bein zum Auto und fahre mit angehaltenem Atem durch die offene Schranke, dann gebe ich Gas und hoffe, dass der Weg keine Abzweigung hat. Äste knallen gegen die Windschutzscheibe und erschrecken mich zu Tode, trotzdem drücke ich das Gas noch weiter durch. Es kommt mir so vor, als hätte ich Stunden an der Schranke vertrödelt, aber der Blick auf die Autouhr bestätigt mir, dass ich nur sieben Minuten gebraucht habe – sieben Minuten Vorsprung mit Fahrrad und Anhänger, die werde ich bestimmt einholen können!

Wo will Ju überhaupt hin mit den Kindern? Hat er im Wald eine Hütte, oder was? *Hänsel und Gretel* fällt mir ein und dann natürlich Grannie, die mich gewarnt hat, die gesagt hat, ich soll gut auf die Kinder aufpassen.

Plötzlich sehe ich Augen aufblitzen, direkt vor mir. Um Gottes willen, ich schnappe nach Luft, trete auf die Bremse, gerate ins Schlingern, bremse trotzdem weiter. Bitte nicht, flehe ich, bitte lass mich nicht in dieses wunderschöne Tier knallen ...

Ich bleibe stehen. Sehe, wie das Reh zur Seite wegspringt. Dieses zarte Hüpfen, so leicht und elegant, macht etwas mit mir, legt einen Schalter um. Tränen schießen mir in die Augen, es schüttelt mich, ich kriege keine Luft mehr, und obwohl ich am liebsten einfach nur sitzen bleiben und heulen möchte, weiß ich, dass ich weiterfahren muss, wenn ich die Kinder retten will, und zwar schnell.

Ich gebe mit zitternden Händen wieder Gas, umklammere das Lenkrad und starre mit tränenblinden Augen in die Dunkelheit.

Nachdem ich ein paar Minuten gefahren bin, bilde ich mir ein, etwas aufblinken zu sehen, und ich fahre noch ein bisschen schneller. Ja, das ist ein Rücklicht.

Jetzt bist du dran, Ju!

Ich ziehe die Nase hoch, keine Zeit zum Schnäuzen jetzt, und gebe noch einmal Gas. Dann blende ich auf und ab, fahre hinter ihm her, hupe, es ist mir egal, dass der Wald schläft, ob die Kinder schlafen, ich will einfach nur, dass er stehen bleibt.

Aber er fährt weiter, immer weiter, als ob ich nicht da wäre, und ich kriege Angst, dass er vielleicht noch mal irgendwohin abbiegt, wohin ich ihm nicht folgen kann. Es bleibt mir also nichts anderes übrig, als ihn zu überholen und mich vor ihn zu stellen, aber der Weg ist so schmal, dass ich keine Chance habe. Außerdem will ich die Kinder nicht gefährden. Ha! Nicht gefährden ...! Wessen Schuld ist es denn, dass die

Kleinen mitten in der Nacht aus ihren Betten entführt werden konnten?

Nein, ich darf jetzt nichts Unüberlegtes tun. Der Weg ist zu schmal. Und wenn ich anhalte und aussteige, dann kriege ich ihn nie, weil ich nur humpeln kann. Ich mache das Fenster auf und rufe Mias und Bennies Namen in die Nacht hinaus. Ich rufe, ich schreie, ich brülle, bis ich keine Luft mehr habe, und hoffe, dass die Kinder weinen, damit Ju sich schlecht fühlt und endlich aufgibt.

»Ju, verdammt, bleib stehen«, brülle ich irgendwann. »Wenn du jetzt stehen bleibst, hole ich nicht die Polizei und wir vergessen alles, was passiert ist.«

Nichts. Ju tritt unbeirrt in die Pedale. Ich muss es anders versuchen.

»Ju, ich weiß, dass du den Kindern nichts tun wirst.«

Keine Ahnung, ob es Einbildung ist, aber es kommt mir so vor, als ob er langsamer in die Pedale treten würde – oder ist er vielleicht sogar erschöpft? Ein kleiner Hoffnungsschimmer macht sich in mir breit.

»Ju, du bist kein Perverser, das ist mir klar«, versuche ich es weiter. »Ich vertraue dir, Ju, aber du kannst nicht einfach mit den Zwillingen abhauen. Ich bitte dich, bleib stehen! Und sag mir endlich, warum du das alles tust.«

Er fährt weiter, dreht aber seinen Kopf zu mir und ruft.

»Du würdest mir sowieso nicht glauben«, schreit er und kommt ins Schlingern, als er durch ein Schlagloch fährt. Ich halte den Atem an, doch Ju dreht sich erneut zu mir um. »Ich konnte es ja selbst kaum glauben.«

»Versuch es wenigstens, Ju, bitte! Bitte, bleib stehen und lass uns reden!«

Bennie und Mia brüllen – endlich. Sie klingen zornig,

ängstlich, verletzt. Kein Wunder, seit fast zwanzig Minuten ist Ju nun schon auf diesem holprigen Waldweg unterwegs. Als er um eine Kurve fährt, kann ich erkennen, dass er den Kinderanhänger mit Decken ausgepolstert und die Kleinen darin eingewickelt hat. Trotzdem haben Bennie und Mia nur ihre Schlafanzüge an. Gott, hoffentlich bleibt Ju endlich stehen!

»Hör doch mal, wie die Kleinen weinen, sie spüren, dass etwas nicht stimmt! Bitte, um der Kinder willen.«

»Und wenn du mich reinlegst?«

»Das wird nicht passieren.« Schnell überkreuze ich zwei Finger, weil ich nicht weiß, ob ich ihn nicht doch anlüge. Ich würde ihm alles versprechen, nur damit er die Zwillinge hergibt.

»Hör mal, ich kann die ganze Nacht hinter dir herfahren, der Tank ist voll!«

Er zuckt mit den Schultern, als ob er sagen wollte, dass ihm das egal sei.

»Warum glaubst du mir nicht? Ich bitte dich, halte an und lass uns reden. Wir müssen die Kleinen beruhigen, hör doch nur, wie sie schreien. Sie haben Angst!«

Und endlich, endlich wird Ju langsamer, bremst. Auch ich steige auf die Bremse und bleibe stehen, als Ju absteigt. Ich schalte den Motor aus, lasse das Licht aber an.

Mit klopfendem Herzen öffne ich die Autotür.

17.

Aber ich kannte sie und wusste, dass sie schon ein Kind durch den plötzlichen Kindstod verloren hatte, weil ihr Mann es mir erzählt hatte. Als Erklärung für ihr extrem überbehütendes Verhalten. Sie hat es aber niemandem auf der Station verraten – und das kam mir merkwürdig vor.

Er atmet genauso schwer wie ich. Wir stehen uns gegenüber. Ich habe Angst vor Ju. Zwar hat er mich vorhin in der Wohnung nicht angegriffen, aber er hat mich einfach auf dem Boden liegen lassen und ist mit den Kindern abgehauen.

Ich ignoriere Ju für einen Moment und gehe zu den brüllenden Zwillingen, rede beruhigend auf sie ein, streichle ihre verschwitzten Köpfe und nehme Mia auf den Arm.

Ju tritt zu uns, schnallt Bennie los, hebt ihn hoch und legt ihn über seine Schulter. Wir schaukeln sie wortlos so lange, bis sie sich beruhigt haben. Ich denke daran, was passiert, wenn Anja und Stefan nach Hause kommen und niemand da ist. Sie haben sicher Angst, es ist etwas Furchtbares passiert – ist es ja auch ... Ich kann nur hoffen, dass alles ein gutes Ende nehmen wird. Und das liegt nun in meinen Händen.

»Also?«, frage ich, nachdem sich die beiden beruhigt haben, und sehe Ju an, der irgendwie fertig und ganz schön mitgenommen wirkt.

»Ich musste Mia und Bennie retten.«

»Retten nennst du diese beschissene Aktion, ja?« Ich habe angefangen zu schreien und denke, dass ich vorsichtiger sein sollte. Keine Ahnung, was in Jus krankem Gehirn so vor sich geht.

»Wenn du mit den Kindern zurückfährst, werden sie sterben.« Jus Stimme ist ganz ruhig. Er blickt mir nun direkt ins Gesicht und wirkt dabei so eindringlich, so voller Angst, dass ich ihm fast glaube, was er da sagt.

Aber ich weiß ja in der Zwischenzeit, dass Ju ein guter Schauspieler ist, und schüttle den Kopf. »Das klingt aber reichlich dramatisch – *sterben!* Was ist das denn für ein Unsinn? Warum sollten Mia und Bennie denn sterben?«

»Kein Unsinn.« Er räuspert sich. »Anja ist krank und deshalb macht sie die Kinder krank.«

»Was für eine Krankheit soll das denn sein? Dann wären ja auch Stefan und ich gefährdet und jeder, der mit ihr zu tun hat.«

»Es ist eine psychische Krankheit.«

»Ich habe noch nie gehört, dass Irrsinn ansteckend wäre.« Ich gebe ein kleines Lachen von mir, das aber irgendwie verunsichert klingt. Meine Kehle ist rau vom Schreien und ich muss hart schlucken. Ju sieht so ruhig und gefasst aus, das gefällt mir nicht. Und obwohl ich immer noch sehr wütend auf ihn bin, habe ich nicht das Gefühl, dass er verrückt ist.

»Sie leidet am Münchhausen-Stellvertreter-Syndrom«, sagt Ju, während er Bennie immer wieder beruhigend über den Rücken streichelt. »Das ist eine psychische Erkrankung, bei der Mütter ihre Kinder absichtlich krank machen, um mehr Aufmerksamkeit zu bekommen.«

»Davon habe ich noch nie gehört.« Das klingt alles sehr verrückt. Mia wimmert leise in meinem Arm.

»Du kannst es gerne im Internet überprüfen. Auch wenn du es nicht glaubst, aber es gibt Mütter, die ihren Kindern das antun.«

Ju klingt dabei so unendlich traurig, dass mir eine Gänsehaut über den Rücken läuft. »Und woher willst du wissen, dass Anja so etwas macht?«, frage ich ihn.

Er windet sich etwas. »Ich weiß es einfach. Leider habe ich noch keine Beweise. Trotzdem wollte ich nicht warten, bis einer der Zwillinge tot ist. Ich hatte gehofft, du könntest meine Verbündete werden, könntest mir dabei helfen, Anja zu überführen, aber ich habe es komplett vermasselt. Dabei habe ich dir die Artikel in den Koffer gelegt.«

»Du warst das?«, rufe ich erstaunt aus. »Aber was haben denn die Artikel mit diesem Münchhausen-Dings zu tun? Warum hast du mir nicht einfach von deinem Verdacht erzählt?«

»Weil niemand, der bei Verstand ist, solchen Verdächtigungen zuhört – oder hättest du mir geglaubt?«

»Nein«, sage ich sofort, ohne darüber nachdenken zu müssen.

»Und jetzt, glaubst du mir jetzt?«

Wenn ich das nur wüsste. Ju kommt mir ehrlich gesagt gerade nicht vor wie ein Verrückter, und ich glaube auch nicht, dass er für die Kinder Lösegeld haben will. Also warum hat er sie dann entführt? Weil Anja, diese Vorzeigemutter, ihre Kinder krank macht? Was für eine Schnapsidee!

»Wir müssen zurück. Die Zeltners drehen bestimmt durch, wenn sie nach Hause kommen und ich bin mit den Kindern einfach verschwunden. Abgesehen davon – hast du wirklich geglaubt, du könntest die Kleinen einfach so wegbringen und irgendwo verstecken?« Ich schüttle den Kopf. »Wenn ein Kind entführt wird, schaltet die Polizei sofort die Öffentlichkeit ein, das läuft im Fernsehen rauf und runter. Man würde dich mit den Zwillingen leicht finden und dann . . .«

»Aber dann sterben die beiden.« Jus Stimme schnappt über.

In seinem Gesicht blitzt etwas auf. Tränen.

»Ich . . . bitte, Blue . . .«

»Ju, Ju, wir müssen zurück. Ich muss zurück, mit den Kindern! Auf der Stelle!« Panik steigt in mir auf, wenn ich mir vorstelle, wie Anja gerade die Kinderzimmertüre öffnet.

»Dann versprich mir, dass du sie nie aus den Augen lässt.« Seine Stimme zittert, aber er sagt es so flehend, dass es mir die Kehle zuschnürt. Wortlos und mit hängenden Schultern geht Ju schließlich zum Auto und setzt Bennie liebevoll in den Kindersitz, wo ihm sofort die Augen zufallen.

Ich setze Mia in den anderen Kindersitz, Ju öffnet die Fahrertür und hält sie mir auf. Für einen Moment glaube ich, er wird mich wegstoßen und mit den Zwillingen wegfahren, wird mich linken, wie vorhin im Haus.

Aber nein, er tritt einen Schritt zurück und sieht mich stumm an. Einen Moment starre ich in Jus Gesicht und eine Frage beginnt sich in meinem Kopf zu formen.

»Eins noch, Ju. Ich verstehe einfach nicht, warum du dich so sehr für diese Kinder interessierst! Kennst du die Zeltners?«

»Ich . . .« Er wischt sich über die Wangen und richtet sich auf. »Ich studiere Medizin und arbeite als Kinderpfleger in der Kinderklinik. Ich war auch so ein Opfer. Aber ich habe Glück gehabt, ich habe überlebt und werde dafür sorgen, dass Mütter damit nicht mehr durchkommen.«

Und warum glaube ich ihm das nicht?

Er muss meinen skeptischen Gesichtsausdruck gesehen haben, denn er wirft die Autotür ins Schloss. »Bitte, Blue, beschütze sie, und sobald du einen Beweis findest, ruf die Polizei.«

Er greift durch das offene Fenster und legt seine Hand auf meine Schulter. »Verzeih mir, wenn ich dir Angst gemacht habe, verzeih mir, dass ich dich benutzen wollte. Es tut mir leid, so unendlich leid.«

Ich lasse den Motor an, weil ich nicht weiß, was ich sagen soll. Als ich auf das Gaspedal trete, merke ich plötzlich wieder, wie weh mir mein Fuß tut.

»Ju, wie heißt du eigentlich richtig, wo wohnst du, wo kann ich dich erreichen?«

»Ich bin immer in deiner Nähe. Da kannst du sicher sein.«

»Aber was ist, wenn ich Hilfe brauche?«

»Ich werde da sein. Ich werde dir ein deutsches Handy besorgen und meine Nummer einspeichern. Es wird morgen in deinem Zimmer liegen.«

Ich bin gerade nicht mehr in der Lage, mich über irgendetwas zu wundern. Deshalb nicke ich einfach und habe dabei nur noch ein Ziel vor Augen: die Zwillinge so schnell wie möglich nach Hause und in Sicherheit zu bringen.

Da ich auf dem schmalen Weg nirgends drehen kann, muss ich rückwärts fahren, was mir nach allem, was passiert ist, den Rest gibt. Meine Beine zittern, als wären sie an eine Stromleitung angeschlossen. Und meine Hände am Lenkrad sind so glitschig, dass ich sie andauernd an meinen Shorts abwischen muss.

Ich bete, dass die Zwillinge jetzt nicht aufwachen, und hoffe, dass die Zeltners nicht vor mir zu Hause sein werden.

Nach einer Ewigkeit erreiche ich die Schranke, sie ist noch oben, *thank God!* Ich fahre durch und kann endlich an einer Einbuchtung drehen. Und während ich durch den dunklen Wald fahre, höre ich immer wieder Jus Stimme:

Beschütze sie.

Ich war auch ein Opfer.

Sie werden sterben.

Ich fahre schneller.

18.

Außerdem ging es dir immer besser, wenn deine Mutter nicht in der Klinik war, und so kam es, dass ich anfing, einen ungeheuerlichen Verdacht zu schöpfen.

Schon von Weitem sehe ich das Haus der Zeltners. Alle Außenlampen sind angeschaltet und auch von innen quillt Licht in die Nacht.

Ich brauche eine gute Ausrede. Eine sehr gute Ausrede.

Etwas, das sie mir glauben, denn wenn ich erzähle, was wirklich passiert ist, müssten sie mich sofort entlassen, und ich habe Ju versprochen, die Zwillinge zu beschützen. Also muss ich alles tun, um meinen Job zu behalten – auch wenn ich immer noch nicht glauben kann, was Ju mir gerade erzählt hat.

Als ich in die Garage fahre, stürzen Anja und Stefan aus dem Haus. Sie reißt die Fahrertür auf. »Wo warst du?« Ihre Worte hacken auf mich ein, schneidend wie ein Fallbeil. Unwillkürlich zucke ich zusammen, schrumpfe. Hat sie etwas am Lack entdeckt, das ihr unser Abenteuer verraten könnte? Ich richte mich wieder auf, lehne mich ein Stück nach draußen und mustere verstohlen das Auto. Erleichtert stelle ich fest, dass es den Ausflug durch den Wald ohne große sichtbare Schäden überstanden hat.

Stefan kommt näher. »Jetzt lass sie doch erst mal aussteigen.«

Ich versuche aufzutreten, aber ich schaffe es nicht. Das bringt mich auf eine gute Idee. »Mein Fuß . . .«, stottere ich, »deshalb wollte . . .«

Anja verdreht die Augen. »Erzähl mir keine Märchen, was hattest du mit den Kindern um diese Zeit draußen zu suchen? Wir brauchen kein kleines Flitt. . .«

»Anja, bitte«, mischt sich Stefan von hinten ein, »jetzt lass sie doch erst mal zu Ende sprechen!«

»So eine Herumtreiberin, die die Kinder zu ihren billigen Treffen mitnimmt, hat mir gerade noch gefehlt!«, sagt Anja, ohne ihren Mann zu beachten, der genervt die Arme in die Luft wirft.

»Ich habe mich nicht heimlich mit jemandem getroffen«, sage ich und werfe Anja einen wütenden Blick zu, »sondern bin die Treppe runtergefallen und wollte zu einem Arzt fahren und die Kinder nicht allein lassen.« Die Lüge geht mir plötzlich ganz leicht über die Lippen.

»Aber warum hast du uns denn nicht angerufen?« Stefan legt seine Hand beschwichtigend auf die Schulter seiner Frau.

»Weil . . .«, jetzt denk nach, Blue, sag was echt Überzeugendes, ». . . weil ich dachte, ihr freut euch so auf diesen freien Abend. Ich habe geglaubt, ich würde das schon schaukeln. Aber ich habe keinen Arzt gefunden.«

»Dachtest du, da steht einer auf der Straße und wartet auf dich, oder wie genau hattest du dir das vorgestellt?« Anja hat die hintere Tür aufgemacht und holt Mia aus dem Auto.

»Ich habe nicht nachgedacht, es tut mir leid. Ich hab's nur gut gemeint.« Die Erleichterung darüber, dass sie mir meine

Lügengeschichte abzunehmen scheinen, treibt mir Tränen in die Augen. »Und ich wollte kein Umstände verursachen.«

»Ist ja schon gut«, sagt Stefan und klopft mir beruhigend auf die Schulter, während Anja Mia ins Haus bringt.

»Nimm Bennie!«, befiehlt sie Stefan, »und sieh zu, dass er ins Bett kommt. Mit Blue können wir später noch reden.«

Stefan zwinkert mir zu und zum ersten Mal finde ich diese Geste tröstlich. Dann holt er Bennie aus dem Wagen und verschwindet mit ihm im Haus.

Ich versuche aufzustehen, aber meine Beine zittern so sehr und der Knöchel ist elefantös dick, sodass ich es einfach nicht schaffe. Nach einer Ewigkeit, während der ich dasitze und einfach nur nach draußen starre, kommt Stefan wieder zurück.

»Zeig mal.«

Ich halte ihm das zitternde Bein mit dem dicken Knöchel hin.

»Oh, das sieht nicht gut aus. Das sollten wir schleunigst kühlen.«

»Es tut mir leid, aber ich kann nicht aufstehen.«

Er beugt sich zu mir und umschlingt meine Schulter, greift unter den Knien durch und trägt mich ins Haus. So freundlich und ohne jedes Murren, dass mir erneut Tränen in die Augen schießen. Aber ich will nicht weinen, kein Selbstmitleid jetzt, ich reiße die Augen weit auf und versuche, ruhig zu atmen. Ich muss unter allen Umständen verhindern, dass sie mich rauswerfen.

Ju kann stolz auf sich sein – ich habe ihm nicht wirklich geglaubt, aber er hat es geschafft, mich nervös zu machen, und nun muss ich mich davon überzeugen, dass er total falsch liegt.

Anja ist noch oben bei den Zwillingen, als Stefan mich auf dem weißen Sofa ablegt. Sofort habe ich Angst, dort Flecken zu hinterlassen, aber Stefan besteht darauf, dass ich sitzen bleibe, und verschwindet dann in der Küche.

Er kommt mit einem blauen Eispack wieder, verstaut ihn in einer Stoffhülle und legt ihn auf meinen Knöchel.

»Dumm gelaufen!«, sagt er.

»Nein, ich bin gefallen«, erkläre ich, was ihn zum Lachen bringt.

»Werdet ihr mich jetzt nach Hause schicken?«, frage ich und muss mich räuspern, weil mir plötzlich ein Kloß im Hals steckt.

Er schüttelt den Kopf. »Nein, das sieht nur nach einer kleinen Prellung aus. Dann spielst du eben mit den Kindern auf dem Boden und krabbelst mit ihnen um die Wette«, meint er grinsend.

»Stefan gibt gerne den Arzt, ohne eine Ahnung zu haben«, kommentiert Anja, deren Näherkommen ich gar nicht bemerkt habe, spöttisch über seine Schulter. »Lass mich mal sehen.« Sie setzt sich zu mir und bewegt den Fuß hin und her. Besonders behutsam geht sie dabei nicht vor und ich ziehe scharf die Luft ein.

»Könnte sogar sein, dass Stefan ausnahmsweise mal recht hat.«

»Anja hat früher als Physiotherapeutin gearbeitet«, erklärt Stefan.

»Trotzdem ist ein verletztes Au-pair-Mädchen nicht wirklich zu etwas zu gebrauchen, oder?«

Stefan funkelt seine Frau wütend an. »Lass uns das später besprechen.«

»Hast du Schmerzen?«, fragt Anja mich jetzt ein bisschen sanfter.

»Ja, aber es geht schon.« Ich bin so froh, dass ich es geschafft habe, die Kinder zurückzubringen, und so erledigt, dass ich sofort einschlafen könnte.

»Ich bringe dir ein paar Schmerztabletten und dazu empfehle ich dir Arnika-D6-Kügelchen, das hilft beim Abschwellen.« Sie steht wieder auf. »Es tut mir leid, wenn ich vorhin etwas grob war, ich habe mir nur solche Sorgen um die Kinder gemacht ... Ich wusste ja nicht, was los war.« Ihre Augen füllen sich mit Tränen. Stefan geht auf sie zu und umarmt sie.

»Ich verstehe das«, sage ich und denke daran, dass ihr Sohn vor langer Zeit entführt worden ist – und nie wieder gefunden wurde. Und dann schäme ich mich, dass ich Ju überhaupt auch nur eine Sekunde lang zugehört habe.

Anja schnieft, wehrt Stefans Arme ab und geht zur Gästetoilette. Ich kann hören, wie sie den Medizinschrank öffnet.

Stefan zuckt mit den Schultern. »Irgendwann muss man sich mit seinem Schicksal versöhnen, sonst wird man krank davon«, flüstert er vor sich hin, geht zum Sideboard und holt von dort ein Glas Whiskey. »Willst du auch eins?«, fragt er, nachdem er einen großen Schluck aus seinem Glas getrunken hat.

Ich schüttle den Kopf und kapiere wie so oft nicht, was in diesem Stefan vor sich geht. Manchmal ist er so nett und dann wieder so ... grob.

Anja ist zurück, hält mir ein Schälchen mit Tabletten unter das Kinn und dann noch merkwürdige winzige Kügelchen, die aussehen wie Zuckerperlen für Mikrofeen. Sie reicht mir ein Glas Wasser und wirft einen abfälligen Blick auf das Whiskeyglas in Stefans Hand.

»Nimm das, und du wirst sehen, morgen geht es dir wieder

besser.« Sie lässt mich nicht aus den Augen, bis ich die drei Tabletten genommen habe. »Diese vier Kügelchen lässt du unter der Zunge zergehen. Und jetzt sollten wir alle ins Bett gehen.«

Ich kann nur noch nicken, schaffe es immerhin, mich vom Sofa hochzustemmen, ohne umzufallen, dann steht zum Glück schon Stefan da, der mich diesmal nicht trägt, aber bis zu meinem Zimmer stützt und mich dort ins Bett verfrachtet.

Ich muss dauernd gähnen, so dermaßen müde bin ich.

»Wenn du Hilfe brauchst, dann kannst du dich jederzeit an mich wenden.«

Ich kann nur noch nicken.

»Ich meine nicht nur wegen dem Fuß, sondern falls es noch etwas anderes geben sollte. Falls dich jemand belästigen sollte.«

Verblüfft starre ich ihn an. »Wie kommst du denn auf die Idee?«

Er greift in seine Hosentasche. »Das hier habe ich auf der Treppe gefunden, das musst du verloren haben. Es sieht so aus, als wäre es gerissen.« Stefan zieht Grannies Bettelarmband aus seiner Tasche und reicht es mir.

Mein Herz macht einen Sprung. Ich habe nicht einmal bemerkt, dass es nicht mehr da ist!

»Als ich es gefunden habe, musste ich komischerweise an den jungen Mann denken, der heute Nachmittag bei dir war. Ich will dir ja nicht zu nahe treten, Blue. Du kannst natürlich treffen, wen du willst. Aber auf mich hat er eher einen . . .«, Stefan ringt um Worte, ». . . einen gehetzten Eindruck gemacht. Ich hoffe, ihr hattet keinen Streit oder so was?«

»Ich, äh, nein, also, danke. Danke für das Armband.« Mehr fällt mir dazu nicht ein. Wenn Stefan Ju schon suspekt war –

was würde er dann erst über Felix sagen? Aber ich werde ganz bestimmt nicht erzählen, was heute Abend auf dem Holzdeck passiert ist – und vor allem, was danach geschehen ist . . .

Stefan legt das Armband auf meinen geöffneten Handteller, dann dreht er sich um und geht. Er ist schon fast zur Türe raus, als er noch mal stehen bleibt. »Wir sollten Anja nichts davon sagen, dass du Besuch hattest. Sie reagiert einfach über, wenn es um die Zwillinge geht. Auch das, was sie vorhin in der Garage gesagt hat, war nicht so gemeint. Tja, also dann, gute Nacht.« Er verlässt das Zimmer und schließt leise die Tür hinter sich.

Ich starre auf Grannies Armband, das zerrissen ist. Meine Hand fängt an zu zittern und mein Herz schlägt schneller, denn das Armband ist nicht nur kaputt. Nein, an Grannies Armband klebt etwas Rotes.

Es sieht aus wie Blut.

19.

Doch weil ich es selbst kaum glauben konnte, ließ ich mich zum Nachtdienst versetzen, um sie zu beobachten, wenn sie nachts bei dir blieb. Und wenn ich es nicht mit eigenen Augen gesehen hätte, dann hätte ich es auch nicht für möglich gehalten.

Es ist noch dunkel, als ich mit schrecklichen Bauchkrämpfen aufwache, wie ich sie sonst nur kenne, wenn ich meine Tage habe, aber die sind gerade vorbei. Nein, das hier muss etwas anderes sein.

Ich stehe viel zu schnell auf und falle prompt vor meinem Bett hin, weil ich wegen der Krämpfe vergessen habe, dass mein Fuß lädiert ist. Auf allen vieren krieche ich zum Klo und hoffe, dass ich es rechtzeitig erreiche. Ich muss etwas Falsches gegessen haben – nur dass ich mich schon gar nicht mehr daran erinnern kann, wann ich überhaupt zuletzt etwas gegessen habe.

Ich schaffe es gerade so und fühle mich ziemlich schwach und zittrig. Kalter Schweiß steht mir auf der Stirn. Das muss von dem aufregenden Tag gestern kommen, es ist schließlich so viel passiert – so etwas kann einem doch auf den Magen schlagen, oder?

Nachdem ich die Hände und mein Gesicht gewaschen habe, schleppe ich mich zurück zum Bett, kann aber nicht mehr einschlafen. Mein Blick fällt auf Grannies kaputtes Armband auf dem Nachttisch; auf den vielen kleinen Anhängern spiegelt sich der Mond, dessen kaltes blaues Licht durch das Fenster in mein Zimmer fällt. Ich kann mich nicht erinnern, wo ich es verloren habe, aber wenn Stefan es auf der Treppe gefunden hat, dann muss es passiert sein, als ich vor Felix davongelaufen und gestürzt bin.

Offensichtlich sind noch alle Anhänger dran, jedenfalls alle meine Lieblingsstücke. Ich schalte die Lampe auf meinem Nachttisch ein, nehme das Armband in die Hand und schaue es genauer an. Das, was vorhin rot war, ist jetzt bräunlich – es sieht wirklich sehr nach Blut aus. Ich betrachte das Handgelenk, an dem ich das Armband sonst immer trage – und tatsächlich sind dort ein paar Stellen, an denen die Haut von dem Sturz abgeschürft ist. Daher also das Blut . . . Ich werde das Armband ordentlich abschrubben und Anja nach einem Juwelier fragen.

Da mich meine Magenschmerzen sowieso nicht schlafen lassen, humple ich zu meinem Laptop und schalte ihn mal wieder ein – und zu meiner großen Überraschung funktioniert das Internet. Ich rufe alle meine Mails ab, es sind mindestens zehn von Vicky und drei von Grannie und Mom. Zuerst klicke ich die von Vicky an, aber alles, was sie schreibt, kommt mir vor wie von einem anderen Stern. Paris! Großstadt. Sie gibt ganz schön an, alles ist toll, die Villa, die Leute, der Job, die Kinder.

Frustriert schaue ich aus dem Fenster. Während Vicky sich ein schönes Leben in Paris macht, sitze ich hier, mit Bauchkrämpfen, verschwitzt, in einem *one-horse town in the middle of nowhere*, umgeben von lauter *nerds*. Wie soll ich das denn jemals in eine Mail packen? Und was das Schlimmste ist – ich kann mich nicht mal beklagen, denn ich wollte ja unbedingt hierher!

Nur wegen des wunderschönen Gedichtes, das ich in Omas Sachen gefunden habe . . . Dachte, ich würde hier ihre große Liebe finden und könnte ihr so etwas von all dem zurückgeben, was sie mir gegeben hat, als Mom und Dad wegen ihrer Krise nicht in der Lage waren, sich um mich zu kümmern. Und erst jetzt fällt mir der Brief wieder ein, den ich Felix gestern Abend abgenommen habe.

Vergessen ist Vicky, vergessen ist Paris. Aufgeregt humple ich zum Bett und ziehe den Brief unter dem Kopfkissen hervor. Was, wenn Felix mich angeschwindelt hat und es gar kein Brief von Georg ist? Aber es ist dieselbe mattblaue Schrift wie in dem anderen Brief, den ich gefunden habe:

Weitersheim, den 12. Juli 1968

Hey Suzanne,

I loved you in the morning, our kisses deep and warm,
your hair upon the pillow like a sleepy golden storm,
yes, many loved before us, I know that we are not new,
in city and in forest they smiled like me and you,
but now it's come to distances and both of us must try,
your eyes are soft with sorrow,
Hey, that's no way to say goodbye.

Und anders als Cohen sagen wir ja auch nicht goodbye, wir sehen uns bald. Ich kann es kaum erwarten, ihn und diese spießigen Mistgurken, die sich meine Schwestern nennen, zu verlassen. Na ja, du kennst sie ja. Bei denen ändert sich nie was, sie sind genauso wie er, ihre Blockwartmentalität macht mich krank, ihr Sinn für Humor ist nicht mal unterentwickelt, er ist einfach nicht existent.

Sie halten diese audiokranke Missgeburt »Wir wollen niemals auseinander gehen« von Heidi Brühl tatsächlich für Musik. Ich muss jedes Mal grinsen, weil sie nicht wissen, wie weit weg ich eigentlich schon bin. Meine Musik halten sie allen Ernstes für Negergeplärre. Deshalb haben sie auch meinen Ausweis und das Visum bisher nicht gefunden, obwohl sie ja alles regelmäßig durchkämmen – angeblich um sauberzumachen. Du hättest ihr Gesicht sehen sollen, als sie neulich deine leere Pillenschachtel entdeckt haben.

Apropos – ich träume unablässig von dir und davon, dass wir Cohen live singen hören werden ...

Wenn du diesen Brief liest, bin ich schon unterwegs und werde in Kürze bei dir in Frisco sein.

Heute werde ich es tun.

Ja, ja, ja, du hattest mal wieder recht. Ich hätte es gleich mit dir zusammen tun sollen, weil ich allein doch wieder nicht so mutig bin, wie ich es gerne wäre. Ich möchte trotz allem, womit ich ihn konfrontieren muss, einfach gern in Frieden gehen.

Du kennst ihn ja. Aber heute werde ich es tun.

Ich habe alles, was dieser Verräter im Krieg zu Unrecht zusammengerafft hat (all das Zahngold und den Schmuck), versteckt. So, wie wir es besprochen haben. Und ich werde ihm erst sagen, wo sein elender »Schatz« ist, wenn er mich in Frieden gehen lässt und versprochen hat, sein Unrecht wiedergutzumachen.

Mir gefällt der Ort, den ich als Versteck ausgesucht habe. Direkt vor seiner Nase und doch so weit weg. Geradezu symbolisch – jedenfalls für das, was wir für unser Leben

wollen.
Den einen Schlüssel zu diesem Ort habe ich dir längst gegeben, den anderen trage ich bei mir, für ihn. Nachher. Du merkst, dass ich diesen Brief missbrauche, um mir Mut zu machen. Dich missbrauche. Verzeih mir.
Es ist ja auch so unnötig, denn er wird mich sowieso nicht verstehen, so wie er Mutter nie verstanden hat. Er hält mich für einen Waschlappen, eine Heulsuse, weil ich es wage, mich ihm zu widersetzen, und er glaubt allen Ernstes, erst dein Einfluss hätte mich dazu gebracht, in der Vergangenheit herumzuwühlen.
Er hätte sich einen Dreck darum geschert, dass Mutter mir das Armband für dich schenken wollte, und wenn der Herr Pfarrer nicht zufällig an dem Sonntag dabei gewesen wäre, hätten es sich die Mistgurken geschnappt. Aber in Anwesenheit der heiligen Kirche konnten sie der Schwerkranken ihren Wunsch ja nur schlecht abschlagen. Diese Heuchler!
Aber was soll's, wir werden anders leben. Ohne diesen ganzen Mist, den ich nicht mehr ertragen kann – von wegen Pflicht und Ehre und Gründlichkeit. Man sieht ja, wohin Deutschland das geführt hat: In die Hölle.
Und wir hauen daraus ab.
Mein Liebling, ich kann's kaum erwarten. Jetzt habe ich wieder mehr Mut und werde nun runtergehen und es hinter mich bringen.

Come mothers and fathers troughout the land
And don't criticize what you can't understand
Your sons and your daughters are beyond your command
Your old road is rapidly aging
Please get out of the new one if you can't lend your hand
For the times they are A-changin'

O mein Gott. Ich halte atemlos inne und versuche zu verstehen, was Georg in diesem Brief geschrieben hat. Ich kehre zu den Zeilen zurück, in denen er von seinem Vater erzählt. Scheinbar hatte dieser eine dunkle Vergangenheit während der NS-Herrschaft, auch wenn ich die Zusammenhänge nicht wirklich verstehe.

Grannie hat den Brief nie erhalten – und Georg ist niemals irgendwo aufgetaucht, nachdem er diese Zeilen geschrieben hatte. Und nach allem, was in diesem Brief steht, gibt es dafür nur eine einzige Erklärung: Er muss tot sein. Dabei ist dieser Brief so voller Leben ... Ich hätte ihn gern kennengelernt, meinen Opa.

Wie traurig, dass Grannie erst in Kalifornien gemerkt hat, dass sie von Georg schwanger war, davon hat er anscheinend nie erfahren. Ob ihm diese Verantwortung gefallen hätte? Grannie muss diesen Brief hier unbedingt lesen, obwohl sie ja der Meinung ist, man soll an Vergangenem nicht rühren.

Als ich Grannie einmal gefragt habe, warum sie nicht zurückgegangen ist und Georg gesucht hat, da hat sie gesagt: »Kindchen, was hätte ich denn in diesem Kaff gesollt? Er ist nicht gekommen, also waren seine Worte so viel wert wie lauwarmes Bier. Ich habe drei Wochen gewartet, dann sehr viele Briefe geschrieben, auf die ich nie eine Antwort bekommen habe.«

»Aber es hätte ihm doch etwas passiert sein können, vielleicht ist er krank geworden?«

»Dann hätte er es geschafft, sich zu melden, oder eine seiner Schwestern hätte mir auf einen meiner Briefe geantwortet. Es war seine Entscheidung.«

»Und warum bist du nicht hingefahren und hast nachgeforscht?«

Grannie hatte die Hände hochgeworfen und den Kopf geschüttelt. »Ich bitte dich, Blue, als Frau mit Kind ohne Mann – das war Ende der Sechzigerjahre in so einem Ort noch völlig undenkbar. Außerdem musst du nach vorne schauen, man sollte nicht zurückgehen, niemals. Es kann nie mehr so werden, wie es einmal gewesen ist.«

»Wenn man alles hinter sich lassen soll«, wollte ich dann wissen, »warum hast du Mom und mir dann Deutsch beigebracht?«

»Das wiederum ist ganz einfach, Kleines. Diese Sprache gehört zu deinen Wurzeln und es ist wichtig, sie zu kennen. Aber wenn du dein Leben immer nur damit verbringen würdest, wieder eine Wurzel zu werden, dann könntest du ja niemals wachsen und Früchte tragen.«

Damit hat sie das Gespräch beendet. Es war das einzige Mal, dass sie wirklich mit mir über ihre Vergangenheit im Hinblick auf Georg gesprochen hat. Und es war der Tag, an dem sie mir das Armband gegeben hat, das Georg ihr damals geschenkt hatte. Er hatte ihr zu dem Armband seiner Mutter einige neue Anhänger gekauft, von denen er dachte, dass Grannie sie mögen würde. Schon als kleines Mädchen wollte ich das Armband gerne haben, aber Grannie hat mir immer nur Geschichten zu den Anhängern erzählt und versprochen, ich würde es dann bekommen, wenn ich so weit wäre.

Nun weiß ich, dass das Armband ein Geschenk von Georgs Mutter war – und dass seine Schwestern es gerne gehabt hätten. Hat deshalb Felix' Oma gesagt, es würde Blut daran kleben? Oder steckt noch etwas ganz anderes dahinter? Ich nehme das Armband, humple ins Bad und schrubbe es sauber.

Auf alle Fälle hat Felix recht. Georg redet von einem Schatz, den er versteckt hat. Aber offensichtlich klebt auch an diesem Schatz Blut, denn Georg wollte ja nichts davon haben, jedenfalls nicht für sich. Ich muss unbedingt mit Felix reden, mich entschuldigen für mein Verhalten gestern Abend. Und dann müssen wir uns zusammensetzen und herausbekommen, wo Georg und wo dieser ominöse Schatz sein könnte.

Ich pfeife auf alles, was Vicky in Paris erlebt, wenn ich dieses Familiengeheimnis lüften kann! Ich lese den Brief noch einmal und frage mich, ob wir je herausfinden werden, was mit Georg passiert ist – oder ob wir es schaffen, diesen Schatz zu finden. Georg gibt nicht gerade besonders viele Hinweise darauf, wo er die Sachen verstecken wollte.

Es dämmert, die Vögel fangen an zu zwitschern und meine Bauchkrämpfe lassen endlich nach.

Ich schreibe eine ewig lange Mail an Vicky, in der ich ihr erzähle, dass ich schon zwei böse coole Typen kennengelernt habe, die ganz wild darauf sind, mit mir auszugehen, und ich demnächst vielleicht auch noch ein Geheimnis lüften und einen alten Familienschatz finden werde. Mom und Grannie schreibe ich auch, aber ich verrate ihnen nicht, dass Felix und ich Georgs Visum, seinen Pass und diesen Brief gefunden haben. Dann lese ich Georgs Brief ein weiteres Mal, kann mir aber noch immer keinen Reim darauf machen. Ich lege ihn zur Seite.

Geheimnisse und Lügen.

Der Gedanke bringt mich zu Ju und Münchhausen, dem Lügenbaron. Dann wollen wir doch mal sehen, ob Ju die Wahrheit gesagt hat. Leider weiß ich nicht mehr genau, wie der Begriff lautete, den er für Anjas angebliche Krankheit verwendet hatte.

Ich versuche es mit »Münchhausenkrankheit« bei Wikipedia. Dazu gibt es keinen Eintrag, aber ich stoße auf einen Link zum »Münchhausen-Syndrom« – das es scheinbar wirklich gibt. In dem Artikel steht, dass die Patienten, die unter diesem Syndrom leiden, sich Krankheiten ausdenken und auch Operationen in Kauf nehmen, nur um medizinische Zuwendung zu bekommen. Manche fügen sich sogar selbst Verletzungen oder Vergiftungen zu, um eine Krankheit glaubhaft vortäuschen zu können.

Wenn ich es nicht schwarz auf weiß vor mir sehen würde, hätte ich niemals geglaubt, dass es so etwas Ungeheuerliches tatsächlich gibt!

Dann lese ich weiter, dass viele Leute, die unter diesem Syndrom leiden, oft schwerwiegende Untersuchungen und Eingriffe fordern, die das vorgetäuschte Krankheitsbild verschlimmern oder sogar erst hervorrufen können. Das Schlimmste aber ist, dass die Patienten meistens sofort den Arzt wechseln, sobald der die Möglichkeit einer psychischen Erkrankung anspricht. Deshalb ist die Prognose für die Betroffenen eher schlecht.

Ein Stück weiter unten auf der Seite entdecke ich schließlich das, wovon Ju gestern Nacht gesprochen hat – das Münchhausen-Stellvertreter-Syndrom.

Okay, wir haben in der Schule gelernt, dass nicht alles, was bei Wikipedia steht, auch hundertprozentig korrekt ist, aber immerhin scheint es diese Krankheiten wirklich zu geben. Als ich anfange zu lesen, was unter diesem Stichwort steht, fängt mein Bauch wieder an zu grummeln.

Bei diesem Syndrom täuscht der Erkrankte bei einem anderen Menschen Krankheiten vor – es sind meistens Mütter, die das bei den eigenen Kindern tun. Manchmal provozieren sie die Krankheiten auch tatsächlich, indem sie heimlich Medikamente oder pflanzliche Stoffe verabreichen, nur um dann einen Arzt oder ein Krankenhaus aufsuchen zu können und dort intensiv betreut zu werden.

Das Ganze erscheint mir so wahnsinnig, dass ich es mir kaum vorstellen kann. Wie im Fieber lese ich weiter.

Unter Umständen kann diese sehr schlecht beweisbare Art der Kindesmisshandlung auch bis zum Tod des Opfers führen.

Mir wird schwindelig. Das ist es, wovon Ju gesprochen hat!

Als Nächstes geht es darum, wie man erkennen kann, ob es sich bei jemandem tatsächlich um das Münchhausen-Stellvertreter-Syndrom handelt. Ein untrügliches Merkmal ist, dass die Mutter das Kind immer wieder zu medizinischen Untersuchungen und Behandlungen bringt. Die Krankheiten des Kindes werden vorgetäuscht oder künstlich erzeugt und die Beschwerden nehmen deutlich ab, wenn die Mutter vom Kind getrennt wird.

Es stimmt zwar, dass Anja die Kinder wirklich oft zum Arzt bringt, und als Bennie und Mia mit mir alleine waren, kamen sie mir putzmunter vor – aber trotzdem glaube ich nicht, dass das, was da im Internet steht, auf Anja zutrifft. Ich meine, Anjas Verhalten ist doch vor dem Hintergrund ihrer Geschichte absolut verständlich und hat sicher nichts mit dieser Krankheit zu tun. Sie ist einfach nur besorgt!

Dieser Gedanke beruhigt mich ein bisschen, und als ich dann weiterlese, bin ich sicher, dass Ju derjenige ist, der nicht ganz richtig tickt!

Manche Mütter, steht in dem Artikel, würden ihre Opfer sogar bewusst vergiften oder ihnen Medikamente verabreichen, um bestimmte Symptome hervorzurufen.

Das ist einfach nur krank! Wie kommt Ju bloß auf diese

abstruse Idee, dass Anja unter diesem Syndrom leiden könnte? Sie ist so süß zu den Kleinen, so liebevoll und besorgt.

Aber warum sollte Ju sich so was Ungeheuerliches ausdenken, wenn nichts davon wahr ist?, rumort es in mir. Ich könnte mir allerhöchstens vorstellen, dass bei einer schmutzigen Scheidung wie der meiner Eltern so etwas behauptet wird, um an das Sorgerecht für ein Kind zu kommen. Doch Ju hat mit den Zeltners nicht das Geringste zu tun – oder weiß ich das nur nicht? Immerhin war er gestern Abend sogar bereit, die Kinder zu entführen, um sie zu schützen.

Plötzlich kommt mir noch ein Gedanke. Was, wenn er die Kinder einfach nur entführen wollte, um Geld zu erpressen? Und als er gemerkt hat, dass ich mit dem Auto schneller bin, hat er mir diese absurde Geschichte aufgetischt, um zu verhindern, dass ich die Polizei rufe. Außerdem hat er mich wieder mal belogen, als es darum ging, warum er sich so für Bennie und Mia interessiert. Er hat gestern behauptet, er würde in einer Kinderklinik arbeiten. Neulich aber, als ich sein Knie verarztet habe, hat er gesagt, er wäre Rettungssanitäter. Das sind doch zwei verschiedene Dinge, oder?

Mein Hirn fühlt sich an wie Wackelpudding, der in einer Zentrifuge hin und her geschleudert wird. Münchhausen. Lügen. Georg. Ein Schatz . . .

Ich muss raus hier, an die frische Luft.

Vorsichtig versuche ich, meinen Fuß zu belasten – zum Glück sieht er nicht mehr so dick aus wie gestern Abend. Mein Knöchel tut zwar immer noch weh, aber die Schmerzen sind nicht mehr ganz so schlimm und schließlich stehe ich ganz auf.

Ich humple zur Tür zum Garten und öffne sie. Es hat über

Nacht kaum abgekühlt, warm und klebrig strömt mir die Luft entgegen und bringt den Duft nach Blumen und Rasen mit. Ich gehe ein paar Schritte nach draußen, atme tief ein und genieße das nasse Gras unter meinen Füßen. Tautropfen glitzern in der Sonne, die sich gerade wie ein orangefarbener Ball hoch an den Himmel schiebt. Die Vögel begrüßen laut zwitschernd den neuen Tag, als gäbe es nichts anderes, nichts Wichtigeres. Es ist fast, als hätte es den gestrigen Tag nie gegeben, als wäre der letzte Abend nur ein böser Traum, Münchhausen nur ein Hirngespinst.

Da fällt mein Blick auf ein kleines Paket, das seitlich von der Tür auf dem Boden liegt. »Für Blue« steht obendrauf. Ich bücke mich, um es aufzuheben, und schüttle ein paar verirrte Ameisen von dem Päckchen, dann gehe ich wieder hinein, um es am Schreibtisch auszupacken.

Unwillkürlich schaue ich zu Grannies Armband – ich möchte keine Überraschungen mehr. Doch als ich dann sehe, was in dem Päckchen ist, bin ich enttäuscht. Es ist ein iPhone und ein Ladekabel. Ich hebe beides auf und schalte das Handy ein. Es ist, wie Ju versprochen hat, betriebsbereit und seine Nummer ist gespeichert. Und er hat eine Nachricht darauf hinterlassen:

Blue, was ich gestern Abend getan habe, war vollkommen bescheuert. Aber alles, was ich dir gesagt habe, ist wahr. Bitte sei vorsichtig. Sehr, sehr vorsichtig! Übe die Filmfunktion, damit du sie beherrschst. Du wirst sie brauchen, da bin ich sicher.

Jemand klopft an meine Zimmertür. Ich ziehe meinen Bademantel über, humple zur Tür und öffne sie.

»Darf ich reinkommen?« Es ist Stefan, der schüchtern vor der Tür stehen bleibt und mich zum Arzt fahren will.

Und obwohl ich protestiere, weil ich den Fuß ja schon wieder belasten kann, besteht er darauf, mit mir in die Praxis zu fahren. Er will aber sofort los, weil er einen Termin vereinbart und nur jetzt Zeit hat.

Also wasche ich mich kurz und ziehe mir eine Caprijeans und eine Bluse an. Und dann, als ich fast schon aus dem Zimmer bin, gehe ich zurück, nehme Grannies Armband und schiebe es in meine Hosentasche. In die andere stecke ich Georgs Brief.

Anja und die Kinder scheinen noch zu schlafen, als wir losfahren. Als ich Stefan frage, wo denn die nächste Arztpraxis ist, sagt er, dass wir nach Seebick fahren würden.

Nachdem wir dort angekommen und alle Aufnahmeformalitäten erledigt sind, erkundigt sich die Sprechstundenhilfe nach Anja. Sie sagt, dass sie schon so lange nicht mehr da gewesen sei, was Stefan etwas überrascht.

Obwohl wir einen Termin haben, müssen wir im Wartezimmer Platz nehmen. Stefan stöhnt und telefoniert hektisch mit seinem Büro. Ich nutze die Zeit, indem ich mir noch einmal Georgs Brief vornehme. Dieses Mal muss ich lächeln, als ich das mit den Mistgurken lese, denn eine von ihnen muss Felix' Oma sein.

> ... diese spießigen Mistgurken, die sich meine Schwestern nennen, zu verlassen. Na ja, du kennst sie ja. Bei denen ändert sich nie was, sie sind genauso wie er, ihre Blockwartmentalität macht mich krank, ihr Sinn für Humor ist nicht mal unterentwickelt, er ist einfach nicht existent.

Ich frage mich, was dieser Hinweis auf Heidi Brühl und diesen Song zu bedeuten hat. *Wir wollen niemals auseinander gehen* – warum hat er genau dieses Lied genommen?

Aber der eigentliche Schlüssel zu dem Versteck muss hier irgendwo liegen:

> Mir gefällt der Ort, den ich als Versteck ausgesucht habe. Direkt vor seiner Nase und doch so weit weg. Geradezu symbolisch – jedenfalls für das, was wir für unser Leben wollen.

Wo kann das sein, direkt vor seiner Nase? Symbolisch für das Leben, das sie führen wollten . . . Was denn für ein Leben? In einer Kommune in Kalifornien? Männer und Frauen und Blumenkränze – ja genau, *flower power* in Kalifornien! Was gab es denn noch für Parolen? *Love and Peace,* glaube ich. Aber Georg betont das Wort *Ort* so. Sie wollten nach San Francisco gehen, leider fällt mir dazu rein gar nichts ein. Es muss ja außerdem etwas sein, das es auch hier gibt. Aber Kalifornien und der Odenwald kommen mir vor wie das größte Gegensatzpaar überhaupt.

Gerade beschwert sich Stefan, weil es so lange dauert, und tigert ungeduldig durch das Wartezimmer. Ich fühle mich schuldig, trotzdem bin ich gerade so in meine Gedanken vertieft, dass ich Stefan einfach ausblende. Ich muss weitermachen, ich bin so neugierig und ganz sicher, dass ich kurz vor der Lösung stehe.

Also, noch mal – Kalifornien . . . Was weiß ich alles über Kalifornien? Ich grüble eine Weile vor mich hin, doch alles, was mir einfällt, sind irgendwelche Sachen, die ich irgendwann mal in der Schule gelernt habe. Zum Beispiel, dass es umstritten ist, woher der Name Kalifornien stammt. Manche behaupten, der Name käme aus dem Spanischen – *La Caliente Fornella,* was der heiße Ofen bedeutet.

Mein Magen knurrt plötzlich so laut, dass die alte Frau, die neben mir sitzt, von ihrer Zeitschrift aufschaut. Ich lächle sie schulterzuckend an, doch sie wendet einfach den Kopf ab und liest weiter. Jetzt, wo die Bauchkrämpfe weniger geworden sind, muss ich daran denken, dass ich weder gestern Abend noch heute Morgen etwas gegessen habe. Vielleicht haben wir ja auf dem Rückweg noch kurz Zeit und Stefan kann bei der Bäckerei vorbeifahren, damit ich Brötchen holen kann. Als ich mir den Duft in der Backstube vorstelle, läuft mir das Wasser im Mund zusammen. So sehr habe ich mich schon lange nicht mehr auf ein knuspriges Brötchen gefreut, am besten noch warm aus dem Backofen.

Und auf einmal dämmert es mir.

Das ist es! Das muss es sein. Der heiße Ofen!

Der Ofen in der Backstube! Damit würde auch der Hinweis stimmen, dass es direkt vor der Nase seines Vaters wäre. Wirklich eine geniale Idee von meinem Opa!

Ich kann es kaum erwarten, Felix zu sehen und ihm zu erzählen, wo sich das Versteck befindet. Hoffentlich ist er nicht mehr allzu böse wegen gestern Abend ...

In diesem Moment wird mein Name aufgerufen und ich werde in ein Sprechzimmer gebeten. Nach einer weiteren Ewigkeit werde ich untersucht, der Arzt diagnostiziert eine Verstauchung mit leichter Bänderdehnung. Er legt mir einen Zinkleimverband an und rät mir, das Bein nicht übermäßig zu belasten, sondern ruhig zu halten und zu kühlen. Ich überlege noch, ob ich etwas von den Bauchkrämpfen erzählen soll, aber da verabschiedet sich der Arzt schon und wir fahren wieder zurück.

Stefan ist die ganze Zeit über auffallend schweigsam. Ich bin mir ziemlich sicher, dass er Streit mit Anja darüber hatte, ob ich weiter bei ihnen arbeiten darf oder nicht – und jetzt kommt er wegen mir auch noch zu spät ins Büro.

»Es tut mir wirklich leid, dass ich euch so zur Last falle«, sage ich deshalb. Aber durch meinen Kopf wirbelt immer nur: heißer Ofen, heißer Ofen. Mann, das muss ich Felix sagen. Am besten sofort!

Stefan dreht sich zu mir und ringt sich ein Lächeln ab. »Es ist alles in Ordnung, Anja ist manchmal eben ein bisschen ... ähm ... schwierig.«

»Wie wäre es dann, wenn wir ein paar leckere Brötchen und Croissants fürs Frühstück holen? Natürlich nur, falls du es zeitlich noch schaffst.« Ich schäume förmlich über vor guter Laune – so schlage ich zwei Fliegen mit einer Klappe und auch Stefans Miene hellt sich merklich auf.

»Eine ausgezeichnete Idee, Blue!«

Wir halten auf dem Parkplatz vor der Bäckerei und meine gute Laune bewirkt, dass ich die graubeigen Häuser im Dorf heute richtiggehend hübsch und idyllisch finde. Im Vorgarten der Bäckerei fangen gerade die dicken hellrosa Kugeln der Pfingstrosen an aufzublühen. Eine Katze streicht um die beiden Margeritenbäumchen, die in blauen Töpfen vor dem Eingang stehen. Plötzlich schießt sie davon, und als ich ihr hinterherschaue, sehe ich, dass sie zu dem Häuschen auf der Säule geflitzt ist, weil sich dort auf dem Dach gerade eine Schar laut zwitschernder Grünmeisen niedergelassen hat.

»Was ist das eigentlich?«, frage ich Stefan und zeige auf das reich verzierte Häuschen mit den vielen Türen.

»Ein altes Taubenhaus.« Wir steigen aus, Stefan kommt auf meine Seite und stützt mich beim Gehen. »Hier gab's früher mal einen richtigen Brieftaubenzüchterverein, ich glaube, es war der größte im vorderen Odenwald. Aber das ist lange her. Zum Glück.« Er sucht meinen Blick und grinst. »Anja kann Tauben nicht ausstehen, sie sagt, das wären die Ratten der Lüfte.«

Ein altes Ehepaar kommt uns entgegen, Stefan hilft ihnen mit dem Rollator durch die Tür, dann betreten wir den Laden, in dem es so intensiv nach frischem Brot und warmer Schokolade duftet, dass sich mein Magen schmerzhaft zusammenzieht – diesmal zum Glück vor Hunger.

Felix rechnet gerade die Bestellung einer Kundin zusammen, seine Oma ist zum Glück nicht im Laden. Als er mich sieht, wird er knallrot und verrechnet sich mit den Brötchen. Die Kundin weist ihn ungeduldig darauf hin, schimpft über die jungen Leute von heute, die nicht mal mehr die Grundrechenarten beherrschen, und schaut Stefan Beifall heischend an. Der ignoriert sie aber völlig, was Felix ein Grinsen entlockt, das er sich sofort wieder verbeißt.

»Guten Morgen«, murmelt er in unsere Richtung, verdreht die Augen und korrigiert die Rechnung der Kundin.

Stefans Handy klingelt und es ist nicht zu überhören, wer dran ist. Anjas hektische Stimme quillt aus dem Lautsprecher, Stefan kommt gar nicht dazu, etwas zu sagen.

Genauso wenig kann ich mit Felix reden – was für eine Schnapsidee von mir, an einem Montagmorgen in der Bäckerei aufzukreuzen! Natürlich hat Felix jetzt gar keine Zeit, hinter uns strömen schon die nächsten Kunden herein.

»Anja fragt, wo wir so lange bleiben. Sie braucht deine Hilfe beim Füttern, denn sie muss bald los, weil sie heute einen Termin in der Uniklinik in Frankfurt hat. Tut mir leid, aber wir müssen uns beeilen.«

Er zeigt wahllos auf ein paar Brötchen, die Felix hektisch in eine Tüte packt.

»Felix, wir müssen unbedingt reden«, zische ich ihm zu. »Ich weiß jetzt, wo der Schatz ist. Komm später vorbei, Anja fährt mit den Kindern weg, okay?«

»Kennt ihr euch?«, fragt Stefan, während er bezahlt. »Das freut mich, ist sicher ein bisschen einsam und langweilig hier draußen für dich.«

Beinahe hätte ich gelacht.

Langweilig.

Was für ein Witz!

Wir verabschieden uns und ich werfe Felix noch mal einen Blick über die Schulter zu. Er nickt mir zu und seine Augen funkeln – wie ein kleiner Junge auf Schatzsuche, denke ich und muss grinsen.

20.

Sie hat mit einer Injektionsnadel etwas in deine Infusion gespritzt. Ich wollte deshalb den Tropf sofort abschalten, was mir auch gelang. Leider hat sie dadurch gemerkt, dass ich ihrem kranken Treiben auf die Spur gekommen war.

Anja ist bereits sehr elegant zurechtgemacht und trägt wieder ein beigefarbenes Leinenkostüm und eine hellblaue Bluse. Sie zieht gerade eine Schürze über und prüft die Temperatur der dampfenden Milch auf dem Herd. Auch die Zwillinge sind schon ausgehfertig angezogen und haben große Lätzchen um.

»Na, ihr seht ja toll aus!«, begrüße ich sie und stelle die Tüte mit den Brötchen auf den Tisch.

»Wir fahren in die Uniklinik nach Frankfurt. Der Herr Professor soll nicht glauben, dass wir irgendwelche dummen Landpomeranzen sind.«

Mia und Bennie sitzen wach und gut gelaunt in ihren Hochstühlchen und sehen nicht krank, sondern vielmehr wie zwei glückliche Vorzeige-Babys aus der Werbung aus. Mia haut mit einem Löffel auf ihr Tablett und Bennie lutscht an seinem Daumen.

Wie gut, denke ich, dass die beiden noch nicht wirklich sprechen können – denn sonst wäre ich mit meiner Lüge gestern Abend nicht so leicht durchgekommen und sie würden mich bestimmt anders begrüßen: ›Blue, das Abenteuer gestern Abend im Wald war toll‹ oder ›Blue, können wir wieder Fangen spielen, so wie gestern Abend?‹ Doch bis jetzt kann Bennie nur ›Mama‹ stammeln und Mia ›Mama‹ und ›Ba‹, was Ball heißen soll. Ich setze mich zu den beiden an den Tisch.

Anja, die den Grieß eben in den heißen Milchtopf gerührt hat, fragt, ob ich auch einen Kaffee möchte. Allerdings verstehe ich sie kaum, weil sie jetzt in einem großen grauen Steinmörser etwas klein stößt.

Ich habe nach diesen Bauchkrämpfen heute Nacht aber keine Lust auf Kaffee und sage, dass ich nur ein trockenes Brötchen essen will und mir einen Tee machen werde.

»Geht es dir nicht gut?« Sie unterbricht das Stoßen und schaut mich besorgt an.

»Jetzt geht es schon wieder, aber heute Nacht hatte ich schreckliche Bauchkrämpfe.«

»Das tut mir leid. Dann solltest du besser Cola trinken und Salzstangen essen. Wir können ja gleich nach dem Krankenhaus welche einkaufen gehen. Könntest du vielleicht diese Banane zerdrücken? Die kommt dann an den Brei der Kleinen, zusammen mit den Erdbeeren.«

Sie reicht mir einen Teller und eine Banane zum Tisch herüber und schüttet den Inhalt des Mörsers auf den Grießbrei und fängt an, ihn unterzurühren.

Das Telefon klingelt. »Bleib sitzen, ich geh schon!«, ruft sie und hastet zum Hörer. Es scheint sehr wichtig zu sein, denn nach dem ersten »Hallo« richtet sie sich merklich auf und verlässt die Küche.

Da ich noch eine Gabel zum Zerdrücken der Banane brauche, humple ich in die Küche und ziehe die Besteckschublade auf. Mein Blick fällt auf den Mörser. Was hat Anja da eigentlich zerstoßen? Gewürze? Zimt?

Ich vergewissere mich, dass sie noch telefoniert, und werfe einen genaueren Blick auf das weiße Pulver, das noch auf der Steinoberfläche des Mörsers haftet. Könnte Puderzucker sein – aber den muss man ja nicht zerstoßen. Oder Traubenzucker. Ich tippe mit dem Finger in das weiße Pulver und lecke es ab. Bitter. »Bäh!«, entfährt es mir. Mein Gesicht verzieht sich so stark, dass die Zwillinge, die mir vom Esstisch aus zuschauen, anfangen zu lachen.

»Bäh!« Wiederholt Mia begeistert und klappert mit ihrem Löffel auf das Tablett ihres Kinderhochstuhls, als wäre das ein Spiel.

»Bäh!«

Das ist definitiv keine Art von Zucker. Aber was ist es dann? Eine leise Angst steigt in mir auf. Ju hat wirklich gute Arbeit geleistet! Münchhausen ... *Versprich mir, dass du sie nie aus den Augen lässt*, höre ich seine Stimme in meinem Kopf.

Wenn ich jetzt ein Tütchen hätte, würde ich den Rest des Pulvers zusammenkratzen. Mir kommt eine Idee und ich nehme schnell einen Gefrierbeutel aus dem Schrank, kratze mit dem Fingernagel alles zusammen und ...

»Was machst du da?«, fragt Anja. »Was soll das werden?«

Ihre Wangen und ihr Hals sind hektisch gerötet. Unter ihren Armen haben große Schweißflecken die hellblaue Bluse dunkel verfärbt, das Telefonat muss sie sehr aufgeregt haben.

»Ich ... ich ...« Du musst ganz locker bleiben, Blue. »Was meinst du denn?«

»Was soll das werden?« Sie zeigt auf die Tüte in meiner Hand, in der schon etwas Pulver ist.

Los, Blue, sei auch ein Münchhausen. Rede! Lüge!

»*What's the problem?*«, tue ich ganz unschuldig. »Ich wollte die Banane im Mörser zerquetschen, und weil ich nicht wusste, ob du dieses Zeug noch brauchst, wollte ich den Rest von dem Pulver in eine Tüte umfüllen.« *Oh my God,* das ist ja die mieseste, blödeste Ausrede, die ich jemals gehört habe. Banane im Mörser, so ein *bullshit!*

»Das waren nur Traubenzuckertabletten, die ich für Bennie und Mia zerstoßen habe, da musst du nicht so ein Getue drum machen.« Anja schüttelt den Kopf. »Bananen im Mörser zerquetschen . . . Macht man das in Amerika so?«

»Ja, klar«, lüge ich erleichtert weiter, »das geht doch viel einfacher. Aber meistens verwenden wir den Mixer.«

Anja nimmt mir den Gefrierbeutel ab, wirft ihn in den Müllschlucker unter der Spüle und hält den Mörser unter den Wasserhahn. Dann trocknet sie ihn ab und stellt ihn mir auffordernd hin. Schließlich holt sie die Banane vom Tisch und streckt sie mir lächelnd entgegen.

Mist – mir bleibt nichts anderes übrig, als die Banane wirklich in diesem Mörser zu zerquetschen. Nachdem ich sie geschält habe, haue ich also mit dem Mörserklöppel auf die Banane und zermatsche sie, als wäre ich nicht ganz bei Trost.

Anja schaut mir erst kritisch zu, dann scheint sie mir zu glauben, dass ich das immer so mache, denn sie dreht sich weg und beginnt, den Grießbrei für die Kinder durchzurühren.

»Diese Idioten von der Uniklinik in Frankfurt haben den Termin für die Zwillinge abgesagt. Wir werden also heute nicht nach Frankfurt fahren.«

Deshalb ist sie also so wütend! Sie nimmt die von mir misshandelte Banane und mengt sie ebenfalls unter, dann schneidet sie Erdbeeren in Scheiben und gibt sie über den Brei.

»Sieht doch hübsch aus, oder?«, sagt Anja und geht mit den rosa und blau gepunkteten Breitellern aus Keramik zu den Kindern und stellt die Teller vor sie hin. »Das Auge isst immer mit, das muss man den Kindern schon früh beibringen. Du fütterst Mia, ich füttere Bennie«, schlägt sie vor und nimmt Mia ihren rosa perlmuttschimmernden Löffel ab und reicht ihn mir.

Was soll ich jetzt nur machen? ›Manche vergiften ihre Kinder, um Symptome zu erzeugen‹ hat da bei Wikipedia gestanden. Anja wollte heute in die Uniklinik, um die Kinder dort untersuchen zu lassen, das würde also passen. Und sie hat mich eben angelogen, denn das Pulver war definitiv kein Zucker. Aber was war es dann? Ich muss unbedingt die Gefriertüte wieder aus dem Müll holen und sie Ju geben.

Ich habe ihm versprochen, dass ich auf die Kinder aufpasse, und das bedeutet, ich werde Mia unter keinen Umständen diesen Brei geben.

Es gibt also nur eins, was ich tun kann.

Ich werfe Mias Teller mit einer scheinbar unbedachten Bewegung hinunter. *»Oh my God!«*, rufe ich mit dramatischer Stimme und gebe mir alle Mühe, entsetzt auf die Scherben zu schauen. *»Bad hair day,* nicht mein Tag heute, sorry.«

Mia fängt an zu weinen.

Anja presst ihre Lippen so fest aufeinander, als müsste sie sich mit Gewalt zwingen, die Worte, die sie mir gern an den Kopf werfen würde, hinunterzuschlucken. Dann schiebt sie Bennie noch einen großen Löffel in den Mund.

Bennie! Ich muss sie von ihm ablenken, aber wie?

Ich humple, so schnell ich kann, zur Küche, um einen Lappen zu holen und den Gefrierbeutel aus dem Müll zu retten und in meiner Jeans verschwinden zu lassen. Doch Anja ist schneller als ich und hat schon einige Scherben mit Brei dabei, die sie genau auf den Beutel im Müll wirft. »Hier, nimm du die Schaufel, den Boden wische ich dann nach dem Essen.«

Ich gehe zurück und kehre die Scherben mit dem Brei auf und werfe alles in den Müll. Ich könnte, fällt mir ein, auch etwas Grießbrei in eine Tüte füllen und Ju geben. Brei kann man sicherlich auch auf Inhaltsstoffe untersuchen lassen.

Aber noch bevor ich ein paar Breireste zusammenkratzen kann, taucht Anja schon wieder auf, zieht den Müllsack aus dem Eimer und schnürt ihn oben zu. »Den bringe ich gleich mal raus, bei der Hitze fangen die Essensreste immer so schnell zu stinken an. Gib du Mia doch eine Hälfte von Bennies Brei, damit sie auch noch was Richtiges in den Bauch bekommt.«

Was *Richtiges!* Verdammt, verdammt, verdammt!

Nein, schlimm genug, dass Bennie schon einen Löffel davon gegessen hat, ich werde den Rest einfach selbst essen. Ja, das ist sowieso die beste Idee, denn dann werde ich ja sehen, ob irgendwas mit mir passiert.

Ich nehme den Teller von Bennie und drehe mich nach Anja um, sie ist noch draußen – gut. Schnell stopfe ich mir alles, was noch auf dem Teller ist, in den Mund. Schmeckt lecker süß, vor allem mit der Banane und den Erdbeeren. Bennie schaut mich mit seinen großen braun glänzenden Augen an. Der einzige Trost, den ich habe, ist, dass er so jedenfalls nur einen Bruchteil von dem gekriegt hat, was auch immer es war.

Mia brüllt. Sie findet es nicht lustig, dass sie nichts von dem Brei bekommt. Trotzdem stopfe ich mir den letzten Rest in den Mund und schaffe es gerade noch, ihn hinunterzuschlucken, bevor Anja wieder aufkreuzt.

»Na, da hat aber jemand Hunger gehabt«, stellt sie befriedigt fest, als sie den leeren Teller sieht, doch dann schaut sie mir misstrauisch in die Augen und ich habe plötzlich Angst, dass irgendwo in meinem Gesicht etwas Brei klebt, der sie auf die richtige Spur bringen könnte. Aber ich unterdrücke den Impuls, mir über den Mund zu wischen. »Wir sollten den Zwillingen noch Obstgläschen geben, damit sie wirklich satt werden«, sagt Anja und beobachtet mich scharf. Dann holt sie zwei Gläser mit Obst, die sie mit einem Knack aufmacht. Super, denke ich erleichtert, da kann ich wenigstens sicher sein, dass es den Kindern nicht schaden wird.

Die arme Mia ist in wenigen Minuten fertig und will noch mehr, aber ich darf ihr nur eine Reiswaffel geben, die sie anlutscht und dann wütend wegwirft. Ich kann sie verstehen, diese Dinger schmecken wie aufgeweichtes Kleenex.

Anja schüttelt energisch den Kopf. »Nein, Mia, dieses Birnenzeug ist viel zu süß, es gibt jetzt nur noch diese Waffel, und wenn du die nicht willst, dann hast du auch keinen Hunger mehr.« Sie nimmt Bennie und Mia die Lätzchen ab. »Man darf sie nicht zu sehr verwöhnen, sonst tanzen sie einem später auf der Nase rum.« Sie gibt jedem einen Kuss und drückt sie kurz an sich.

»Blue, du könntest draußen im Schatten mit ihnen auf der Krabbeldecke spielen, wenn du willst. Dann räume ich hier die Schweinerei auf und wische mal gründlich durch.«

Als ich aufstehe und die Kleinen aus ihren Hochstühlen heben will, wird mir auf einmal ganz heiß. Sehr heiß, Wasser tritt aus allen Poren, als wäre ich in der Sauna – dabei tut mein Fuß gar nicht mehr so stark weh.

»Ja klar, mach ich.« Schweiß tropft mir von der Stirn, rinnt meine Wirbelsäule entlang, gleichzeitig habe ich den Eindruck, dass mein Herz anders schlägt. Mal schneller, dann wieder viel zu langsam. Ob das von der Angst kommt?

»Könntest du die beiden tragen? Mein Fuß tut noch etwas weh«, sage ich zu Anja und hoffe, dass sie nicht merkt, dass mit mir etwas nicht stimmt.

Ich humple nach draußen auf das Deck und lasse mich auf einen Stuhl fallen, während Anja unter einem Schirm eine große Decke ausbreitet. Als Nächstes holt sie die Bälle mit den Klangkugeln drin, große bunte Klötze und die Lieblingskuscheltiere der Zwillinge, Mias Schäfchen und Bennies Robbe.

Als sie nach drinnen geht, um die Kleinen zu holen, schließe ich kurz die Augen und presse die Fäuste gegen die Schläfen. Was ist nur los mit mir? Anja bringt die Kinder, denen sie dünne weiße Mützchen angezogen hat, zu mir nach draußen. Sie setzt sie mit einem liebevollen Kuss ab, dann wirft sie mir einen besorgten Blick zu. »Was ist mit dir, Blue? Geht's dir nicht gut? Wieder Bauchkrämpfe?«

»Nein, nein, alles in Ordnung«, behaupte ich und versuche, cool auszusehen, dabei schlägt mein Herz gerade überhaupt nicht. Jedenfalls fühlt es sich so an. Ich schnappe nach Luft, ah, ja, jetzt hämmert es wieder, so als ob in meiner Brust ein ekstatischer Trommler auf Crack hausen würde.

»Na, dann ist es ja gut. Hier ist noch Tee für die zwei.« Sie stellt zwei Fläschchen neben uns ab. »Ich werde jetzt einkaufen fahren. Kommt ihr solange zurecht?«

»Klar!«, beteuere ich, obwohl mir total elend ist, aber ich kann es kaum erwarten, dass sie wegfährt, weil ich unbedingt Ju anrufen will.

»Gut, dann bis später.« Sie geht in die Wohnung zurück und kurze Zeit später sehe ich, wie ihr silberner Toyota aus der Garage fährt.

Ich hole das Handy aus meiner Hosentasche und rufe Ju an, dabei beobachte ich Bennie. Er schwitzt auch stark und seine Pupillen sind etwas vergrößert, aber er weint nicht, sondern kaut hektisch an seiner Robbe herum.

Ju geht nicht ran, ich hinterlasse eine Nachricht auf seiner Mailbox, erzähle, was passiert ist, und flehe ihn an, so schnell wie möglich herzukommen.

Kaum dass ich zu Ende gesprochen habe, ringe ich schon wieder nach Luft und habe Durst. Mein Blick fällt auf die beiden Teefläschchen. Auf keinen Fall! Ich nehme die Flaschen und kippe den Inhalt nach unten auf den Rasen. Und nur weil das Deck überall ein Geländer hat, wage ich es, die Kinder kurz allein zu lassen und eine Flasche verschlossenes Mineralwasser aus dem Kühlschrank in der Küche zu holen. Nachdem ich das Wasser in die Flaschen gefüllt und selbst einen Riesenschluck getrunken habe, fühle ich mich etwas besser.

Die Wendeltreppe vibriert, jemand kommt hoch. Hoffentlich endlich Ju, denke ich, aber es ist Felix. Der heiße Ofen – das habe ich vollkommen vergessen!

»Hallo-oo!«, ruft er schon von Weitem und entdeckt dann die Zwillinge auf der Decke.

»Wieso sind die denn hier?«, fragt er irritiert, dann lässt er sich neben mich auf die Decke fallen. Mia und Bennie betrachten ihn neugierig und robben schließlich ein Stück näher zu ihm hin.

»Anja ist doch nicht zur Uniklinik gefahren, sie ist gerade nur einkaufen und gleich wieder da.« Es fällt mir schwer, mich zu konzentrieren.

»Okay, dann haben wir ja nicht viel Zeit«, beginnt Felix und beugt sich zu mir, als wollte er mich küssen. Ich wehre ihn ab, drücke ihn mit beiden Händen von mir weg. Ich muss ihm endlich sagen, was Sache ist. Jetzt.

»Felix, ich kann dich nicht küssen! Mein Großvater ist der Bruder von deiner Großmutter. Meine Oma war schwanger von Georg.«

»Na und, wen interessieren denn diese alten Kamellen?«

»Verstehst du denn nicht? Ich bin deine Großcousine! Aber auch abgesehen davon habe ich kein Interesse daran, dich zu küssen.«

»Cousine? Gibt's dafür Beweise?«

»Wenn wir Georg finden würden, dann schon. So lange musst du mir eben einfach glauben.«

Er betrachtet mich ungläubig. »Cousine«, sagt er und schüttelt den Kopf.

»Großcousine«, korrigiere ich ihn, doch Felix lacht nur.

»Großcousine oder Cousine, ist doch egal. Ich find's super. Ich hab ja sonst keine Geschwister. Na gut, dann Schwamm über das, was gestern Abend passiert ist. Ich hatte übrigens eine Kopie.« Er grinst mich triumphierend an. »So bescheuert bin ich nun auch wieder nicht, aber hätte ja sein können, dass ich so endlich meinen Kuss bekommen hätte. Und jetzt erzähl schon, was du rausgefunden hast. Ich hab Oma vorgelogen, dass ich dringend zum Arzt muss, nur um herkommen zu können.«

Ich habe plötzlich wieder Herzrasen zusammen mit einer starken Hitzewallung, die mir die Luft zum Reden nimmt. Also nicke ich Felix bloß zu.

»Ist mir schleierhaft, wie du in diesem Geschreibsel etwas entdeckt haben willst, aber bitte, jetzt mach es nicht so spannend.«

Ich wische mir den Schweiß von der Stirn.

»Was ist denn mit dir los, Cousinchen?« Felix betrachtet mich aufmerksam und schüttelt den Kopf. »Hast du 'nen Sonnenstich? Du bist krebsrot im Gesicht und hechelst so komisch.«

»Ich habe von dem Brei gegessen, der für die Kinder bestimmt war.«

Felix schaut mich verständnislos an. »Was willst du denn damit sagen? Bist du allergisch gegen Babybrei?«

»Anja macht ihre Kinder krank.«

»Wie – krank? Du meinst absichtlich, oder was?«

Ich nicke.

»So ein Blödsinn! Mütter machen so was nicht!«

»Ja, das habe ich auch gedacht.« Und dann erzähle ich Felix alles, was passiert ist, jedes Detail.

»Ich wusste doch, dieser Ju hat 'ne Meise«, flüstert er vor sich hin.

»Das dachte ich ja zuerst auch, aber schau mich doch an, er hat recht!«

»Münchhausen-Stellvertreter-Syndrom. Krass!« Felix betrachtet die Zwillinge, dann fügt er widerwillig und mit einem tiefen Seufzer noch an: »Verschieben wir das mit dem Brief. Ihr müsst schleunigst hier weg.«

»Das geht nicht, wir brauchen unbedingt Beweise.« Mir ist übel und ich habe das Gefühl, als würde ich nicht genug Luft bekommen. Immer wieder werfe ich angstvolle Blicke auf Bennie und reiche ihm regelmäßig das Fläschchen mit Wasser, aus dem er gierig trinkt.

»Also, wenn du willst und wenn es was bringen würde, dann könnte ich den ganzen Müllsack mit dem Grießbrei aus der Tonne rausholen.«

»Ihh, so was Ekliges würdest du tatsächlich tun?«

»Ich hab in Frankfurt noch ganz andere Sachen gemacht.«

»Aber was machen wir dann damit?«

»Ich hole ihn raus und dann lassen wir das analysieren, so wie bei CSI-Miami.« Er sieht beinahe begeistert aus.

»Blödsinn, Felix«, sage ich ein wenig verärgert, »das hier ist kein Spiel.«

»Schon klar! Dann bringe ich es eben in eine Apotheke, die können das bestimmt irgendwo hinschicken, okay?«

»Aber du musst dich beeilen, sie kann jeden Augenblick wieder hier sein.«

Er steht auf und zögert. »Hast du ein Handy?«

Als ich nicke, zieht er seines aus der Hosentasche. »Gib mir deine Nummer und ich sag dir meine. Und versprich mir, dass du mich anrufst, wenn hier Not am Mann ist, ja?«

Er ist schneller mit dem Eingeben fertig als ich und geht zur Treppe. Dort hält er inne. »Gib mir nur einen einzigen Tipp wegen Georg, damit ich schon mal anfangen kann zu suchen.«

»Der Ofen, euer Ofen in der Backstube, da muss Georg das Zeug irgendwo versteckt haben.«

Felix schaut mich fragend an.

»Na, sie wollten nach Kalifornien und Kalifornien kann man auch mit heißer Ofen übersetzen. Ich erklär's dir wann anders, okay? Jetzt beeil dich bitte!«

Er dreht den Daumen begeistert hoch und rennt die Wendeltreppe runter. »Es muss der oberste Sack sein, oder?«, ruft er mir über seine Schulter zu.

Ich stehe auf und schaue zu, wie er zu dem Müllhäuschen neben der Garage geht. CSI . . . Ich schüttle den Kopf. Manchmal kommt mir Felix wie ein kleiner Junge vor und einen kurzen Moment lang frage ich mich, was er wohl tun wird, falls er den Schatz wirklich finden sollte. Wird er es mir verraten? Und werden wir dadurch etwas über Georgs Aufenthaltsort herausfinden?

Aber im Moment ist es mir nur wichtig, den Grießbrei in Sicherheit zu bringen. Aus den Augenwinkeln sehe ich einen silbernen Toyota heranfahren.

»Beeil dich!«, brülle ich ihm zu. »Anja ist im Anmarsch. Nimm den Sack und verschwinde, schnell, bevor sie dich erwischt.«

»Aber was ist mit dir und den Zwillingen?«

»Ich krieg das schon hin – jetzt hau endlich ab!«

Felix hievt den Sack auf seine Schultern, steigt auf sein Mountainbike und winkt mir zu. »Ich komme später wieder!«, ruft er noch und fährt dann erst los.

Verdammt, Anja wird ihn bestimmt sehen . . .

Aber Felix ist schlau, er radelt in den Wald und ist so genau in dem Augenblick außer Sichtweite, als das Auto in die Garage einbiegt.

Anja steigt aus, winkt mir und kommt dann fröhlich pfeifend auf mich zu.

21. Er

Deshalb hat sie dann dafür gesorgt, dass ich versetzt wurde. Sie hat behauptet, ich hätte im Nachtdienst geschlafen und nach Alkohol gerochen, und da sie eine freundliche, gramgebeugte und sehr junge, attraktive Frau war und ich eine kinderlose, unattraktive Schwester, haben die Ärzte es vorgezogen, ihr zu glauben anstatt mir.

Fahr schneller, Mann.

Ich mache mir solche Sorgen. Ich hätte Blue niemals da mit reinziehen dürfen. Alles, was Blue mir auf die Mailbox gesprochen hat, lässt darauf schließen, dass Anja Verdacht geschöpft hat.

Los, los, tritt in die Pedale!

Mit dem Fahrrad bin ich einfach viel zu langsam und ich ärgere mich einmal mehr, dass ich noch immer keinen Führerschein habe. Ich schalte einen Gang höher. Es kracht.

Nein, bitte nicht!

Die Kette reißt in dem Moment, in dem ich über eine Bodenwelle fahre. Ich verliere die Kontrolle, das Rad kommt ins Schleudern, ich kippe zur Seite und falle auf den Waldboden, das Rad auf mich drauf.

Das darf doch nicht wahr sein! Genau das Knie, das ich neulich absichtlich verletzt habe. Mist!

Ich hebe das Rad runter von mir und starre wütend die Kette an, deren lose Enden vor meinen Augen hin- und herbaumeln. Das Fahrrad ist echt der letzte Dreck! Erst der Platten und jetzt reißt auch noch die Kette.

Was nun? In meinem Hintern spüre ich ein dumpfes Pochen und mein Knie sticht bei der kleinsten Bewegung, aber es hilft nichts, ich muss zu ihr.

Ich zerre das Rad ins Gebüsch, hoffe, dass es keiner klauen wird, und renne los, so schnell ich kann. Ich darf sie jetzt nicht im Stich lassen. Es muss etwas passiert sein, das Anja außer Kontrolle gebracht hat. Die Zwillinge und Blue sind in Gefahr.

Mein Knie tut jetzt doppelt so weh wie neulich und ich denke mir, das ist die Strafe für meinen bescheuerten Plan. Ich hätte von Anfang an ehrlich mit Blue sein müssen, statt es über diese verlogene Anmache zu versuchen. Das hat sie nicht verdient und wäre auch gar nicht nötig gewesen, denn sie gefällt mir wirklich.

Meine Lunge sticht. Schneller, lauf verdammt noch mal schneller!, sporne ich mich selber an.

Nein, stopp, ich muss sie anrufen, ihr sagen, dass es länger dauert, bis ich kommen kann. Ich ziehe hektisch atmend mein Handy aus der Hosentasche. Ungläubig starre ich auf das zerbrochene Display. Mit zitternden Fingern versuche ich, Blues Nummer zu wählen, und es passiert – nichts.

Verflucht! Ich hätte es in eine Schutzhülle tun sollen, wie alle intelligenten Menschen. Am liebsten würde ich das Handy vor lauter Wut auf mich selbst in den Wald schleudern, aber ich stecke es trotzdem wieder ein und stürme weiter.

Sofort sind meine Gedanken wieder bei Blue. Wie sie hinter

den Kindern hergerast ist, mit dem Auto auf diesem fiesen Waldweg – wie eine wild gewordene Göttin. Sie hat alles getan, um die beiden zurückzuholen, sie aus meiner Gewalt zu befreien, ohne auch nur eine Minute an sich selbst zu denken.

Seitenstechen. Nicht anhalten. Ich presse die Faust in die Seite und trabe weiter. Atme ruhiger.

Jetzt kümmere du dich um sie, hilf ihr. Schließlich warst auch du es, der sie in diese Lage gebracht hat. Und Blue hat nun wirklich keine Schuld an dem, was man mir angetan hat.

Aber wir brauchen Hilfe. Anja ist schlau. Und sie ist gefährlich. Das Beste wäre es, wir könnten Stefan überzeugen. Schnell überzeugen. Aber warum sollte er mir jetzt glauben?

Wenn Blue oder den Zwillingen etwas zustößt, dann wäre dies das Ende von allem. Dann hätte ich wirklich gar nichts richtig gemacht und umsonst gelitten wie ein Hund.

22.

Damals kannte man dieses Krankheitsbild noch nicht. Niemand hätte mir geglaubt. Und deshalb musste ich handeln. Ich habe gekündigt und mir in Innsbruck eine neue Stelle gesucht. Als normale Krankenschwester findet man immer etwas.

Anja hört sofort auf, fröhlich zu pfeifen, nachdem sie einen Blick auf die Zwillinge geworfen hat. »Was hast du mit ihnen gemacht?«

»Nichts, wir haben gespielt und ich hab ihnen eine Geschichte erzählt, von dem Mädchen Columba . . .«

Sie nimmt Bennie auf den Arm, dann Mia und untersucht sie.

Anjas Mundwinkel sinken herab und sie schüttelt den Kopf, als könne sie nicht glauben, was sie da sieht.

Plötzlich wird mir klar, was hier vor sich geht. Sie sucht nach den Symptomen, die ich habe! Mein Hals wird eng. Was wird sie jetzt tun? Ihnen noch etwas verabreichen?

Und tatsächlich sagt Anja: »Sie sehen hungrig aus, Zeit für das Mittagessen.«

Nein, bloß nicht, denke ich panisch und überlege, wie ich sie davon abhalten kann, etwas ins Essen zu mischen, das nicht hineingehört.

»Du musst doch mittlerweile auch sehr hungrig sein – oder

hast du noch Bauchweh? Geht es dir wieder besser? Ich hoffe, du hast keine Krämpfe mehr.« Sie lächelt mich an und streicht ihre blonden Strähnen hinter das Ohr. »Ich wollte dir eine Freude machen und hab dir deshalb eine Spezialität aus Pfungstadt mitgebracht. Ich dachte, jemandem, der Bananen im Mörser zerquetscht, könnte so etwas schmecken: Blutwurst.«

Was soll denn jetzt diese fiese Bemerkung? Und warum interessiert sie sich so für meine Bauchschmerzen? Ich kann sehen, dass Anja mich verstohlen aus den Augenwinkeln mustert. Ob sie ahnt, dass ich ihr auf die Schliche gekommen bin? Und plötzlich geht mir ein Licht auf: Die Krämpfe letzte Nacht, die Tabletten, die Anja mir gegeben hatte ... In meinem Kopf fügt sich auf einmal ein völlig neues Bild von Anja zusammen und schon wieder bricht mir der Schweiß aus. Doch bevor ich mir Sorgen um mich mache, muss ich verhindern, dass sie den Zwillingen noch weiteren Schaden zufügt.

Während wir mit den Kleinen in die Küche gehen, überlege ich verzweifelt, was ich tun kann. Teller runterwerfen oder den Kindern alles wegessen ist jetzt keine Option mehr.

Doch zu meiner großen Überraschung greift Anja nach zwei fertigen Gläschen mit Nudel-Hühner-Brei, wärmt sie im Wasserbad auf, zieht den Zwillingen in der Zwischenzeit Lätzchen an und redet unablässig mit mir darüber, wie unverschämt diese Klinik heute Morgen am Telefon war und dass sie sich das nicht gefallen lassen wird. Es ginge schließlich um das Leben ihrer Kinder.

Sie stellt immer wieder Fragen an mich, spricht dann aber so schnell weiter, dass ich nicht einmal Luft für eine Antwort holen kann.

Nachdem ich ein Glas kalte Milch getrunken habe, geht es mir etwas besser. Ich schwitze nicht mehr so explosionsartig und mein Herz schlägt wieder regelmäßig. Und schon meldet sich eine Stimme, die mich fragt, ob ich nicht einfach nur eine Panikreaktion hatte und mich da in etwas hineinsteigere.

Kaum sind die Gläschen warm, reicht Anja mir sofort das eine für Mia, nimmt das andere und beginnt, Bennie zu füttern. Dabei wirft sie immer wieder einen hektischen Blick auf die Uhr und sagt, dass es für die beiden längst Zeit für den Mittagsschlaf wäre.

Während ich Mia füttere, habe ich das Gefühl, Anja kann es gar nicht erwarten, die beiden ins Bett zu bringen. Verstohlen fühle ich immer wieder nach dem iPhone in meiner Hosentasche und warte die ganze Zeit darauf, dass Ju sich meldet, aber es bleibt still. Wenn Anja erst mal mit den Kindern oben ist, werde ich es noch einmal versuchen.

Sie holt ein Glas mit weißlichem Sirup aus dem Kühlschrank. »Das ist Holunderblütensirup, den ich gekauft habe, als du mir von deiner Grannie erzählt hast. Mach uns doch eine Schorle zum Mittagessen, ja? Riech mal.« Sie hält mir das offene Glas unter die Nase. Es duftet wunderbar säuerlich und ganz leicht nach Waldbeeren.

»Lecker. Wie geht das?«

»Du nimmst einen Esslöffel Sirup und gießt ihn mit Wasser auf, man kann auch noch ein paar Zitronenscheiben und ein paar Eiswürfel hineintun.« Sie wirft einen Blick auf die Kleinen, die nach dem Essen wirklich ziemlich müde in ihren Stühlchen sitzen. Bennie scheint es wieder besser zu gehen, stelle ich erleichtert fest. Er wirkt nicht mehr so verschwitzt und apathisch wie vorhin.

Als ich aufstehen will, um Mia aus ihrem Stuhl zu heben,

sagt Anja: »Du solltest wirklich noch deinen Fuß schonen, Blue. Deshalb schlage ich vor, dass du hier unten bleibst und für uns Mittagessen machst. Nichts Großes, nur einen Snack. Das geht im Sitzen ganz gut, oder? Einen Salat für mich«, sie verzieht ihr Gesicht zu einem Grinsen, »und du kannst ja vielleicht die Blutwurst dazu essen?«

Ich nicke, obwohl ich die Blutwurst ganz sicher nicht essen werde. Alleine bei dem Wort ›Blut‹ dreht sich mir der Magen um. Aber trotzdem passt mir Anjas Plan sehr gut, dann kann ich wenigstens ungestört mit Ju reden, während sie oben ist.

Sie nimmt Bennie rechts und Mia links auf die Hüfte. »Ihr Schätzchen werdet langsam zu schwer für mich.« Sie nickt mir zu. »Ich komme erst, wenn die beiden eingeschlafen sind.«

Sie galoppiert nach oben und singt den Kindern dabei »Hoppe, hoppe, Reiter« vor, was die Zwillinge mit fröhlichem Glucksen und Quietschen kommentieren.

Ich warte, bis sie oben angekommen sind, dann rufe ich Ju an. Nichts. Wieder nur die Mailbox. Verdammt! Wenn ich nur wüsste, was Anja als Nächstes vorhat. Da ich nicht weiß, was ich sonst machen soll, gieße ich schon mal die Schorle auf und schneide Zitronen.

»Blue!«, höre ich Anjas Stimme von oben. »Blue, ich hab echt großen Hunger, mach bitte einen richtig großen Salat, ja?«

»Klar«, antworte ich und überlege weiter, was ich tun kann.

Der Einzige, an den ich mich noch wenden könnte, wäre Stefan. Tolle Idee, Blue, und wie stellst du dir das vor? »Stefan, übrigens, was ich dir noch sagen wollte, deine Frau macht deine Kinder krank und gehört hinter Schloss und Riegel.«

Ich lasse Wasser in die Spüle laufen und versuche es wieder bei Ju. Noch immer nichts. Ich werde immer unruhiger und überlege fieberhaft, was ich machen könnte. Als ich die Überreste der Zitrone in den Mülleimer werfe, fällt mir plötzlich Felix ein. Natürlich, Felix! Schnell wähle ich seine Nummer und lausche dann ungeduldig dem Klingelton, aber auch er geht nicht ran. Wofür haben die Leute eigentlich Handys, wenn sie dann trotzdem nicht erreichbar sind, denke ich wütend und spreche ihm eine Nachricht auf die Mailbox – von wegen melden, wenn Not am Mann ist!

Dann nehme ich einen grünen Salat aus dem Gemüsefach und wasche ihn. Das Plätschern kommt mir unnatürlich laut vor.

Oben ist es still.

Ich höre weder die Kinder noch Anja, die mit ihnen redet. Oder ihnen etwas vorsingt, wie sonst, wenn sie sie zu Bett bringt. Plötzlich wird mir ganz mulmig. Was macht sie da oben? Sie hat gesagt, sie kommt erst, wenn die Kinder eingeschlafen sind. Warum hat sie das so betont?

Ich gebe den Salat in eine Salatschleuder und lasse das Wasser ablaufen. Dann halte ich es nicht mehr aus. Ich will wissen, was dort oben vor sich geht, und humple, so leise es irgendwie geht, nach oben.

Vom Treppenabsatz aus sehe ich, dass sie die Zimmertür einen Spalt offen gelassen hat – sicher um zu hören, was ich unten treibe. Deshalb ziehe ich oben angekommen meine Flipflops aus und spanne alle Muskeln an. Ich möchte fliegen, so leise sein, dass sie mich nicht hören wird. Ich beiße die Zähne zusammen und husche zur Tür.

Obwohl Anja die Tigerentengardinen zugezogen hat und im Kinderzimmer diffuses Licht herrscht, kann ich doch alles gut erkennen. Mia liegt schon in ihrem Bettchen. Bennie befindet sich noch auf dem Wickeltisch, während seine Mutter sich über ihn beugt und mit ihm flüstert. »Das wird dir guttun. Du wirst schon sehen, mein Schatz. Ich sorge für uns beide, ich sorge dafür, dass man dich endlich ordentlich untersuchen wird. Jetzt sei tapfer, mein Liebling, Mama hat dich lieb.«

Das ist das, was sie sagt.

Aber was sie dabei tut, lässt mich nach Luft schnappen, ich muss mir den Mund fest zuhalten, um keinen Laut von mir zu geben.

Mit einer Hand streichelt sie seinen Bauch, dann zieht sie die Zehen von seinem rechten Füßchen auseinander und spritzt etwas dazwischen. Als er leise vor sich hin wimmert, beugt sie sich über ihn und gibt ihm einen Kuss auf die Wange. »Schätzchen, das wird uns helfen, das wird den Ärzten zeigen, wie krank du bist, und dann können sie uns endlich helfen.«

Ich muss schlucken und habe Tränen in den Augen. Ich kann nicht glauben, was ich da sehe. Ich weiß, ich sollte das filmen, sollte das Handy benutzen, aber ich kann nicht, bin einfach nur vollkommen unfähig, mich zu bewegen. Was tut sie Bennie da an? Und was um Himmels willen ist in der Spritze?

Ich muss da rein.

Sofort. Bevor sie noch mal zustechen kann.

Ich löse mich aus meiner Erstarrung, und ohne noch weiter nachzudenken, stürme ich in das Zimmer. »Was tust du da?«, brülle ich und schubse Anja weg von Bennie, sodass sie ins Taumeln gerät. Die Spritze schliddert dabei auf den Boden.

»Was fällt dir ein!« Anjas Gesicht ist rot vor Zorn. »Das sind meine Kinder und ich treffe hier die Entscheidungen, ist das klar! Und jetzt raus, das wird Konsequenzen haben.«

»Da bin ich sicher, denn ich werde Stefan den Film zeigen, den ich von dir gedreht habe.« Ich wedle mit dem Handy, als wären da tatsächlich irgendwelche Beweise drauf. »Ich bin gespannt, wie du ihm das erklären wirst.«

»Das muss ich gar nicht.« Anja stürzt sich mit so viel Kraft und ihrem ganzen Gewicht auf mich, dass ich umfalle. Sie packt mein Handgelenk, um mir das Handy abzunehmen. Aber ich werde es nicht hergeben. Eisern umklammere ich das iPhone und versuche, Anja von mir abzuschütteln.

Bennie, der noch immer auf dem Wickeltisch liegt und die ganze Zeit über gewimmert hat, fängt nun laut zu schreien an. Als Anja ihn hört, lässt sie mich für eine Sekunde los, steht flink wie eine Katze auf und legt Bennie in das Bettchen zu Mia.

Das gibt mir die Zeit, mich aufzurappeln, was mit dem Verband um meinen Knöchel und dem Handy in der Hand nicht so einfach ist. Angst hämmert durch meinen Körper, macht mich zittrig. Und jetzt? Abhauen, Ju suchen? Stefan anrufen?

Gerade als ich es geschafft habe und wieder auf beiden Füßen stehe, rennt Anja zu der Spritze hin, bückt sich und rast mit glänzenden Augen auf mich zu. Entsetzt starre ich sie an. Ihr Gesicht ist nur noch eine hohnlächelnde Maske. Einen winzigen Moment stehen wir uns gegenüber und fixieren uns. Und noch bevor ich etwas sagen oder tun kann, springt sie mit einem Satz auf mich zu und rammt mir die Spritze unten seitlich in den Hals und drückt den Kolben runter. Ich schreie laut auf, zapple und winde mich, aber sie hängt an mir wie eine Riesenzecke und ich schaffe es erst, sie abzuwerfen, als die Spritze leer ist. Sie lässt mich los und tritt zurück, schaut mich lauernd an.

Ich fasse mit zitternden Fingern an meinen Hals und spüre, dass Blut aus der Einstichstelle quillt. Ein brennendes Stechen lässt Panik in mir aufsteigen. Was verdammt noch mal war in dieser Spritze? Hitze breitet sich vom Hals in meinem Körper aus, als wäre das Zeug direkt in eine Ader gelangt. Und ich habe seit gestern nichts anderes mehr gegessen als diesen vergifteten Grießbrei, schießt es mir durch den Kopf und dann fange ich an zu zittern.

Die Einstichstelle tut auf eimal schrecklich weh und ich habe das Gefühl, als hätte Anja dickflüssige Lava in meinen Hals gespritzt. Diese Lava ist jetzt im rechten Arm, es fühlt sich an, als würde sie mein Blut dicker machen und die Adern anschwellen lassen. Ich muss mich festhalten, da dreht sich was.

»Was hast du getan?«, frage ich Anja. Während ich versuche, meinen Blick auf sie zu richten und sie nicht aus den Augen zu lassen, kommt es mir vor, als würde ich Karussell fahren.

Sie steht vor mir, Bennie auf dem Arm, und dreht sich. »Das ist nichts Schlimmes«, sagt sie, aber ihre Stimme klingt so, als würde man sie langsamer abspielen ... schllüümmmmüüsss ... als käme sie aus einer dunklen Höhle.

»Nur ein starker Cocktail gegen die Allergien, die Bennie immer hat, ein sehr starker Mix.«

Was für Allergien?, denke ich und plötzlich flattern meine Augen und meine Mundhöhle wird so trocken, als hätte die Lavahitze sie verdorrt.

Ups, was war das denn für ein Geräusch? Das Handy ist aus meiner Hand gefallen. Lustig. Ein Kichern kommt aus meiner

Kehle. Ich will nicht lachen, ich weiß, ich muss etwas tun, muss hier raus und die Kinder in Sicherheit bringen. Ja, ja, aber das ist auch echt komisch. Wie im Märchen. Ich muss die Kinder vor der bösen Hexe retten, denke ich und muss schon wieder kichern. Meine Muskeln beginnen zu zucken und zu flattern.

Anjas Stimme dringt an mein Ohr. »Diese Medizin wird dir sehr guttun.« Ich sehe, wie sie sich nach dem Handy bückt, es aufhebt, dann schiebt sie das Bettchen mit den beiden Kindern in den Flur. Wie komisch, warum tut sie das? Das sieht aus, als wäre das Bett ein Schiff, das auf einem Ozean dahintreibt. Und Anja ist der Kapitän. Dann schließt sich die Tür und ich höre, wie ein Schlüssel umgedreht wird. Sie sperrt mich ein.

Sperrt mich ein? So ein Unsinn, warum sollte sie das tun? Ich schwebe zur Tür. Ich will nicht hier drin sein, ich muss doch raus. Die Tür ist doppelt, seit wann sind denn im Kinderzimmer zwei Türen? Obwohl, das macht Sinn, es sind ja auch zwei Kinder. Ja, das verstehe ich. Es sind auch zwei Bettchen da. Drehbettchen und Drehtüren.

Ich bin so leicht, fühle meinen Körper gar nicht mehr. Ich will nicht hier drinbleiben, rufe nach Anja, aber aus meinem Mund kommt etwas ganz anderes, als ich sagen will. Als ob meine Zunge die Befehle nicht versteht, sie liegt wie Sand im Mund und alles andere zuckt so komisch. Mir ist heiß, meine Haut kribbelt und krabbelt, reibt an den Kleidern, ich will, dass das aufhört. Weg mit den Klamotten, ich ziehe mich aus. Je weniger ich am Leib trage, desto besser.

Das ist gut, das fühlt sich wundervoll an, die Luft streichelt meine Haut. Ich haue noch mal an die Doppeltür, aber es passiert nichts. Ich will aber hier raus, ich will zur Sonne fliegen, mich im Wind trocknen.

Licht, dort drüben ist Licht, ich ziehe die Gardinen zurück. Ich steige auf den Wickeltisch. Da ist sie, die Sonne. Hallo Sonne, ich komme.

Ich fliege zu dir.

23. Er

Dann habe ich meinen nächsten Urlaub genutzt und dich zu mir geholt. Wenn du das euphemistisch formuliert findest, dann denke daran, wie ich dich geholt habe.

Beinahe hätte sie mich gesehen. Ich schaffe es im Garten gerade noch, um die Ecke von Blues Zimmer zu verschwinden und warte dort vollkommen außer Atem, ob sie ebenfalls um die Ecke biegt. Als alles ruhig bleibt, wage ich einen vorsichtigen Blick zurück. Anja läuft auf das Planschbecken zu und bleibt dann nachdenklich davor stehen.

Ihr Hals ist mit roten Flecken übersät, das eigentlich elegante Leinenkostüm zerknittert, ihre Bluse sieht aus, als hätte jemand daran gerissen.

Auf ihrer rechten Hüfte trägt sie Mia, die bitterlich schluchzt, obwohl Anja ihr eine Klingelmelodie vorspielt – von einem iPhone! Ich kneife die Augen zusammen, weil ich gegen das Sonnenlicht schaue. Könnte Blues Handy sein ...

Mit der linken Hand umklammert Anja ein normales Telefon, das sie eng an ihr Ohr gepresst hält. Ihre Stimme klingt schrill, ihre Sätze sind atemlos und werden offensichtlich von dem Teilnehmer am anderen Ende ständig unterbrochen.

»Stefan, ich sage dir, das Mädchen ist eine Zumutung.«

Anja geht um das Planschbecken herum.

»Ich glaube sogar, sie nimmt Drogen. Was ist, wenn den Kindern etwas passiert?«

Anja beugt sich zum Planschbecken hinunter.

»Du weißt, dass ich das nicht überleben würde.«

Sie setzt Mia in das Wasser, das der Kleinen bis über ihren Bauch reicht. Was soll das? Mia ist noch immer voll angezogen und schnappt überrascht nach Luft, dann aber patscht sie mit ihren Händchen auf das Wasser, als wäre es ein neues Spiel.

»Wirklich, Stefan, ich glaube, du solltest nach Hause kommen.«

Sie wirft Blues Handy neben Mia ins Wasser. Ich kann kaum glauben, was ich da sehe. Warum tut sie das – woher hat sie überhaupt Blues Handy? Was hat sie nur vor? Und wo ist Blue?

»Wie, du kannst nicht?«, ruft sie nun empört und läuft ein paar Schritte im Garten auf und ab. »Das, mein Lieber, ist schlimm, sehr, sehr schlimm.« Sie legt auf und flucht leise vor sich hin, sodass ich nicht genau hören kann, was sie sagt.

Sie legt das Telefon beiseite, beugt sich zu ihrer Tochter und gibt ihr ein Küsschen. Dann seufzt sie tief und versetzt Mia einen liebevollen kleinen Stoß in den Rücken.

Ich höre auf zu atmen und starre ungläubig auf die Szene, die sich gerade vor meinen Augen abspielt.

Mia fällt mit dem Gesicht nach vorne ins Wasser und schwimmt so auf der niedrigen Wasseroberfläche.

Und obwohl ich sofort einschreiten müsste, bin ich wie zur Salzsäule erstarrt. Mutter hat recht gehabt. Ich kann es nicht glauben, will es nicht glauben. Mein Verstand kann nicht verarbeiten, was meine Augen gerade sehen. Doch es gibt keine Zweifel: Mutter hatte recht.

Anja setzt sich neben das Becken und schaut ungerührt dabei zu, wie Mia strampelt und langsam ertrinkt.

Und mit einem Schlag kehrt alles Leben in meinen Körper zurück. Es darf keine weiteren Opfer mehr geben!

Ich renne, so schnell ich kann, zum Becken, vorbei an Anja, die mit dem Rücken zu mir sitzt und mich erst sieht, als ich am Planschbecken bin. Hastig reiße ich Mia aus dem Wasser. Die Kleine hängt schlaff in meinen Armen.

»Was tun Sie da mit meiner Tochter?« Anja ist aufgesprungen und starrt mich fassungslos an, als wäre *ich* derjenige, der ihrer Tochter etwas angetan hat. Sie kommt ein paar Schritte auf mich zu, ich überlege nicht länger, sondern versetze ihr einen sehr brutalen Stoß und renne mit Mia die Treppe nach oben auf das Deck.

Dort lege ich sie auf den Tisch, halte ihre winzige Nase zu und beatme sie, mache eine vorsichtige Herzmassage. Versuche, mich fieberhaft zu erinnern, was man bei der Wiederbelebung von Babys beachten muss. Sage mir wieder und wieder alles genau vor und gebe mir alle Mühe, es richtig zu machen: Den Kopf in die »Schnüffelstellung« bringen, dazu das Kinn leicht anheben, langsam und vorsichtig ein bis eineinhalb Sekunden ein bisschen Luft einblasen, sodass sich der Brustkorb des Kindes hebt, auf keinen Fall mit zu viel Druck einblasen, die Atemspende bis zu fünf Mal wiederholen, einmal – oh Mann, Mia, bitte komm, los, komm.

Ich werfe einen schnellen Blick zur Wendeltreppe, aber ich kann Anja zum Glück nicht sehen, und als ich wieder zurück zu Mia schaue und weitermachen will, da schlägt sie gerade ihre Augen auf.

Sie atmet!

»Mia, du tapfere Heldin du!«, flüstere ich und könnte heulen vor Glück. Sie schaut mich überrascht an und fängt gar nicht heldenhaft an zu weinen. »Ich verstehe dich, Mia«, sage ich, nehme sie auf den Arm und gehe ins Haus, um nach Blue zu suchen.

»Blue!«, brülle ich. »Blue, wo bist du?«

Nichts. Stille.

Ist sie vielleicht gar nicht im Haus, sondern mit Bennie spazieren?

Von oben höre ich ein leises Bumpern, als würde jemand gegen die Decke oder die Wand klopfen. Ich stürme mit Mia die Treppen hinauf. Vor dem Kinderzimmer auf dem Gang steht eines der Kinderbetten, darin liegt Bennie. Er schläft. Ich lege die pitschnasse Mia zu ihm, die nun laut brüllt und wütend mit den Beinen strampelt.

Ich versuche, die Tür zu öffnen. Aber sie ist zugeschlossen und nirgends ist ein Schlüssel zu sehen.

»Blue?«, schreie ich, um Mias Weinen zu übertönen, und hämmere gegen die Tür. Aber ich höre nur weiterhin das Klopfen aus dem Kinderzimmer. Was ist da drin nur los?

»Blue, kannst du mich hören?«, versuche ich es noch einmal, obwohl mir längst klar ist, dass hier etwas nicht stimmt. Ich kann nicht mehr klar denken, der Gedanke, dass Blue etwas zustoßen könnte, macht mich rasend. Ich muss da jetzt rein.

Für einen kurzen Moment schließe ich die Augen und konzentriere mich, dann nehme ich Anlauf, ziehe alle Muskeln zusammen und breche die Tür mit der Schulter auf.

Blue steht auf dem Wickeltisch vor dem Fenster und haut wie besessen immer wieder mit ihrer flachen Hand gegen die Scheibe.

Sie ist splitternackt.

Und obwohl ich noch nie so viel Angst in meinem Leben gehabt habe, wird mir genau in diesem Moment bewusst, wie schön sie ist und wie sehr sie mir ans Herz gewachsen ist.

»Blue! Blue, komm da runter!«

Sie scheint mich nicht zu hören und haut weiter gegen die Fensterscheibe. Ich gehe zu ihr und hebe sie von dem Wickeltisch herunter, was sie sich stumm und widerstandslos gefallen lässt. Ich muss schlucken, als ich eine entsetzliche Wunde an ihrem Hals entdecke. Was um Gottes willen hat man ihr angetan?

Als mir klar wird, dass sie mich nicht erkennt, weiß ich nicht, was ich tun soll. Eigentlich müsste ich ihr zwei Ohrfeigen geben, aber das bringe ich angesichts dieser Wunde nicht übers Herz. Ich drücke sie fest an mich und brülle sie dann an, weil ich hoffe, dass sie das aus ihrem Zustand befreit.

Sie starrt mich an, blinzelt. »Ju?«

Vom Gang draußen höre ich mittlerweile Mia und Bennie weinen und dann höre ich noch etwas, ein Auto.

Ich lasse Blue einen Moment los und schaue zum Fenster raus, aber vom Kinderzimmer aus kann man die Garage nicht sehen. Wo Anja wohl steckt? Ob ich sie verletzt habe, als ich ihr im Garten diesen Stoß versetzt habe?

Blue schwankt und streckt ihre Hände nach mir aus. »Ju, komm, wir wollen zusammen um die Welt fliegen.«

»Du musst dich anziehen, Blue, sofort!« Ich zeige auf den Kleiderhaufen neben dem Wickeltisch.

Blue schüttelt den Kopf. »Ich will aber nicht.«

Ich bücke mich und nehme ihr T-Shirt. »Komm, ich helfe dir.«

Aber sie wehrt mich mit ihren Fäusten ab, gerade so, als ob

ich ihr etwas Schlimmes antun wollte. »Bitte, Blue, mach schnell!« Sie schleudert das T-Shirt, das ich ihr gerade mit Müh und Not über den Kopf gezogen habe, weit von sich.

»Was zum Teufel ist hier los, wo ist Anja?« Stefan steht vor uns, sein Gesicht ist rot, seine Stirn glänzt vor Schweiß.

Ich schiebe mich vor Blue, aber sie bleibt nicht ruhig hinter mir stehen.

Stefan betrachtet die nackte Blue, reißt die Augen auf, schaut weg, schaut noch mal hin, merkt dann, dass sie nicht ganz bei sich ist, und schüttelt den Kopf.

»Ihr kommt sofort runter in die Küche!«, donnert er. »Seid ihr denn alle komplett verrückt geworden!«

Er geht zurück in den Flur zum Babybettchen, nimmt Mia auf den Arm und schiebt sich dann an uns vorbei zum Wickeltisch, als wären wir nicht da, zieht seiner Tochter schnell und liebevoll die nassen Kleider aus, hüllt sie in eine Decke und geht mit ihr wieder raus. Dort nimmt er Bennie auf den anderen Arm und geht nach unten.

Wenn ich nur wüsste, wie ich Blue wieder normal kriegen könnte! Aber dazu müsste ich erst wissen, was Anja Blue gegeben hat.

»Ju? Was ist hier eigentlich los?« Blues Stimme klingt, als wäre sie gerade eben aus einem langen Schlaf aufgewacht.

Ich kann es nicht länger ertragen, wie sie so nackt vor mir steht, und reiche ihr den BH und ihr Höschen.

Einen Moment lang starrt Blue verständnislos auf ihre Unterwäsche, dann schaut sie an sich hinunter. *»I'm naked«*, stellt sie verwundert fest.

Ich bin sicher, dass ihr das später todpeinlich sein wird, aber ich helfe ihr, den BH zuzumachen, und halte sie fest, als sie in ihr Höschen steigt, weil sie immer noch ziemlich schwankt. Offensichtlich kann sie auf dem einen Fuß immer noch nicht richtig auftreten; sie trägt einen Zinkleimverband um den Knöchel. Und obwohl sie etwas zu sich zu kommen scheint, wirkt sie noch immer, als wäre sie meilenweit entfernt. Was hat Anja ihr nur gegeben?

Nach einer Ewigkeit haben wir es geschafft, und damit es schneller geht und Anja keine Zeit hat, Stefan noch weitere Lügen aufzutischen, trage ich Blue die Treppe hinunter, obwohl mein Knie immer noch verdammt wehtut. Vielleicht ist es auch so eine Art Buße. Denn ich bin sicher, das alles ist einzig und allein meine Schuld.

24.

Immer wieder bin ich ihr gefolgt, weil ich sicher war, dass meine Chance kommen würde. An diesem kalten Wintertag ließ sie dich vor einem Geschäft draußen im Kinderwagen stehen, wo ich dich herausgenommen und in meinen mitgebrachten Wagen gesetzt habe.

Ju trägt mich, aber warum? Das ist schön. Er duftet so gut. Mein Kopf fühlt sich so leicht an, als wäre er gar nicht auf meinem Hals, sondern würde wie ein Ballon über mir schweben. Und ich sehe immer noch alles leicht verschwommen, aber es wird besser.

In der Küche riecht es nach Kaffee.

Anja und Stefan stehen vor der Spüle und schauen Ju und mich an, als wären wir Kakerlaken. Bennie und Mia liegen auf ihren Krabbeldecken vor dem Esstisch.

Ju ignoriert die beiden, setzt mich behutsam auf einem Stuhl ab und geht dann zur Küchenzeile. Er gießt Kaffee in eine bereitstehende Tasse und bringt sie mir, nachdem er noch einen ordentlichen Schuss kalte Milch hineingegossen hat. Anja und Stefan verfolgen schweigend jede seiner Bewegungen.

Sobald ich die Tasse in Händen halte, trinke ich gierig ein paar große Schlucke, damit endlich dieses Gefühl aufhört, ich müsste mit dem Kopf gegen die Wand schlagen, um klar zu werden.

»Also?«, sagt Stefan und verschränkt seine Arme, als wäre das die einzige Möglichkeit, nicht gewalttätig zu werden.

Ju räuspert sich und schaut zu mir. Ich verstehe nicht, was sein Blick bedeuten soll.

»Was ist hier eigentlich los?«, fragt Stefan und mustert mich von oben bis unten.

Wenn ich das nur wüsste. Der Kaffee macht mich zwar etwas konzentrierter, aber mir fehlt ein Stück Erinnerung.

»Keine Ahnung«, stammle ich also.

»Jetzt wird sie auch noch frech.« Anja stemmt die Hände in die Hüften. »Da hast du mal einen Eindruck davon, wie sie ist, wenn du weg bist!«

Ju stellt sich dicht vor Stefan, er ist weißgrau im Gesicht wie ein nasses Papiertaschentuch. Für einen Moment fixiert er Anja und scheint nach Worten zu suchen, doch dann sprudelt es nur so aus ihm heraus.

Ich versuche, mich auf seine Worte zu konzentrieren und zu verstehen, was er da gerade behauptet. Ju erzählt, dass er hierhergekommen sei, um mich zu besuchen. Als ihm niemand die Türe geöffnet hätte, wäre er nach hinten in den Garten gegangen und dort hätte er angeblich Anja dabei beobachtet, wie sie Mia in das Planschbecken gesetzt, sie geschubst und dann dabei zugesehen hat, wie sie ertrinkt. Er hätte Mia gerade noch im letzten Moment aus dem Wasser gezogen und wiederbelebt.

»Was für ein Spinner!« Anja kräuselt ihre schmalen Lippen und geht zu Mia, die sich gerade aufgesetzt hat und hingebungsvoll an ihrer Robbe lutscht. Vorsichtig hebt Anja ihre

Tochter hoch, setzt sie sich auf ihren Schoß und schmust dann innig mit ihr.

»Gibt es dafür irgendwelche Beweise?« Stefans Stimme ist tonlos, kaum zu verstehen. »Blue, was hast du dazu zu sagen?«

Ich räuspere mich, um Zeit zu gewinnen, und versuche krampfhaft, mich besser zu erinnern. Hastig trinke ich noch ein paar Schlucke von dem Kaffee und ich sehe, dass Ju mir auffordernde Blicke zuwirft, also kippe ich die ganze Tasse hinunter. Denk nach, Blue, denk nach.

Anja nutzt mein Schweigen und deutet mit dem ausgestreckten Zeigefinger auf mich. »Und dann schau dir diesen fiesen Knutschfleck an ihrem Hals an! Die zwei schrecken ja wirklich vor nichts zurück, um ihr Schäferstündchen zu entschuldigen.«

Kutschfleck? Das Wort habe ich noch nie gehört, keine Ahnung was das ist, aber mein Hals tut verdammt weh. Ich fasse an die Stelle, von der der Schmerz ausgeht.

Alle stieren mich an.

Ich muss wissen, was mit mir los ist. Immer noch reichlich benebelt stehe ich auf und humple in den Flur zu dem großen Spiegel, der neben der Eingangstür hängt. Erschrocken starre ich auf mein Spiegelbild. Ich sehe unmöglich aus!

Mein T-Shirt habe ich falsch herum an, die Nähte sind außen und mein Jeansreißverschluss steht offen. Aber das Schlimmste ist mein Hals, an dem sich unten rechts, fast schon an der Beuge, ein riesiger blauer Fleck befindet.

Und während ich noch mit einem Finger über die blaue Stelle streichle, weiß ich plötzlich wieder, wodurch der Fleck entstanden ist.

Die Spritze – Anja und die Spritze, oben im Kinderzimmer . . .

Ich merke, dass ich anfange zu zittern, aber ich versuche, mich zu fassen, und schaue zu Ju hinüber, um mich zu beruhigen. Langsam laufe ich zurück in die Küche und blicke Anja direkt ins Gesicht. Sie wirkt nun deutlich nervöser als noch vor ein paar Minuten. »Das an meinem Hals ist kein Kutscherfleck«, sage ich, ohne sie aus den Augen zu lassen. »Das war Anja.«

»Ich brauche etwas zu trinken, hier, nimm mal, Stefan«, unterbricht mich Anja und drückt Stefan Mia in den Arm.

Bennie ist auf der Krabbeldecke eingeschlafen.

Ich rede einfach weiter, wende nun meine ganze Aufmerksamkeit Stefan zu und erzähle ihm alles, an was ich mich erinnere. Und während ich ihm sage, was am Nachmittag hier passiert ist, kehrt Stück für Stück meine ganze Erinnerung zurück.

Anja nimmt völlig ungerührt eine der Holunderschorlen, die ich vor einer Ewigkeit zubereitet habe, gibt ein paar Eiswürfel hinein und rührt darin herum. Dann setzt sie sich an den Tisch.

Stefan räuspert sich mehrfach und starrt zu seiner Frau, die einfach nur dasitzt und an ihrer Schorle nippt. »Blue, hast du irgendwelche Beweise, die diese Märchengeschichte stützen können?«

Nicht dass ich wüsste, denke ich, nur den blauen Fleck am Hals.

Plötzlich springt Ju auf. »Die Spritze, wo ist denn die Spritze geblieben?«

Natürlich, er hat recht! Ich glaube, Anja hatte sie nicht dabei, als sie aus dem Zimmer gegangen ist. Aber sicher bin ich nicht. »Sie müsste noch irgendwo im Kinderzimmer . . .«

Ju zögert keinen Augenblick, sondern rennt sofort nach

oben. Anja stellt das Glas ab, springt auf, wirft dabei fast den Tisch um und stürmt hinterher.

Stefan, der immer noch Mia auf dem Schoß hat, schaut mich an und sieht entsetzlich traurig aus. Die Falten in seinem Gesicht wirken wie tief eingegraben. Er versucht, seine Tochter anzulächeln, aber seine Mundwinkel heben sich kaum. Er wirkt vollkommen kraftlos und apathisch.

Und da fällt mir noch etwas ein. »Der Grießbrei«, erkläre ich ihm. »Anja hat heute Morgen weißes Pulver unter den Grießbrei gemischt. Ich habe den Müllbeutel aus der Tonne gerettet, damit er analysiert werden kann.«

Fassungslos starrt Stefan mich an und ich verstumme. Er wirkt nicht so, als würde er mir nicht glauben. Vielmehr sieht er aus, als wüsste er, dass ich hier keine Lügengeschichten erzähle, sondern die bittere Wahrheit. Er tut mir plötzlich nur noch leid, wie er dasitzt und Mia sanft auf seinem Schoß wiegt. Schließlich murmle ich noch: »Na ja, wir werden ja sehen, ob sich etwas darin findet, das nicht in den Brei hineingehört.«

Stefan steht mit Mia auf und es wirkt, als müsse er eine tonnenschwere Last tragen. Er setzt sich mit der Kleinen neben Bennie auf die Decke. Von oben hört man Gerangel und Keuchen und Poltern.

»Ich hab sie!«, ruft Ju nach unten. »Sie ist da und ich hab sie.«

Ich werfe Stefan einen Blick zu. Er sieht aus wie jemand, dem man gerade sein Todesurteil verlesen hat.

Ju kommt triumphierend mit der Spritze angerannt, Anja ist ihm dicht auf den Fersen.

Anja starrt kopfschüttelnd auf die Spritze. »Ich weiß nicht, wo der Junge die Spritze hergezaubert hat, von mir ist sie jedenfalls nicht. Sicherlich hat Blue . . .«

Erschrocken hält Anja inne, als Stefan plötzlich aufspringt, mir Mia in den Arm drückt und dann sagt: »Anja, es reicht! Es ist vorbei.«

Stefan schreit nicht, er fasst Anja nicht an, doch sie zuckt zusammen, als hätte er ihr einen Schlag versetzt. Seine Stimme ist laut und klar und bestimmt. So habe ich Stefan noch nie erlebt; immer war er derjenige, der vor Anja klein beigegeben hat.

Anja setzt erneut zu sprechen an: »Stefan, ich weiß wirklich nicht, was hier eigentlich . . .«, doch Stefan lässt sie gar nicht ausreden.

»Du bist krank, Anja. Krank!« Nun flüstert er beinahe. »Du musst in eine Klinik, du brauchst Hilfe.«

»Das meinst du doch nicht im Ernst?«, begehrt sie empört auf.

Stefan dreht sich von ihr weg, reibt mit seinen Händen über sein Gesicht und sagt dann: »Doch, Anja, doch. Es gibt keinen anderen Weg.«

Und dann geschieht alles ganz schnell: Anja steht auf, geht zur Anrichte und trinkt von der Schorle, sie verdreht die Augen, das Glas rutscht ihr aus der Hand, fällt auf den Boden, zerbricht, der Rest Holunderschorle verteilt sich überall im Zimmer.

Anja zittert am ganzen Körper, geht ein paar Schritte, wird sehr blass, zeigt mit dem Finger auf mich und stammelt hasserfüllt: »Du! Du!«, bevor sie bewusstlos auf dem Teppich neben dem Esstisch zusammenbricht.

Stefan steht auf. Er wirkt ganz ruhig. »Anja wird öfter mal ohnmächtig, wenn sie sich nicht durchsetzen kann. Aber wir sollten besser einen Krankenwagen rufen, schon wegen Bennie. Wer weiß, was Anja ihm heute Nachmittag . . .« Er verstummt und wirft einen Blick auf seine Frau, die leichenblass auf dem Boden liegt und sich nicht rührt. Schließlich nimmt er mir Mia ab, bückt sich nach Bennie und sagt, dass er die Kinder ins Bett bringen und oben mit dem Arzt telefonieren würde.

Ju starrt Stefan hinterher, als der nach oben geht. Er sieht aus, als würde er Stefan zum ersten Mal sehen.

25.

Und ich schwöre dir, als sie herauskam, hat sie nicht einmal nach dir geschaut. Das war gut für uns, denn so hat sie erst später bemerkt, dass du weg bist. Und dann hat sie sich wie ein Profi in ihre Rolle als leidende Mutter gestürzt.

Nachdem Stefan verschwunden ist, fällt Jus Blick auf die wie tot daliegende Anja. Er stöhnt und kniet sich neben sie, lagert ihre Beine hoch, fühlt ihren Puls und schaut dabei auf seine Armbanduhr – konzentriert und so fachmännisch, dass ich plötzlich ganz sicher bin, er arbeitet wirklich als Sanitäter. »Der Puls ist kräftig und gleichmäßig«, flüstert er vor sich hin und nickt, wie um sich zu beruhigen.

Er ist vollkommen versunken darin, Anja zu betrachten. Seine Hand löst sich von ihrem Hals, wo er mit den Fingerspitzen ihren Puls gefühlt hat, er dreht seine Hand um, wandert mit dem Handrücken über ihre Wange und streichelt sie, als wäre sie ein Kind. Er löst sich von den Knien, beugt sich vor, legt seinen Kopf auf ihre Brust und umschlingt sie mit einem erleichterten Seufzen, fast, als hätte er darauf sein ganzes Leben gewartet. Seine Schultern beginnen zu zucken, er weint.

Ich fasse es nicht. Was soll das denn? Er hat gesehen, wie Anja ihrer Tochter einen Schubs gegeben hat, er umarmt eine Mörderin!

»Ju, Ju!« Ich gehe neben ihm in die Knie und rüttle an seiner Schulter. »Ju, komm zu dir, spinnst du?«

Er erstarrt unter meiner Berührung, dann löst er sich von Anja, schnieft mehrfach und dreht sich zu mir um. Seine Augen suchen meine. Sie sind schwarz wie übergroße Pupillen, die Wimpern kleben nass zusammen. Er wischt sich mit dem Handrücken die Nase ab. Dann beißt er sich auf die Lippen, streckt sein Kinn vor, ringt nach Beherrschung, aber kein Wort kommt über seine Lippen.

»Jetzt rede schon, Ju, sag endlich, was zum Teufel hier los ist!«

Neue Tränen rollen aus seinen Augen. Er räuspert sich, schüttelt den Kopf, aber schließlich redet er doch.

»Anja ist meine Mutter.« Sein Mund verzerrt sich zu einem schiefen Lächeln, das sofort in hoffnungsloses Schluchzen übergeht.

Nur sehr langsam wird mir klar, was seine Worte bedeuten. Und obwohl ich nicht verstehe, wie das möglich sein kann, glaube ich ihm.

Ich glaube ihm.

Und deshalb beuge ich mich vor und küsse ihn mitten auf den Mund, der salzig schmeckt und auch süß. Dann presse ich meine Arme um ihn und halte ihn fest.

Seine Mutter.

Plötzlich ergibt alles einen Sinn.

26.

Doch da waren wir schon auf dem Weg zur Autobahn nach Innsbruck, wo ich alles für dich vorbereitet hatte. Auch meine Nachbarn wussten, dass ich den Sohn von der Oma holen würde.

Eine halbe Stunde später sind Ju und ich mit den Zwillingen allein. Stefan ist mit Anja ins Krankenhaus gefahren, vorher hat er den Notarzt noch gebeten, die Zwillinge zu untersuchen. Zum Glück hatten die beiden nichts wirklich Schlimmes; Bennies Herzschlag war leicht erhöht, aber alle anderen Werte waren normal.

Stefan war erst wieder nach unten gekommen, als der Notarzt schon da war, und Ju war froh darüber, denn es war ihm peinlich, dass er so geweint hat.

Anja war nach zwei Minuten wieder aufgewacht, hatte dann aber so getan, als wäre sie völlig verwirrt und würde weder wissen, wo sie ist, noch wer wir sind. Die Sirenen der Ambulanz und die Untersuchung durch den Arzt haben Mia und Bennie unruhig gemacht, deshalb sitzen wir nun mit ihnen draußen auf dem Deck. Es ist jetzt definitiv zu spät für ein Mittagsschläfchen und zu früh, um sie schon für die Nacht ins Bett zu legen.

Doch ich bin ganz froh, Mia auf dem Schoß zu haben, und mir kommt es vor, als ob wir die beiden als eine Art Schutzschild benutzen, weil wir nicht wissen, wie wir uns jetzt verhalten sollen. Der Kuss brennt noch immer auf meinen Lippen. Vorhin habe ich gedacht, das wäre das einzig Richtige, Ju hat so entsetzlich traurig gewirkt, da wollte ich einfach ganz nah bei ihm sein. Ihm zeigen, dass er nicht alleine ist. Und er hat meinen Kuss erwidert, es war ein langer Kuss, sehr lang. Doch nun sitzen wir verlegen hier auf dem Deck, ich klammere mich an Mia, Ju hält sich an Bennie fest.

Ich starre in den Garten und vermeide es, in Jus immer noch verweintes Gesicht zu schauen. Dabei kreisen meine Gedanken nur um ihn und das, was er gesagt hat. Dass Anja seine Mutter wäre.

Mia und Bennie sind auf einmal vollkommen ruhig, als wollten sie, dass wir endlich reden, als wären auch sie neugierig zu erfahren, was hier eigentlich los ist.

»Es ist so«, fängt Ju schließlich an und durchbricht unser Schweigen. »Du hast doch die Zeitungsartikel in der Mappe gelesen. Dieses Kind, das entführt wurde, dieser kleine Jan . . . also, das bin ich.«

»Du bist Jan?«, frage ich ungläubig und in meinem Kopf überschlagen sich die Gedanken. Das Babyfoto mit der schwarzen Trauerschleife fällt mir wieder ein und ich kann es kaum glauben, dass der kleine Junge, der darauf zu sehen ist, nicht tot ist, sondern gerade neben mir sitzt. Dass ich ihn geküsst habe. »Aber wie ist das möglich?«

»Bis vor Kurzem habe ich geglaubt, dass ich Julius heiße und der Sohn einer alleinerziehenden Krankenschwester bin. Aber dann hat meine . . .«, er stockt, ». . . meine Mutter einen tödlichen Herzinfarkt gehabt und ich bekam einen Brief vom Rechtsanwalt. Gleichzeitig habe ich in der Wohnung diese Zeitungsartikel in ihren Unterlagen gefunden. Es war entsetzlich.« Jus Blick ist in weite Ferne gerichtet und er scheint Bennie, der in seinem Arm eingeschlafen ist, völlig vergessen zu haben. »Ich meine, ihr plötzlicher Tod hat mich schon völlig aus der Bahn geworfen – außer ihr hatte ich ja niemanden. Aber dann auch noch all das andere herauszufinden ... Es hat sich angefühlt, als würde mir nicht nur der Boden unter den Füßen weggezogen, sondern auch das Herz herausgerissen.«

Er atmet tief durch, dann schiebt er Bennie vorsichtig ein Stück beiseite, um ein paar vollkommen zerschlissene Blätter aus seiner Hosentasche zu ziehen. Einen Moment lang starrt er unschlüssig auf die Seiten, ehe er sie mir herüberreicht.

Mia ist inzwischen auch eingeschlafen, sodass ich sie mit einer Hand festhalten kann. Will Ju tatsächlich, dass ich den Brief seiner toten Mutter lese? Ich werfe ihm vorsichtshalber noch einmal einen fragenden Blick zu, doch als er mir auffordernd zunickt, beginne ich zu lesen:

Mein Liebling,
es fällt mir außerordentlich schwer, dir diesen Brief zu schreiben. Und ich werde dafür sorgen - auch wenn es unheimlich feige ist -, dass du ihn erst dann lesen wirst, wenn ich bereits tot bin.
Du weißt, dass ich dich immer mehr geliebt habe als mein Leben, du warst für mich das Wasser, das Licht und die Luft zum Atmen. Bitte vergiss das nie, niemals und versuche, mir zu verzeihen.
Ich weiß nicht, wo ich anfangen soll. Mir selbst kommt es heute - nach so vielen Jahren und mit Abstand - einfach ungeheuerlich vor, was ich getan habe. Und doch habe ich es nur für dich getan.
Es war so etwas wie Liebe auf den ersten Blick. Als es mir gelang, deine Aufmerksamkeit zu erregen, und du deine braunen Augen voll auf mich gerichtet hattest, da wusste ich tief in meinem Herzen, dass wir zusammengehören. Für immer.

Doch dein Leben war in Gefahr. Es gab nur einen Weg, dich zu retten, aber dieser Weg war so jenseits des Gesetzes, so jenseits von all dem, was ich für gut und richtig hielt, dass ich zunächst zögerte. Und aufgrund meines lächerlichen Zögerns wärst du beinahe gestorben. Bitte mach dir das immer wieder klar, wenn du weiterliest. Es war dein Leben, das ich schützen wollte, schützen musste.
Und deshalb habe ich diesen Plan ersonnen, von dem es kein Zurück mehr gab. Du merkst schon, wie schwer es mir fällt, endlich zu den nackten Tatsachen zu kommen. Verzeih mir bitte.
Du weißt, dass ich nicht einmal einen Strafzettel wegen Falschparkens bekommen habe. Vielleicht hast du gedacht, das wäre so, weil ich entsetzlich spießig bin, aber dafür gab es ganz andere Gründe.
Ich durfte nicht auffallen, nicht mit dem Gesetz in Konflikt geraten. Konnte nicht riskieren, dass man uns auf die Schliche kommt. Auch nicht, nachdem sie das Ungeheuerliche getan hatte.
Ungeheuerlich, denn sie hat sich damit abgefunden, dass du tot bist. Nicht einmal davor ist sie zurückgeschreckt. Nur um ihrer krankhaften Gier nach Aufmerksamkeit zu frönen. Und trotzdem war genau das der Moment, wo mir klar wurde, wie falsch mein Handeln gewesen war.
Es gab da jemanden, den ich vollkommen ausgeblendet hatte, und das ist das schlimmste Unrecht, das ich begangen habe - neben dem, was ich dir angetan habe.
Als er des Mordes verdächtigt wurde, war ich kurz davor, alles zu gestehen, denn ich konnte doch keinen Unschuldigen im Gefängnis schmoren lassen. Aber zum Glück hat die Polizei relativ schnell gemerkt, dass seine Lügen anderer Natur waren.
Und diese Lügen, sein Sexleben betreffend, haben mich dann darin bestätigt, dass ich für uns doch die richtige Entscheidung getroffen hatte. Allerdings musst du wissen, dass ich trotzdem immer wieder

von starken Schuldgefühlen gequält wurde.
Auch weil du nach meinem Tod ganz allein in der Welt stehen wirst. Immerhin wird dich dieser Brief in die Lage versetzen, selbst nachzuforschen und dir eine eigene Meinung zu bilden. Glücklicherweise bist du nicht dumm.
Und ich hoffe deshalb, dass du mir vergeben kannst, dass ich dich als kleines Baby entführt habe. Du weißt, ich war Kinderkrankenschwester auf der Intensivstation, damals in München.
Schon kurz nach deiner Geburt warst du Dauergast auf unserer Station. Zunächst haben wir alle geglaubt, dass du eine sehr seltene Krankheit haben müsstest, und die Ärzte haben alles getan, um herauszufinden, was dir fehlt.
Aber ich kannte sie und wusste, dass sie schon ein Kind durch den plötzlichen Kindstod verloren hatte, weil ihr Mann es mir erzählt hatte. Als Erklärung für ihr extrem überbehütendes Verhalten. Sie hat es aber niemandem auf der Station verraten - und das kam mir merkwürdig vor.
Außerdem ging es dir immer besser, wenn deine Mutter nicht in der Klinik war, und so kam es, dass ich anfing, einen ungeheuerlichen Verdacht zu schöpfen.
Doch weil ich es selbst kaum glauben konnte, ließ ich mich zum Nachtdienst versetzen, um sie zu beobachten, wenn sie nachts bei dir blieb. Und wenn ich es nicht mit eigenen Augen gesehen hätte, dann hätte ich es auch nicht für möglich gehalten.
Sie hat mit einer Injektionsnadel etwas in deine Infusion gespritzt. Ich wollte deshalb den Tropf sofort abschalten, was mir auch gelang. Leider hat sie dadurch gemerkt, dass ich ihrem kranken Treiben auf die Spur gekommen war.
Deshalb hat sie dann dafür gesorgt, dass ich versetzt wurde. Sie hat behauptet, ich hätte im Nachtdienst geschlafen und nach Alkohol gerochen, und da sie eine freundliche, gramgebeugte und junge attraktive

Frau war und ich eine kinderlose, unattraktive Schwester, haben die Ärzte es vorgezogen, ihr zu glauben anstatt mir.
Damals kannte man dieses Krankheitsbild noch nicht. Niemand hätte mir geglaubt. Und deshalb musste ich handeln. Ich habe gekündigt und mir in Innsbruck eine neue Stelle gesucht. Als Krankenschwester findet man immer etwas.
Dann habe ich meinen nächsten Urlaub genutzt und dich zu mir geholt. Wenn du das euphemistisch formuliert findest, dann denk daran, wie ich dich geholt habe.
Immer wieder bin ich ihr gefolgt, weil ich sicher war, dass meine Chance kommen würde. An diesem kalten Wintertag ließ sie dich vor einem Geschäft draußen im Kinderwagen stehen, wo ich dich herausgenommen und in meinen mitgebrachten Wagen gesetzt habe. Und ich schwöre dir, als sie herauskam, hat sie nicht einmal nach dir geschaut. Das war gut für uns, denn so hat sie erst später bemerkt, dass du weg bist. Und dann hat sie sich wie ein Profi in ihre Rolle als leidende Mutter gestürzt.
Doch da waren wir schon auf dem Weg zur Autobahn nach Innsbruck, wo ich alles für dich vorbereitet hatte. Auch meine Nachbarn wussten, dass ich den Sohn von der Oma holen würde.
Etwas schwieriger war es, dir die richtigen Papiere zu besorgen. Doch auch dies gelang mir, nachdem ich auf meiner Station Jahre später einen Standesbeamten nach einer Operation gepflegt habe. Die Menschen sind so dankbar, wenn man freundlich zu ihnen ist. Er war so großzügig, mich zu heiraten und dich zu adoptieren, bevor er gestorben ist. Aber wie du jetzt weißt, bist du kein Österreicher, sondern Deutscher und dein richtiger Name ist nicht Julius Polliwoda, sondern Jan Markus Zeltner.
Du musst mir glauben, ich hätte es dir gleich nach deinem achtzehnten Geburtstag selbst erklärt. Diesen Brief habe ich bei einem Notar hinterlegt, nur für den Fall, dass mir vorher etwas zustoßen

sollte.

Ich bitte dich nochmals, an all die guten Stunden zu denken, die wir zusammen hatten. Es war wirklich nicht so, dass ich dich einer anderen Mutter geraubt habe, weil mir Kinderlosen der Sinn danach stand.

Vielmehr gibt es heute einen Namen für die Störung, unter der deine leibliche Mutter leidet: Münchhausen-Stellvertreter-Syndrom. Doch damals - 1992 - hätte man mich für wahnsinnig erklärt und hätte ich tatenlos ihrem Treiben zugesehen, wärst du heute tot. Bitte verzeih mir.

Für immer
deine nicht leibliche, aber dich innig liebende Mutter

Ute Hecht

Ungläubig wandert mein Blick über die Seiten, die ich in den Händen halte. Mir gehen tausend Gedanken durch den Kopf. Es kommt mir so ungeheuerlich vor, dass ich gar nicht weiß, wie ich darauf reagieren oder was ich zu Ju sagen soll. Ich weiß nur eines: Ju sitzt hier. Neben mir. Und ich möchte ihn unbedingt trösten. Doch eine Frage brennt mir auf der Seele und ich muss sie ihm jetzt stellen.

»Warum hast du dich mir nicht anvertraut? Warum hast du nicht gleich deine Geschichte erzählt, sondern mir solche Angst gemacht?«, frage ich vorsichtig und versuche, die Frage nicht wie einen Vorwurf klingen zu lassen.

Ju seufzt. »Weil ich selbst vollkommen durcheinander war, weil ich nicht glauben konnte, was man mir angetan hatte. Vor allem wusste ich nicht, ob ich meiner Mutter, die ja gar nicht meine leibliche Mutter war, wirklich glauben konnte.

Ich dachte, das . . .«, er wedelt mit dem Brief, »sind nur die widerlichen Rechtfertigungen einer kinderlosen Frau, die einen kleinen Jungen entführt hat. Ich habe nicht daran gezweifelt, dass alles tatsächlich so stattgefunden hat, wie sie es in dem Brief geschildert hat – nicht, nachdem ich die Zeitungsartikel gelesen hatte. Aber was waren wirklich ihre Motive gewesen? Diese Münchhausen-Geschichte klang so absurd und ich war mir nicht sicher, ob meine Mutter sich das alles einfach nur ausgedacht hatte.«

Ju hält einen Moment inne, als müsse er erst seine Gedanken ordnen. Dann fährt er fort und seine Stimme klingt so unendlich traurig, dass es mir einen Stich versetzt.

»In meiner Vorstellung hatte meine leibliche Mutter, also Anja, ihr ganzes Leben lang darunter gelitten, dass man ihr das Kind weggenommen hatte. Ich dachte, Anja wäre eine Frau, deren Leben Ute ruiniert hatte. Deshalb wollte ich selbst die Wahrheit herausfinden – ich konnte niemandem mehr vertrauen. Gleichzeitig hatte ich Angst davor, was ich finden würde. Vor ein paar Wochen habe ich mich dann in einer Pension in Seebick einquartiert und angefangen, die Zeltners zu beobachten.«

»Und warum hast du dich nicht deinem Vater anvertraut?«

»Meinem Vater . . .« Ju lässt sich die Worte auf der Zunge zergehen. »Mein Vater! Um ehrlich zu sein, an ihn habe ich als Letztes gedacht. Lange war mir gar nicht klar, dass Stefan wirklich mein Vater ist. Ich hatte immer nur eine Mutter – Ute. In meinem Universum gab es nie einen Vater. Und ich wusste nicht, was das bedeutet, wie es sich anfühlt – verstehst du das?«

Ich lege eine Hand auf seinen Arm und nicke ihm zu. »Ich habe zwar einen Vater, aber er war auch nie wirklich da. Für mich sind Grannie und Mom meine Eltern. Aber jetzt erzähl weiter.«

»Also, gerade als ich beschlossen hatte, mich ihm anzuvertrauen, fand ich heraus, dass er Anja betrügt.«

Ju wirft mir einen schnellen Seitenblick zu, doch ich nicke nur. Das, was Ju da gerade erzählt, habe ich mir, seit ich die Tüte gefunden habe, ja auch gedacht.

»Und diese Tatsache hat meinen Plan wieder ins Wanken gebracht. Doch nicht nur das; plötzlich habe ich auch darüber nachgedacht, ob Ute sich vielleicht getäuscht haben könnte. Ob es vielleicht Stefan ist, der die Kinder krank macht, damit seine Frau beschäftigt ist und er mehr Zeit für seine Affären hat. Er war und ist ein Lügner – ich wusste, dass ich ihm nicht vertrauen kann. Und dann kamst du ins Spiel. Als ich mitbekommen habe, dass die Zeltners ein Au-pair-Mädchen engagiert haben, hat sich in meinem Kopf gleich ein neuer Plan geformt. Ich dachte, wenn ich es schaffe, dich kennenzulernen, dann könnte ich so ganz unauffällig an die Familie rankommen. Deshalb habe ich mich selbst im Wald verletzt . . .«

Seine Sätze fühlen sich an wie feine Nadelstiche und ich frage mich, ob ich für ihn wirklich nur Mittel zum Zweck war. Eine höhnische Stimme in meinem Kopf antwortet und sagt mir, dass ich selten naiv bin. Ich hätte wissen müssen, dass dieser gut aussehende Junge sich nicht wirklich für mich interessiert! *Der Buuum-Typ* – guter Witz! Doch noch bevor ich etwas sagen kann, räuspert sich Ju, und als er weiterspricht, wirkt er verlegen. »Es tut mir leid, dass ich dich so blöd angebaggert habe.«

»Oh ja, *der Buuum-Typ!«*, sage ich und kann es nicht vermeiden, dass meine Stimme dabei bitter klingt.

»Hey.« Ju legt seine Hand auf meinen Arm und dann sehen wir uns zum ersten Mal seit Jus Zusammenbruch in die Augen und schauen beide ganz schnell wieder weg. Aber ich bemerke trotzdem noch, wie er in sich hineinlächelt, und gerade als ich fragen will, was es da zu lachen gibt, fährt Ju fort.

»Ich meine, der Plan war sehr einfach, denn ich musste nicht mal Interesse heucheln. Ich fand dich von Anfang an ganz hübsch – vor allem deine türkisfarbenen Augen . . .«

»So.« Mehr fällt mir nicht ein, und obwohl ich es nicht möchte, muss ich daran denken, wie gut Ju mir gefallen hat, als ich ihm das erste Mal im Wald begegnet bin.

»Und außerdem habe ich dann auch schnell gemerkt, dass du total in Ordnung bist.« Jetzt grinst er mir voll ins Gesicht. »Ich dachte zuerst, du wärst bestimmt so 'ne Ami-Zicke, für die es das Wichtigste ist zu wissen, welche Lippenstiftfarbe gerade angesagt ist oder ob man eine tolle Karre fährt.«

»Ami-Zicke – was genau meinst du damit?«, frage ich, obwohl mir schon klar ist, dass es bestimmt nichts Gutes bedeutet.

»Hm«, er überlegt und hebt dabei Bennie hoch, der gerade aufgewacht ist. »So was wie 'ne *American bitch.*«

»Rede ruhig weiter, *German-Kraut-idiot, I really appreciate it.*«

»Jedenfalls . . . ach, verdammt.« Nachdem er seine Finger an Bennies Arm hat hochwandern lassen, was der Kleine mit einem so lauten Quieken quittiert, dass auch Mia davon wach wird, sieht er mich an. »Du bist sauer, du beißt auf deiner Unterlippe rum.«

Aber er täuscht sich, ich bin nicht sauer, ich bin nervös. Mächtig nervös.

Ju steht auf und setzt Bennie neben Mia auf meinen Schoß, dann umarmt er uns alle drei und gerät ins Taumeln.

»Keine gute Idee, warte.« Er nimmt die Zwillinge und setzt sie auf die Krabbeldecke am Boden, kommt wieder zu mir, zieht mich hoch, raus aus dem Stuhl und umarmt mich, vergräbt sein Gesicht vorsichtig in meinem Nacken. »Tut's noch weh?«, fragt er und fährt mit seinem Handrücken vorsichtig über den blauen Fleck auf der anderen Seite. Gänsehaut überzieht meinen Körper.

»Ja, ich meine – nein.«

»Aber du zitterst.« Er presst mich stärker an sich. Seine Wärme fühlt sich gut an. Beruhigend, aufregend. Ich bin ganz durcheinander und weiß nicht, wie ich reagieren soll. Da löst er seine Umarmung, schiebt mich etwas von sich und sieht mir voll ins Gesicht.

Und dann kommt sein Mund näher, küsst meine Stirn, meine Wangen, meine Augen und endlich meine Lippen, sanft erst, dann drängender. Mir wird schwindelig und mein Herz fängt an zu rasen. Es hämmert, kann gar nicht genug kriegen, jagt das Blut durch meinen Körper, stellt alle Härchen auf und . . .

Da fangen Mia und Bennie an zu quäken.

Wir lösen uns widerstrebend voneinander und grinsen uns an.

»Deine Geschwister können ganz schön nerven!«, sage ich und versuche, meinen Körper zu beruhigen.

»Wage es ja nicht, sie zu beleidigen, sie haben einen mächtig starken großen Bruder!« Er gibt mir noch einen Kuss auf die Nase, bevor er mich behutsam mit sich auf den Boden zu den Zwillingen zieht.

»Hast du eigentlich Geschwister?«, fragt er und lässt eine Hand meinen Rücken entlangwandern.

»Nein, ich habe nur einen Großcousin, aber den kenne ich auch erst seit Kurzem, so wie du Bennie und Mia.«

Ju setzt sich auf und starrt mich an. »Du weißt so viel mehr über mich, als ich über dich.«

»Das kannst du jederzeit ändern. Frag, was du willst.«

»Was ich will?«, hakt er nach. Und als ich nicke, sprudelt es nur so aus ihm heraus. »Okay, Blue! Wie viele Lover hattest du vor mir und welcher war der beste und warum?«

»Millionen Lover natürlich!« Ich werfe Bennies Robbe an seinen Kopf.

»Spaß, Mann, war nur Spaß. Aber was ich wirklich wissen will, ist, was dich aus Las Vegas ausgerechnet in dieses Kaff hier verschlagen hat.« Er breitet seine Hände aus. »Ich meine, wer kommt freiwillig hierher? Bestimmt hast du etwas ausgefressen und tust hier Buße. Oder«, jetzt grinst er nicht mehr ganz so frech, »es war eine unglückliche Liebe.«

»Fast.« Ich ziehe das kaputte Armband von Grannie aus der Hosentasche und klimpere damit vor den Zwillingen herum. »Aber das ist eine sehr lange Geschichte.«

Und dann erzähle ich sie ihm.

27. Er

Blue ist noch viel cooler, als ich je gedacht hätte. Wenn sie lacht, kriege ich Gänsehaut, wenn sie mich anschaut, habe ich nur den einen Wunsch, meine Arme um sie zu legen, und wenn ich dann ihren Herzschlag an meiner Brust fühlen kann, dann möchte ich sie für immer festhalten, möchte sie vor allem beschützen, möchte stark sein für sie und bin froh, dass niemand sehen kann, wie lächerlich weich und zittrig ich mich gleichzeitig dabei fühle.

Ich schätze mal, das ist es, was Liebe auch aus einem macht. Zum ersten Mal hab ich plötzlich Angst abgewiesen zu werden, Angst, ihr könnte der Himmel auf den Kopf fallen, Angst, sie könnte meine Witze anfangen zu hassen, und all das nur, weil ich so voller Sehnsucht nach ihr bin. Verrückt . . .

Ganz anders mit Stefan, da ist einfach alles so verdammt schwer. Wir versuchen es. Ich versuche es.

Er hat mir angeboten, in sein Haus zu ziehen, und nach einer Woche Zögern habe ich sein Angebot schließlich angenommen.

Immer wieder erwische ich ihn dabei, wie er mich so komisch anschaut, und heute werde ich ihn fragen, warum.

Blue ist mit den Zwillingen draußen auf dem Deck und Stefan und ich kochen zusammen. Das war ihre Idee, sie hätte gern, dass wir uns näherkommen. Deshalb hat sie vorgeschlagen, dass wir so etwas machen sollen, so ein Vater-

Sohn-Ding eben. Aber ich kann ihn nicht Vater nennen, für mich ist er Stefan.

Stefan zerreibt gerade Kreuzkümmel im Mörser, wir versuchen, ein indisches Curry zu kochen.

»Du denkst, ich bin nicht dein Sohn, oder?«, sage ich zu seinem Rücken, weil ich es ihm nicht ins Gesicht sagen kann. »Du glaubst, ich bin ein Spinner, der sich hier eingeschlichen hat, oder?«

Stefan erstarrt, lässt den Mörserklöppel fallen und dreht sich langsam zu mir um. »Wie kommst du denn darauf?«, fragt er, weicht meinem Blick aber aus.

»Ich sehe, wie du mich anstarrst, wenn du denkst, dass ich es nicht merke.«

Er seufzt. »Ich weiß, dass du mein Sohn bist.« Er sagt es im Brustton der Überzeugung, dabei zieht Röte über sein Gesicht.

»Und wie kannst du dir da so sicher sein?«, hake ich nach, weil mir das komisch vorkommt. »Ich meine, immerhin hast du fast achtzehn Jahre lang gedacht, dass ich tot bin. Oder spürst du irgendein besonderes Band zwischen uns?« Meine Stimme klingt sarkastisch, irgendwie habe ich mich gerade nicht richtig unter Kontrolle.

Er wird jetzt so rot wie die getrockneten Chilis, die er als Nächstes für das Curry zerreiben wollte. Dunkelrot. »Es wäre gelogen, wenn ich behaupten würde, dass ich sofort gewusst hätte, dass du mein Sohn bist. Ich musste meine Familie schützen, deshalb habe ich . . .« Stefan stützt die Hände in seine Hüften, als würde ihm das die Kraft geben weiterzureden, aber er schweigt.

»Was hast du?«

»Ich, also, na ja, ich habe einen DNA-Test machen lassen. Das Ergebnis war eindeutig. Du bist mein Sohn.«

Ich weiß nicht, was ich sagen soll. Einerseits kann ich ihn verstehen, andererseits hätte er offen mit mir darüber reden können.

Er kommt einen Schritt auf mich zu. »Tut mir leid, es war nicht in Ordnung, das hinter deinem Rücken zu machen, aber ich war einfach so neben der Spur . . .«

»Du warst neben der Spur?«, platze ich heraus. »Hast du dich auch nur eine Sekunde lang mal gefragt, wie es mir mit dem Ganzen geht? Erst stirbt meine Mutter, dann finde ich heraus, dass sie gar nicht meine leibliche Mutter war. Und als ich meine echte Mutter finde, muss ich ihr dabei zuschauen, wie sie gerade ihr eigenes Kind umzubringen versucht.« Ich bin so wütend, dass ich gegen die Küchenzeile treten muss.

»Hey, das reicht!« Stefan schiebt mich grob zur Seite, dann stöhnt er. »Du hast ja recht. Ich habe einen fatalen Fehler gemacht. Ich habe die Augen verschlossen vor dem, was hier los war, vor den Problemen, die Anja hatte. Aber ich werde versuchen, es wiedergutzumachen.«

»Die Augen verschlossen?« Ich könnte kotzen. »Du hast dich zu deiner Geliebten abgeseilt und fertig.«

»Ja, ich habe mich in meine eigene Welt geflüchtet, weil ich es nicht übers Herz gebracht habe, Anja zu verlassen. Das war falsch, das weiß ich jetzt.« Er zuckt hilflos die Achseln, doch diese Geste bewirkt, dass ich nur noch wütender werde. »Sie hat mir einfach immer so leidgetan. Schon ihre ganze Kindheit war so entsetzlich – sie hat früh ihre Eltern verloren und war dann bei mehreren Pflegefamilien, wo man sie nicht gerade gut behandelt hat. Als ich sie kennengelernt habe, hatte sie gerade erst angefangen zu leben. Ich war so verliebt in sie und habe immer nur daran gedacht, was ich für sie tun könnte. Sie hat nicht einmal eine Trauzeugin für unsere

Hochzeit gehabt, niemanden, so einsam war sie. Dann starb unser erster Sohn am plötzlichen Kindstod und zwei Jahre später wurdest du entführt. Es schien, als wären wir vom Pech verfolgt. Was hätte ich denn tun sollen? Sie hat mich gebraucht, ich habe es nicht übers Herz gebracht, sie alleine zu lassen. Aber irgendwann habe ich die ganze Situation einfach nicht mehr ausgehalten und mir Freiräume gesucht.

»*Freiräume* nennst du das?«

»Okay, gut, sagen wir es anders: Ich war ein Feigling. Sie hat sich die Zwillinge so sehr gewünscht, nie im Leben hätte ich der künstlichen Befruchtung zugestimmt, wenn ich geglaubt hätte, sie würde ihnen etwas antun. Ich bin doch kein Monster. Das war unsere letzte Chance.«

In diesem Augenblick kommt Blue hereingerannt. Ihre türkisen Augen strahlen, als hätte sie im Lotto gewonnen. »Ihr werdet es nicht glauben, aber es ist etwas Wunderbares passiert! Bennie kann ein neues Wort sagen!«

»Und was?«, fragt Stefan.

»Papa!«, sagt Blue und lacht uns beide an, als wäre das ein großartiges Geschenk.

Papa, denke ich und irgendwie sticht es in meiner Brust. Papa.

Mein Blick kreuzt sich mit dem von Stefan, er zieht fragend die Augenbrauen hoch, aber ich kann nichts sagen.

Blue merkt plötzlich, dass hier irgendwas anders läuft, als sie gedacht hat, und hört auf zu lachen.

Ich muss rausgehen und darüber nachdenken.

Papa.

Ich bin achtzehn Jahre alt und hatte nie einen.

28. Zwei Wochen später . . .

Seit zwei Wochen versuchen Ju, Felix und ich herauszufinden, was Georg in seinem kryptischen Brief andeuten wollte. Denn leider war meine Idee mit Kalifornien und dem heißen Ofen genau das – ein Schuss in den Ofen. Felix hat dort mehrfach alles gründlich abgesucht und nach Hohlräumen abgeklopft, aber nichts gefunden.

Das Problem ist, dass wir nicht wirklich viel Zeit zum Suchen übrig haben, weil Stefan entweder bei Anja in der Klinik oder bei der Arbeit ist und Ju und ich zusammen auf die Zwillinge aufpassen, denen es prächtig geht.

Anja ist in die geschlossene Psychiatrie verlegt worden, nachdem man in dem Grießbrei eine unglaublich hohe Konzentration von L-Thyroxin gefunden hat. Das ist ein Schilddrüsenhormon, was auch meine Symptome verursacht hatte. Außerdem hat Stefan noch mal mit Anjas Hausarzt in Seebick Kontakt aufgenommen. Bei ihm war sie nicht mehr erschienen, nachdem er ihr keine Schlaftabletten und Hustendämpfer mehr verschreiben wollte, sondern eine psychologische Beratung vorgeschlagen hatte.

Stefan hat dann in einer Fotokiste unter Anjas Bett trotzdem Schlaftabletten gefunden und gigantische Mengen frei verkäuflicher Allergiemedikamente, die überdosiert nicht nur müde machen, sondern auch Muskelkrämpfe, Magen-Darm-Störungen und Atemlähmungen hervorrufen können.

Außerdem gab es mehrere Schachteln *Lariam,* ein Malariamittel, das unglaublich viele Nebenwirkungen hat, Babys auf keinen Fall verabreicht werden darf und sogar Halluzinationen auslösen kann.

Stefan hat mit mir und Ju unheimlich lange Gespräche geführt und zugegeben, dass er schon länger den Verdacht hatte, dass es bei den Krankheiten seiner Kinder nicht mit rechten Dingen zugehe. Aber er hat vermutet, Anja würde sich die Krankheiten der Kleinen nur einbilden, um Aufmerksamkeit auf sich zu ziehen und ihn dazu zu zwingen, sich mehr um sie und die Kinder zu kümmern.

Ju ist vor über einer Woche zu uns ins Haus gezogen. Er hat gerade Semesterferien und wird den ganzen Sommer über hierbleiben. Im Herbst fängt sein zweites Semester an und er will versuchen, die Uni zu wechseln und einen Studienplatz in Heidelberg zu bekommen. Er gibt sich wirklich große Mühe, einen Draht zu seinem Vater zu finden, aber die beiden brauchen einfach noch viel Zeit. Würde mir wahrscheinlich nicht anders gehen, wenn ich auf einmal mit meinem Daddy klarkommen müsste.

Vicky war total geschockt, als ich endlich ausführlich mit ihr chatten konnte. Und wenn ich ihr nicht den blauen Fleck an meinem Hals gezeigt hätte, würde sie immer noch an meiner Geschichte zweifeln.

Sie erzählt ständig davon, wie mega-très-chic es in Paris wäre, aber um Ju beneidet sie mich glühend. Als ich ihr Fotos von ihm geschickt habe, fand sie, dass kein einziger Franzose mit ihm mithalten könne. Und ich habe genau gemerkt, wie sehr es sie gewurmt hat, dass ich im hinterletzten Kaff der Erde so einen Typen kennenlerne – mit dem ich nun auch noch unter einem Dach wohne – und sie nach zwei Monaten noch nicht mal auch nur einen kleinen Flirt hatte. Typisch Vicky!

Grannie habe ich nur eine kurze Mail geschickt, um sie zu beruhigen und ohne dabei ins Detail zu gehen. Ich habe ihr lediglich gesagt, dass die Gefahr gebannt sei. Und sie hat mir zurückgemailt, dass sie daraufhin wieder Karten für mich gezogen hätte. Ganz wundervolle Karten: die Liebenden und den Stern.

Ich frage mich, welche Karten sie zöge, wenn sie nach Georgs Schicksal fragen würde, und wünsche mir, dass wir es schaffen, noch mehr über ihn herauszufinden.

Heute sind Ju und ich mal wieder durch die brütende Hitze mit den Zwillingen zu Felix hinüberspaziert. Seine Oma ist in die Stadt gefahren, denn am Mittwochnachmittag hat die Bäckerei immer geschlossen.

Wir haben in den vergangenen Wochen Georgs sämtliche Schallplatten noch einmal auf Hinweise durchkämmt. Dabei haben sich Ju und Felix tatsächlich angefreundet und ich musste mir hundertmal all dieses ziemlich traurige Zeug aus den Sechzigerjahren anhören und ihre fachmännischen Kommentare über Beats und Lyrics und Sounds ertragen.

Jetzt sitzen wir vor der Bäckerei auf einer Bank in dem Vorgarten mit dem Taubenhaus. Für Mia und Bennie haben wir einen Sonnenschirm aufgespannt und die beiden krabbeln neugierig auf dem Rasen zwischen den Blumenbeeten herum.

»Wir sollten deine Oma ausquetschen! Ich bin sicher, dass sie viel mehr weiß, als sie zugibt«, sage ich, weil es mich nervt, wie sie mich nach wie vor behandelt. »Vor allem wenn sie wirklich so eine Mistgurke war und immer alles durchwühlt hat, so wie Georg in dem Brief schreibt.«

»Oder wir geben ihr das Wasser aus dem Marienbrunnen zu

trinken«, schlägt Ju gähnend vor. »Dieser Wahrheitsbrunnen, an dem wir drei uns zum ersten Mal getroffen haben.«

Felix wehrt ab. »Oma ist gar keine Mistgurke. Sie war die Einzige, die mir 'ne Chance gegeben hat, nachdem ich dreimal beim Dealen erwischt worden bin.«

»Ja, ich weiß«, sage ich. Felix hatte Ju und mir letzte Woche erzählt, in was für eine miese Dealerszene er in Frankfurt abgerutscht war. Und obwohl seine Oma die Einzige war, die noch an ihn geglaubt hat, ärgere ich mich trotzdem über sie. »Aber wenn sie sich tatsächlich verändert hat, warum gibt sie *mir* dann immer noch keine Chance?«

»Vielleicht sollten wir ihr verraten, dass du meine Großcousine bist, Georgs Enkelin und damit ihre Großnichte.«

»Ihr langweilt! Ich dachte, wir wollten heute endlich weiterkommen. Ups!«, sagt Ju, springt auf und hält Bennie gerade noch davon ab, sich eine Margerite in den Mund zu stopfen.

»Jedenfalls grabe ich keine Blumenbeete mehr um. Nur weil ihr euch ja soo sicher wart!«, sagt Felix grummelnd und nickt in Richtung des Beets, in dem jetzt auch Rittersporn und Margeriten blühen. »Was für eine Schnapsidee zu glauben, mit dem ›symbolischen Ort‹ wäre *flower power* und damit dieses Blumenbeet gemeint.«

Ju und ich müssen grinsen, denn selbst uns kam die Idee im Nachhinein ziemlich albern vor. Seufzend ziehe ich zum hundertsten Mal den Brief aus meiner Tasche. »Aber irgendwo muss dieser verdammte Schatz doch sein!«, sage ich und lese zum hundertsten Mal laut vor:

Mir gefällt der Ort, den ich als Versteck ausgesucht habe. Direkt vor seiner Nase und doch so weit weg. Geradezu symbolisch. Jedenfalls für das, was wir für unser Leben wollen …

»Vielleicht gibt es diesen ominösen Ort gar nicht mehr.« Ju legt sich neben die Zwillinge ins Gras. »Leute, diese ganze Geschichte ist über vierzig Jahre her!«

»Das glaube ich nicht.« Felix stöhnt. »In diesem Kaff verändert sich einfach rein gar nichts. Als ich klein war, sah das hier schon genauso aus wie jetzt.«

Das bringt mich auf eine Idee. »Hat deine Oma irgendwo alte Fotoalben? Dann könnten wir nachschauen, wie es damals hier aussah, vielleicht kommen wir ja so weiter.«

»Klingt gut.« Felix steht auf und geht zum Haus. »Oma hat 'ne Menge Alben im Schrank. Ju, komm mit und hilf mir tragen.«

Ju steht seufzend auf. »Es ist einfach viel zu heiß für alles«, höre ich ihn murmeln, bevor er ins Haus verschwindet.

Ich bleibe bei Mia und Bennie, denen die Hitze nichts auszumachen scheint. Mia ist zu der Säule in der Mitte des Rasens gekrabbelt und versucht, sich dort hochzuziehen. Sie schwankt und sackt wieder und wieder in die Knie, aber dann schafft sie es, stützt sich mit beiden Händchen an der Säule ab und tappt so um die Säule des Taubenhauses herum.

Sie läuft!

Ich renne zu ihr, am liebsten hätte ich sie in die Arme genommen und herumgewirbelt, doch sie ist so konzentriert dabei, um die Säule zu trippeln, dass ihre Zungenspitze zwischen den Lippen zu sehen ist. Deshalb bleibe ich ganz ruhig stehen und warte, bis sie erschöpft auf ihren Po sinkt.

»Bravo, Mia, das ist ja wunderbar!«, lobe ich sie, dann nehme ich sie hoch und drehe mich mit ihr im Kreis. Zusammen lachen wir um die Wette.

Als die Jungs wieder zurück sind, erzähle ich, was Mia gerade getan hat, aber Ju und Felix finden das nicht ganz so sensationell wie ich. Ich setze Mia wieder ins Gras und schaue mit den Jungs erst ein paar Alben an, in denen Schwarz-Weiß-Fotos kleben. In den jüngeren Alben gibt es dann auch Farbfotos in krassen Schattierungen.

»Wow, was für ein toller Kachelofen«, sagt Ju gerade und zeigt auf ein bestimmtes Bild.

»Das muss im Wohnzimmer gewesen sein«, wundert sich Felix. »Kann ich mich gar nicht mehr dran erinnern. Komisch, dass sie den rausgerissen haben, der wäre heute bestimmt ein Vermögen wert.«

»Hey, vielleicht war *das* ja der heiße Ofen und Blue hatte doch recht«, überlegt Ju laut.

Wir starren uns an.

»O Mann, das wäre bitter«, meint Felix, »ich hab mir schon überlegt, was ich mit der Kohle alles machen könnte.«

»Und an was genau denkst du da so?«, hake ich nach.

»Ich würde dich in Las Vegas besuchen kommen . . .«

»Gute Idee.«

»Natürlich nur, um dort einen DJing-Kurs zu machen.« Felix grinst mich an.

Gerade will ich ihm einen freundlichen Klaps versetzen, da fällt mein Blick auf ein Foto, auf dem das Taubenhaus zu sehen ist. Es sieht genauso aus wie jetzt, aber es gibt einen großen Unterschied: Es ist voller Tauben! Und da fällt es mir wie Schuppen von den Augen.

»Jungs, ich weiß es. Ich hab's!« Ich springe auf und laufe tanzend und lachend durch den Garten, während Felix und Ju mich skeptisch mustern.

»Denkt noch ein Mal kurz nach!«, fordere ich sie grinsend auf, während mir erneut die Zeilen aus Georgs Brief durch den Kopf gehen.

Mir gefällt der Ort, den ich als Versteck ausgesucht habe. Direkt vor seiner Nase und doch so weit weg. Geradezu symbolisch. Jedenfalls für das, was wir für unser Leben wollen ...

»Der Schatz muss im Taubenhaus sein!«, platze ich schließlich heraus.

Ju und Felix sehen mich verblüfft an. »Im Taubenhaus?«

»Es ist doch vollkommen klar!«, rufe ich ungeduldig. »Was wollten Suzanne und Georg? In Frieden gehen, in *Frieden!* Die Friedenstaube, versteht ihr? Außerdem waren die beiden verliebt wie die Turteltauben. Wir müssen da rauf. Los, los, steht nicht rum, lasst uns nachschauen.«

Endlich habe ich die beiden mit meiner Begeisterung angesteckt. Felix rennt zum Schuppen neben der Bäckerei und schleppt eine Riesenleiter heran, die Ju und er an das Taubenhaus anlegen.

Mia und Bennie schauen neugierig zu und krabbeln zielstrebig zur Leiter hin. Damit ihnen nichts passiert, setze ich sie in ihren Kinderwagen, was ihnen gar nicht passt, aber wir sind alle so aufgeregt, dass wir ihre Protestschreie einfach ignorieren.

Ju hält die Leiter fest, während Felix hinaufsteigt und die bunten Türen des Taubenhauses untersucht.

»Die unteren Hauseingänge sind verschlossen, die Türchen haben richtige Schlösser – es könnte also tatsächlich etwas dran sein an Blues Theorie.«

Er kommt wieder runter, dann steigt Ju hoch, während ich hektisch erneut den Brief aus meiner Hosentasche hervorziehe und nach der Stelle suche, an der etwas über den Schlüssel steht.

Den einen Schlüssel zu diesem Ort habe ich dir längst gegeben, den anderen trage ich bei mir, für ihn. Nachher.

Grannie hatte also auch einen Schlüssel. Das Einzige, was sie laut ihren Erzählungen von Georg je geschenkt bekommen hatte, waren neue Anhänger für das Armband seiner Mutter. Grannies Armband.

Ich hole es aus meiner Hosentasche und lasse die Anhänger durch meine Finger gleiten. Dabei muss ich an meine Lieblingsgeschichte denken, die Geschichte des Mädchens Columba, die das geheime Zimmer aufschließt.

»Jungs, lasst mich mal rauf! Ich habe den Schlüssel!«, sage ich siegessicher.

Ju springt die letzten Sprossen herunter und hält dann mit Felix die Leiter fest.

»O Mann! Das wär einfach der Hammer, wenn das wahr wäre!«, ruft Felix. »Beeil dich, Blue, los, mach schon, ich kann's kaum erwarten!«

Mit klopfendem Herzen steige ich die Leiter hoch zum Taubenhaus und stecke den Schlüssel in das erste Türchen. »Er passt!« Beim Umdrehen klemmt der Schlüssel ein wenig, aber dann gibt das Schloss knirschend nach und geht auf.

Ich öffne die Tür und linse in das dunkle Vogelhäuschen. Und tatsächlich kann ich die Umrisse einer Kassette darin erkennen. Ich greife danach, sie ist sehr schwer und ziemlich verrostet. Schließlich öffne ich auch noch die anderen beiden Türchen, denn ich kann sehen, dass noch mehr Kassetten im Taubenhaus sind. Nachdem ich die letzte nach unten gereicht habe, klettere ich vorsichtig runter; mein Knöchel ist noch immer nicht wieder hundertprozentig belastbar.

Ungläubig starren wir auf die drei Kassetten, die vor uns

auf dem Rasen stehen. Sogar Bennie und Mia scheinen fasziniert zu sein, denn sie beobachten aufmerksam jede unserer Bewegungen.

»Super, das passt ja, jeder von uns nimmt sich je eine der Kassetten«, schlägt Felix vor.

In diesem Augenblick bemerken wir Felix' Oma, deren Ankunft uns durch die Aktion am Taubenhaus vollkommen entgangen ist. Offensichtlich beobachtet sie uns schon eine Weile.

»Felix, was ist hier los? Warum ist die Leiter am Taubenhaus?«

»Da . . . da hat sich eine Meise reinverirrt, die wir befreien wollten«, stottert Felix und ich kann sehen, wie Ju ob dieser bescheuerten Lüge die Augen verdreht.

Aber es ist egal, ob Felix' Oma uns diese Ausrede abnimmt oder nicht, denn in diesem Moment hat sie die rostigen Kassetten auf dem Rasen entdeckt. Sie wird schlagartig so blass, dass ich Angst habe, sie könnte ohnmächtig werden.

»Woher habt ihr das?«

Sie zieht ihre Zigaretten aus der Tasche ihres üppigen Faltenrocks und zündet sich mit zitternden Fingern eine an. Dann schaut sie jeden Einzelnen von uns an, an mir aber bleibt ihr Blick kleben.

»Habt ihr schon reingeschaut?«

Wir schütteln die Köpfe.

»Vater hat gedacht, Georg hat das Zeug Susanne mitgegeben, damit sie sich davon in den USA ein schönes Leben machen kann.«

»Aber nach allem, was wir herausgefunden haben, hat Georg Deutschland nie verlassen«, sage ich.

»Ich weiß.« Sie zieht heftig an ihrer Zigarette. »Susanne hat viele Briefe geschrieben und nach Georg gefragt.«

Ich hole tief Luft und weiß, dass nun der Moment der Wahrheit gekommen ist. »Weil sie schwanger von ihm war. Ich bin ihre Enkelin.«

Die alte Frau starrt mich einen Moment lang verdutzt an, doch dann zuckt sie gleichgültig mit den Schultern. »Trotzdem war alles Susannes Schuld. Allein ihre Schuld.«

»Ich verstehe überhaupt nicht, was damals eigentlich los war«, mischt sich Felix ein und wirft seiner Großmutter einen verärgerten Blick zu. »Und ich will jetzt endlich wissen, was dadrin ist.«

»Mach's auf.« Felix Großmutter lacht bitter. »Na los!«

Felix bückt sich und hebt die Deckel der Kassetten an. Ju und ich gehen auch in die Knie.

Alles, was da vor uns liegt, funkelt in der Sonne und trotzdem sieht es irgendwie merkwürdig aus. Ich schaue genauer hin. Es ist Schmuck, goldene Ketten und reich mit Steinen besetzte Broschen und Ringe. Aber dazwischen befinden sich auch goldene Zahnfüllungen und schlichte, schmale goldene Ringe. Eheringe.

»Was ist das?« Felix, Ju und ich schauen uns beklommen an. Ich hatte mir »den Schatz« trotz allem, was Georg in dem Brief schon angedeutet hatte, anders vorgestellt.

Felix' Oma wirft die Zigarette auf den Rasen, tritt sie aus, wie man Ungeziefer zermalmt, hebt sie dann wieder auf und steckt sie in ihre Rocktasche.

»Euer«, beginnt sie und schaut mir dabei in die Augen, »euer Urgroßvater – das hat jedenfalls Georg immer behauptet – ist damals schon früh und freiwillig in die Partei eingetreten. Er war ein glühender Anhänger und Verehrer von Hitler und hat drüben in Worms, was zu der Zeit zu Hessen gehört hat, im Konzentrationslager Osthofen gearbeitet, bis es 1934 wieder geschlossen wurde. Was genau er danach gemacht hat, hat auch Georg nicht herausgefunden.« Sie schnauft, als ob ihr das Atmen schwerfiele. »Obwohl ich fünf Jahre älter war als Georg, hatte ich keine Ahnung, was mein Vater wirklich getan hatte, bevor er zum Wehrdienst eingezogen wurde. Ich hatte genug damit zu tun, den Haushalt am Laufen zu halten. Außerdem war Mutter schon lange krank. Aber das interessiert euch sicher nicht«, unterbricht sie sich selbst, »ihr wollt wissen, was mit Georg passiert ist, oder?« Sie schaut uns an, dann auf die Kassetten, und als wir alle stumm bleiben, fährt sie fort.

»An jenem Abend hat Georg behauptet, unser Vater hätte seine Position in der Partei ausgenutzt und unrechtmäßig diese Wertgegenstände hier erbeutet.« Sie deutet auf die Kassetten und zuckt mit den Schultern, doch ihre Gesichtszüge offenbaren, dass sie nicht glauben kann, was ihre Augen da sehen. »Bis heute habe ich diesen ›Schatz‹, wie Georg ihn immer abfällig genannt hat, nie gesehen und habe auch nie so recht an ihn geglaubt. Immer musste ich an allem sparen – da ging mir Georgs Gerede von Vaters angeblichem Reichtum einfach auf die Nerven.«

Sie zündet sich noch eine Zigarette an und inhaliert tief. Obwohl es immer noch heiß ist, fröstelt es mich.

»An jenem Abend hat Georg unseren Vater mit all dem konfrontiert. Er wollte, dass er zugibt, was er getan hat. Und er wollte, dass Vater die Wertgegenstände in Geld umtauscht und dieses anschließend spendet, um sein Unrecht wiedergutzumachen.«

Sie schüttelt den Kopf. »Ich hatte Georg gern, auch wenn er ein elender Sturkopf war. Ich habe nie verstanden, warum er Vergangenes nicht einfach ruhen lassen konnte. Zuerst dachte ich, er wollte damit nur Susanne beeindrucken, aber später habe ich begriffen, dass er andere Gründe dafür hatte. Er wollte es unserem Vater einfach nur heimzahlen, seine bösartige brutale Strenge über all die Jahre . . .«

»Und was ist dann passiert ›an jenem Abend‹?«, unterbreche ich sie und ignoriere das Grummeln in meinem Bauch. Denke an Grannie, die nicht gewollt hatte, dass ich nachforsche, was damals passiert ist.

»An jenem Abend«, sie holt sehr tief Luft und stößt sie dann laut wieder aus. »An jenem Abend war Vater außer sich. Er hat rumgeschrien und gesagt, dass er sich von niemandem auf der Welt dafür erpressen lassen würde, dass er das einzig Richtige getan habe. Erst recht nicht von Georg, den er als Memme und Waschlappen verhöhnte. Es kam zum Handgemenge. Georg hat ihn angegriffen und unser Vater hat so hart zurückgeschlagen, dass mein Bruder voller Wucht gegen den Kachelofen geprallt ist. Ich hatte an der Tür gelauscht und bin sofort reingestürzt, aber da war Georg schon tot. Und alles war voller Blut.« Ihre Augen haben einen glasigen Ausdruck angenommen und ihre Stimme klingt vollkommen emotionslos, während mir das Herz bis zum Hals schlägt. »Wir haben ihn hinten im Garten beerdigt, dort, wo jetzt der Komposthaufen ist. Wir wollten Mutter die Aufregung mit der Polizei ersparen. Sie war schon sehr schwach und Georg war ihr Liebling.«

Ju, Felix und ich starren uns an. Ich habe Georg ja nie gekannt, aber es tut mir so leid, dass er tot ist. Er war damals nur wenig älter als ich und so verliebt, so voller Vorfreude, voller Hoffnung *for the times they are A-changin . . .*

»Nur wegen Mutter hat Vater behauptet, Georg wäre nach Amerika abgehauen und hätte das Familienvermögen mitgenommen.« Sie schüttelt den Kopf. »›Undank ist eben der Eltern Lohn!‹, hat er immer wieder gesagt.«

Sie nimmt einen langen Zug von ihrer Zigarette. »Nach Georgs schrecklichem Tod habe ich selbst angefangen nachzuforschen und deshalb weiß ich jetzt, dass Georg in allem recht hatte. Unser Vater war ein übler Nazi.«

»Aber Oma«, fragt Felix, der trotz seiner Sommerbräune ziemlich blass wirkt, »wie konntest du nach all dem, was passiert war, einfach hier weiterleben?«

»Wo hätte ich denn sonst hingesollt?« Sie zuckt mit den Achseln. »Außerdem, Felix, glaub mir, wenn man nur lange genug nachforscht, hat jede Familie eine Leiche im Keller.«

»Und warum hast du keinen von Susannes Briefen beantwortet? Sie im Ungewissen gelassen?«, will ich wissen.

»Sie sollte auch leiden.« Ihre Stimme klingt hart und doch kann ich eine gewisse Unsicherheit heraushören. »Heute denke ich, das war falsch. Susanne war Vollwaise und Georg war alles, was sie hatte. Aber das Einzige, was ich je getan habe, war, den verdammten Kachelofen rauszureißen, nachdem Vater tot war.«

Sie dreht sich um und geht, ohne ein weiteres Wort zu verlieren, ins Haus. Zurück bleibt ein Schweigen, das sich auf unsere Schultern senkt wie Blei.

Ich lasse mich aufs Gras fallen, neben die Kassetten. Felix setzt sich zu mir, während Ju zum Kinderwagen geht, wo Mia und Bennie wieder angefangen haben zu quengeln. Wir starren die glitzernden Teile in den Kassetten an und ich versage es mir, einen der Eheringe in die Hand zu nehmen und die Gravur zu lesen. Obwohl all das vor langer, langer Zeit passiert ist, steigt Beklemmung in mir auf. Und obwohl ich nicht das Geringste damit zu tun habe, ist meine Geschichte doch mit dem Leben derer verknüpft, die damals so grausam ermordet wurden. Ich schäme mich und verstehe nun noch viel besser, warum Georg von hier wegwollte.

»Wir müssen uns erkundigen, was wir damit tun sollen«, sage ich mit belegter Stimme. »Vielleicht kann man den Schmuck ja zurückgeben?«, schlage ich vor.

»Eine gute Idee!«, stimmt Felix mir zu. »Wir bringen es nach Osthofen, dort gibt es ein Dokumentationszentrum, da war ich mal mit der Schule. Die können uns bestimmt sagen, was das Beste ist.«

Ju kommt zu uns und zeigt auf die Zwillinge, deren Köpfe schwer zur Seite gesunken sind. »Wir sollten die zwei jetzt nach Hause bringen.«

Wir stehen alle drei auf. Ich fühle mich viel schwerer als heute Morgen.

Felix packt die Leiter und geht zum Schuppen. »Ich räume das dann mal weg. Wir sehen uns morgen, ja?« Auf halbem Weg bleibt er stehen und dreht sich zu mir um. »Hey, Cousinchen, ich hab euch ja gewarnt. Die Wahrheit wird überschätzt. Aber wenn du willst, dann komme ich trotzdem nach Vegas, vielleicht gewinne ich im Kasino doch noch einen richtigen Schatz.«

Ich bringe ein müdes Lächeln zustande; Felix ist die Geschichte scheinbar auch ganz schön nahegegangen.

Als ich zu den Zwillingen hinübergehe, merke ich erst, wie angespannt mein Körper ist. Es war schrecklich, all das zu erfahren. Fast so, als ob ein Fluch über Grannies großer Liebe liegen würde. Hat sie deshalb nicht gewollt, dass ich nachforsche, was mit Georg passiert ist? Was von alldem soll ich ihr sagen – und was davon hat sie längst geahnt?

Ju nimmt meine Hand und schiebt mit der anderen den

Kinderwagen den Weg entlang, der vor drei Wochen noch übersät war von gelben Blumen, deren Blüten jetzt zu Samenschirmchen verwandelt überall in der Luft herumschweben. Alles ändert sich ständig.

»Wir haben also einen Schatz gesucht, der keiner war«, sagt Ju leise und drückt meine Hand. »Wir haben einen Großvater gesucht, der längst tot ist. Und ich habe nach einer Mutter gesucht, die es so nicht gibt.«

»Ja, so kann man das sehen.« Ich bleibe stehen und drehe mich zu ihm, fixiere seine dunklen Augen. »Aber was ist mit all dem, was wir gefunden haben?«

»Du meinst meine Geschwister«, antwortet er, »meinen Vater und deinen Großcousin?«

»Nein, ich meinte uns.«

Jus Mund verzieht sich zu einem breiten Lächeln und seine Clownsnase zuckt. »Ach so, *uns*. Aber wir wissen doch noch gar nicht, wie das am Ende ausgehen wird.«

»Nein, natürlich nicht«, gebe ich zurück und erwidere sein Lächeln, »denn wir sind ja auch erst am Anfang.«

DAS BÖSE HAT SEINE GUTEN SEITEN – DIE ARENA THRILLER

Zara Kavka

Blütensplitter

Isa ist 17 und die strahlende Siegerin einer Schauspiel-Castingshow: Sie gewinnt eine Hauptrolle in einem Kinofilm. Aber noch in der Finalnacht verschwindet sie und ein Abschiedsbrief taucht auf. Allein Isas Schwester Sophie glaubt nicht an einen Selbstmord. Die Suche nach Isa führt sie in die Welt der Filmstars und -sternchen. Eine Welt voller Intrigen, in der es jede Menge Menschen gibt, die ein Interesse daran hatten, Isa aus dem Weg zu räumen.

Arena

256 Seiten • Klappenbroschur
ISBN 978-3-401-60006-2
www.arena-verlag.de

Auch als E-Book erhältlich

DAS BÖSE HAT SEINE GUTEN SEITEN – DIE ARENA THRILLER

Nora Miedler

Funkentanz

Emilia hat vergessen, wer sie ist. Als sie mit einer Gehirnerschütterung im Krankenhaus erwacht, erinnert sie sich weder an das Datum noch an ihr Spiegelbild. Von den beiden Fremden, die sich ihr als Vater und Mutter vorstellen, weiß sie genauso wenig wie von dem Brand, der ihr Zuhause zerstört hat. Was ist geschehen und warum weigern sich alle so beharrlich, ihr etwas von ihrer Vergangenheit zu erzählen? Erst als eine alte Freundin auftaucht, beginnt Emilia zu begreifen, in welcher Gefahr sie schwebt. Eine Gefahr, die immer größer wird, je näher sie der Wahrheit kommt.

Arena

Auch als E-Book erhältlich

240 Seiten • Klappenbroschur
ISBN 978-3-401-06922-7
www.arena-verlag.de

DAS BÖSE HAT SEINE GUTEN SEITEN – DIE X-THRILLER

978-3-401-06916-6

Die Flammen flüstern dein Lied

Schon immer herrschte in Pias Familie ein Gefühl der Lieblosigkeit. Doch an Weihnachten kracht es richtig: Ihr Vater verlässt sie und ihre Mutter und weckt einen furchtbaren Verdacht in Pia. Irgendwas stimmt in der Familie nicht. Pia macht sich auf die Suche nach ihrer Vergangenheit. Dabei stößt sie auf ein Geheimnis.

978-3-401-06845-9

Schneeweiß, blutrot

Früher haben Milena und ihre Clique die Regeln gemacht. Doch während eines Ausflugs in die Berge, ohne Handys und umgeben von nichts als Schnee, kommen Geschichten ans Licht, die Milena am liebsten vergessen hätte. Schreckliche Wahrheiten nehmen ihren Platz ein. Und Milena ahnt nicht: Die Spielregeln von damals gelten längst nicht mehr.

978-3-401-06762-9

Dein Blick so kalt

Das Praktikum in München war Lous großer Traum. Dann der Albtraum: Lous Mitpraktikantin ist eine Oberzicke, ihr Chef ein Grabscher. Dennoch gibt Lou nicht auf. Auch nicht, als sie eine unheimliche E-Mail erhält: Ich bin immer bei dir. Mehr und mehr hat Lou das Gefühl, beobachtet zu werden, doch die Polizei nimmt sie nicht ernst. Bis Lou eines Tages verschwindet.

Arena

Jeder Band:
Klappenbroschur
Auch als E-Book erhältlich
www.arena-verlag.de

DAS BÖSE HAT SEINE GUTEN SEITEN – DIE X-THRILLER

978-3-401-06712-4

Der süße Kuss der Lüge

Meine Schuld, hämmert es in Lus Kopf. Ich habe nicht aufgepasst und es ist meine Schuld. So verzweifelt sie auch die kleine Ida sucht, ihre geliebte Nichte ist spurlos vom Spielplatz verschwunden. In ihrer Panik ruft Lu ihren Freund Diego an, der bei der Polizei arbeitet. Sie ahnt nicht, dass damit ein Albtraum seinen Lauf nimmt.

978-3-401-06608-0

Wenn es dunkel wird

Melody und ihre Freunde wollen entspannte Sommerferien an der französischen Mittelmeerküste verbringen. Doch okkulte Praktiken und verbotene Gefühle zwischen ihnen heizen zusehends die Stimmung auf. Es kommt zur Katastrophe – ein Jugendlicher stirbt. Mel weiß: Nur wenn sie alle schweigen, wird niemand die Wahrheit je erfahren.

978-3-401-06683-7

Dann fressen sie die Raben

Nach dem vermeintlichen Selbstmord ihrer Schwester fühlt sich Ruby permanent beobachtet und verfolgt. Jemand steckt ihr das Foto eines toten schwarzen Jungen zu. Warum und was hat das mit den rätselhaften Andeutungen ihrer Schwester zu tun, die um ihr Leben kämpft? Die Polizei hält alles nur für einen schlechten fremdenfeindlichen Scherz.